クリスマスを救《すく》った女の子

マット・ヘイグ 文
クリス・モルド 絵
杉本 詠美 訳

西村書店

謝辞

私には仕事を手伝ってくれるエルフもいなければ、りっぱな工房もない。けれど、この本がこんなふうにできあがるまでには、じつに多くの人に力を貸していただいた。その方々にお礼をいわないわけにはいかない。

ここに挙げるすばらしくいい人たちに、ぜひともいわせてほしい。力をこめて「ほんとうにありがとう」と。まずは、クリス・モルド。もちろん、魅力たっぷりの心おどるイラストを描いてくれたことに対して。有能な編集者のフランシス・ビックモア。なにがいらなくて、なにがもっと必要かをちゃんとわかっていてくれたこと、私の書きたいものを書かせてくれたことに対して。代理人のクレア・コンヴィル。その見識と手腕に。ラフィ・ロマヤ。そのみごとなデザイン力に。ジェイミー・ビング、ジェニー・トッド、ジェニー・フライ、ニール・プライス、ジャズ・レイシーキャンベル、ヴィッキー・ラザフォード、アンドレア・ジョイス、キャロライン・クラーク、リナ・ラングレー、アラン・トロッター、ジョー・ディングリー、そして、「プロダクション・エルヴズ」はじめ、キャノンゲート社のありとあらゆるチームに、その多大なる尽力に対して。キャリー・マリガンとスティーヴン・フライ。「クリスマス」シリーズのオーディオブックに声の魔法を貸してくれたことに。私が愛し、ともに暮らす人間、アンドレア・センプルに。そのするどい目でニンジャのごとく原稿を読み、手直ししてくれたこと、そして、ここに書ききれないほど、とてもとてもたくさんのことに対して。私の子どもたち、パールとルーカスに。きみたちがいるからこそ、このふたつの本が書けたことに。私の家族や友人のみんなに。長年のあいだに出会ったり、やりとりしたりした、すてきな読者たちに。「クリスマス」シリーズの第1作に力を貸してくれた、すべての人に。たとえば、サイモン・マヨ、ジャネット・ウィンターソン、フランチェスカ・サイモン、ジェニー・コルガン、フランク・コットレル・ボイス、アマンダ・クレイグ、トム・フレッチャー、トニー・ブラッドマン。そうそう、もちろん、ファーザー・クリスマスにも感謝を。彼がファーザー・クリスマスであることそれ自体に。

みなさん、ありがとう！

The Girl Who Saved Christmas
by Matt Haig
with illustrations by Chris Mould

パール、ルーカス、そして、アンドレア
私が知るなかで、だれよりすてきな魔法をつかうきみたちへ

目次

1 クリスマスを救《すく》った女の子

きみは知っているだろうか、魔法《まほう》が働くしくみを。たとえば、トナカイを空にとばす魔法《まほう》。ファーザー・クリスマス――つまり、サンタクロースが、ひと晩《ばん》のうちに世界を回れるようにする魔法《まほう》。時間を止め、夢《ゆめ》をかなえる魔法《まほう》。そんな魔法《まほう》がどこから生まれるかということを。

希望。

必要なのは、それだ。

希望がなければ、魔法《まほう》は生まれない。

クリスマスの前の晩《ばん》に魔法《まほう》を起こすのは、ファーザー・クリスマスでも、トナカイのブリッツエンでも、ほかのトナカイでもない。

魔法《まほう》を生むのは、それを願い、祈《いの》る子どもたちだ。魔法《まほう》を望む子がひとりもいなければ、魔法《まほう》は生まれない。ぼくたちは、ファーザー・クリスマスが毎年やってくるのを知ってるね。だから、魔法《まほう》が――少なくともある種の魔法《まほう》は、この世に存在《そんざい》するとわかっている。

でも、はじめからそうだったわけじゃない。そのむかしには、クリスマスの朝、くつ下の中におもちゃやお菓子《かし》をみつけることもなければ、プレゼントの包みを夢中《むちゅう》になってあけることもなかった。すごくみじめな時代で、ほとんどの子どもには、魔法《まほう》を信じる理由なんてどこにもありはしなかったんだ。

だから、人間の子どもたちが喜ぶこと、魔法《まほう》を信じる気になるようなことをしようと、ファーザー・クリスマスが心に決めて出発した最初の晩《ばん》には、やらなきゃならないことがたくさんあった。

おもちゃをふくろに入れ、そりとトナカイの準備《じゅんび》もととのえた。でも、いざエルフの村、エルフヘルムをとびたとうとしたとき、あたりの空気に満ちているべき魔法《まほう》の力が足りないことに気がついた。そりはオーロラの光の中を進んではいたけど、そのかがやきはとても弱くて、それっぽっちの魔力《まりょく》では、とても世界を回ることなどできそうもなかった。だけど、子どもたちは魔法《まほう》なんて見たことがないんだ。信じろというほうがむりだろう？

だから最初の年、ファーザー・クリスマスの計画はもうちょっとで失敗に終わるところだった。そうならなかったのは、ある子どものおかげだ。人間の子だよ。ロンドンに住む女の子で、その子は魔法《まほう》を心から信じていた。毎日毎日、奇跡《きせき》を願いつづけていたんだ。

この世でいちばん最初にファーザー・クリスマスを信じてくれたのが、その子だ。そして、まさにその女の子が、ファーザー・クリスマスを救《すく》ったんだ。

クリスマス・イブの夜、トナカイたちがいまにも空から落ちそうになっていたとき、ベッドに入ったその子の強い願いが、空にあらたな光を燃《も》やした。それが道しるべとなり、向かうべき方向を教えてくれた。ファーザー・クリスマスはその小さな光をたどって、ロンドンのハバダッシェリー通り九十九番地にある女の子の家までとんでいった。

　そして、ダニやシラミだらけのベッドの足もとの支柱《しちゅう》に、おもちゃがいっぱいつまったくつ下をかけると、希望の光は大きくなった。人間の世界に魔法《まほう》が働き、すべての子どもたちの夢《ゆめ》の中に広がっていった。

　でも、それを自分の力だとかんちがいするようなファーザー・クリスマスじゃない。その女の子、わずか八歳《さい》のアメリア・ウィシャートが、「どうか魔法《まほう》が起こりますように」と強く願ってくれなければ、ファーザー・クリスマスの計画は、あのまま失敗に終わっていただろう。

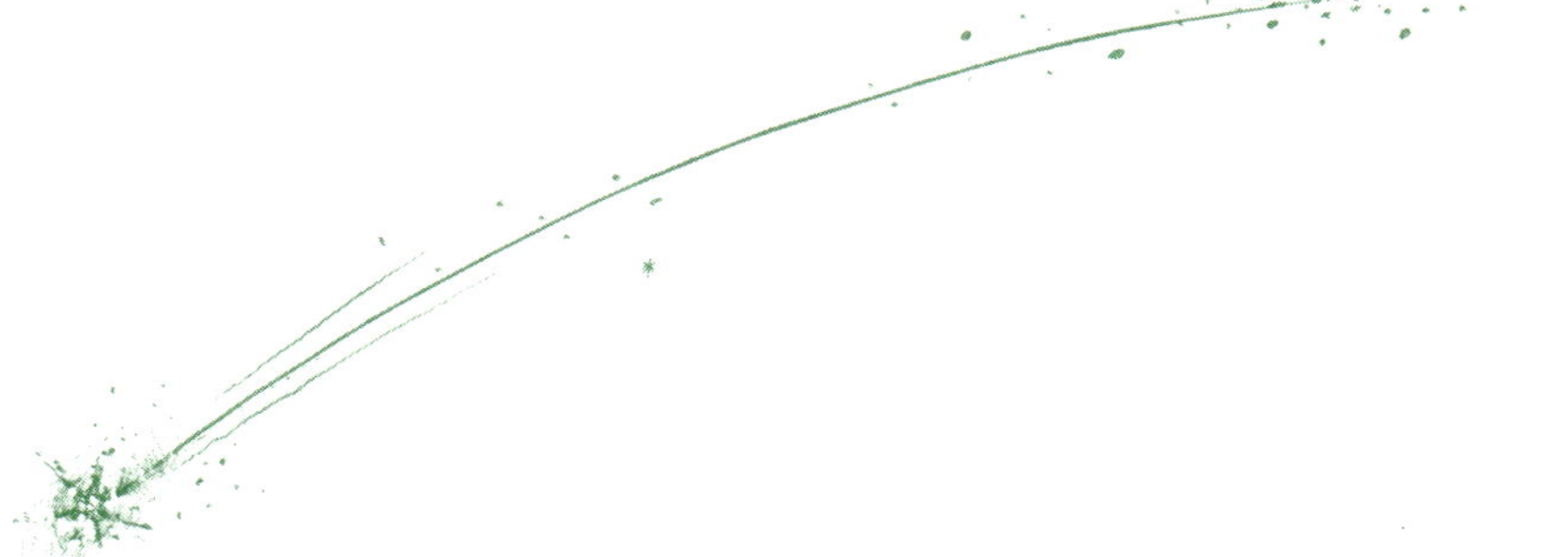

もちろん、エルフもトナカイもがんばったし、おもちゃ工房《こうぼう》の働きもすばらしかった。それでも、クリスマスを救《すく》ったのは、その子なんだ。

その子が最初の子どもだよ。

クリスマスを救《すく》ったあの女の子が。

ファーザー・クリスマスは、そのことをけっして忘《わす》れないだろう……。

一年後……

ファーザー・クリスマスさま

こんにちは。わたしの名前は、アメリア・ウィシャートです。9さいで、家は、ロンドンのハバダッシェリー通り99番地です。

でも、それはごぞんじですよね。ここにきたことがあるんですから。あなたはきょねん、わたしにプレゼントをもってきてくれました。すごくかんしゃしています。わたしはどんなにつらいときも、いつかまほうのようなできごとがおこると、しんじてきました。そのとおりだとわかって、ほんとにうれしいです。

どうもありがとう。

わたしはかあさんと1ぴきのねことくらしています。ねこのキャプテン・スートは、えんとつの中でひろいました。ほら、えんとつって、上から下までまっすぐになってることは少なくて、さか道みたいなとこがあったりしますよね。スートに会いましたか？　すごくいい子です。

でも、たまに魚屋さんからイワシをぬすんできます。道でほかのねことけんかするときは、自分を犬だと思ってるみたいです。

おいそがしいと思うので、クリスマスにほしいものをお知らせしておきますね。

わたしからのおねがい

1. えんとつそうじ用のあたらしいブラシ
2. コマ
3. チャールズ・ディケンズの本（大好きな作家です）
4. かあさんが元気になること

4つめはすごくだいじです。2つめよりだいじです。コマはなくてもかまいません。

きょねん、目がさめてプレゼントをみつけたとき、これこそまほうだと思いました。かあさんの仕事はえんとつそうじで、いまはわたしもえんとつそうじをしています。でも、かあさんはもうえんとつにのぼれません。ベッドにねたまま、せきばかりしています。おいしゃさまは、きせきでもおきないと、なおらないといいます。でも、まほうがなきゃ、きせきはおきませんよね？　わたしの知ってる人でまほうがつかえるのは、あなただけです。だから、おねがいです。ておくれになるまえに、かあさんを元気にしてください。

それが、いちばんのおねがいです。

アメリアより

2　ふるえる大地

　ファーザー・クリスマスはアメリアの手紙をたたんで、ポケットに入れた。雪におおわれたトナカイの広野《ひろの》をわたり、凍《こお》りついた湖のわきを歩きながら、ひっそりとしたエルフヘルムのながめを楽しむ。木づくりの大集会所、木ぐつの店、チョコレート銀行、大通りぞいのイチジク・プディング・カフェ。あと一時間しなければ、どの店もあかない。そり学校、おもちゃづくり大学。ヴォドル通りにあるデイリー・スノー新聞社の（エルフの村では）高いビル。表面にかちかちのジンジャーブレッドをはりつけた、新聞社のがんじょうな壁《かべ》が、澄《す》んだ朝の光をあびて、オレンジ色にきらめいている。

　ファーザー・クリスマスは雪をふみながら、おもちゃ工房《こうぼう》のある西のほうに向きを変えた。工《こう》房《ぼう》のずっと先には木のおいしげる丘《おか》があって、ピクシーたちが住んでいる。茶色のチュニックを着て、茶色い木ぐつをはいたエルフがひとり、やってくるのが見えた。エルフはメガネをかけている。目が悪いらしく、ファーザー・クリスマスには気づいていない。

「やあ、ハンドラム！」

北
西
東
南

エルフヘルム

声をかけると、エルフはとびあがった。

「ひぃぃ、お、おはようございます、ファーザー・クリスマス。すみません、気がつきませんで。ちょうどいま、夜勤《やきん》明けで帰るところでして」

ハンドラムはおもちゃ工房《こうぼう》でもいちばん熱心な働き手だ。みょうにおどおどしたおかしなやつだが、ファーザー・クリスマスはこの男が大好きだった。はねるおもちゃと回るおもちゃ担当《たんとう》の副部長補佐《ほさ》で、たくさんの仕事をかかえているが、夜どおし働かされても文句《もんく》ひとついったことがない。

「工房《こうぼう》のほうは問題なくいってるかな?」

「ええ、だいじょうぶです。はねるおもちゃはみんなよくはねますし、回るおもちゃはどれもよく回ります。テニスボールの何個《こ》かに少し問題がありましたが、もう直りました。これまでにないほど、よくはずみますよ。人間の子どもたちも喜《よろこ》ぶでしょう」

「それはすばらしい。さあ、帰ってひとねむりするといい。ノーシュとリトル・ミムに、わたしから『メリー・クリスマス』とつたえておくれ」

「わかりました。ふたりとも喜《よろこ》びます。とくにミムはね。あいつのいまいちばんのお気に入りは、あなたの顔のジグソーパズルですよ。ジグソー職人《しょくにん》のジグルがミムのために特別につくってくれたもんでして」

ファーザー・クリスマスは、ほおを赤くそめて笑った。

「ホッホッホー！　メリー・クリスマス、ハンドラム！」

「メリー・クリスマス、ファーザー・クリスマス！」

そして、「ではまた」とあいさつしたところで、ふたりはなにかを感じた。かすかに足がぐらついているような、わずかに地面がゆれているような。

つかれているせいだな、とハンドラムは思った。

大事な一日と大事な夜を前にして興奮《こうふん》しているせいだ、とファーザー・クリスマスは思った。

それでふたりとも、とくになににもいわなかった。

3 おもちゃ工房《こうぼう》

おもちゃ工房《こうぼう》はエルフヘルムでいちばん大きな建物だ。村の大集会所より、デイリー・スノー新聞社のビルより、大きい。建物は高い塔《とう》と広いホールからなっているが、どちらも雪をかぶっている。

中に入ると、準備《じゅんび》はフル回転で進んでいた。

エルフたちが楽しそうに笑ったり歌ったりしながら、おもちゃの最終テストをしている。人形の首がはずれたりしないか。コマはよく回るか。木馬はうまくゆれるか。本にも猛《もう》スピードで目を通す。ミカンの木からミカンをもぐ。抱《だ》き人形は抱《だ》っこしてみる。ボールのはずみ具合もたしかめる……。音楽を演奏《えんそう》しているのはエルフヘルムの人気バンド、ザ・スレイ・ベルズ（「そりのすず」って意味だよ）。お得意《とくい》の「クリスマスがやってくる（うれしすぎてちびっちゃった）」を歌っている。

ファーザー・クリスマスは入り口の床《ゆか》にふくろをおろした。

「おはよう、ファーザー・クリスマス」大きな声で陽気にあいさつしたのは、エクボと呼《よ》ばれる女のエルフだ。そんなあだ名がついたのは、笑うと両方のほっぺたにえくぼができるからで、しかもエクボはいつでも笑っている。そのとなりにすわっているのはジョーク係のベッラ。クリスマス・クラッカーに入れるジョークを考える係だ。クリスマス・クラッカーってのは厚紙《あつがみ》でできた筒《つつ》で、中にちっちゃなプレゼントとジョークを書いた紙が入っている。両はしを持ってひっぱると、ポンッと音がしてまん中が割《わ》れ、中身がとびだすしかけさ。ベッラはちょうど今年最後のジョークを考えているところで、クスクス笑いながら、ドライフルーツがぎっしりつまったミンスパイにかぶりついている。

「ペパーミントはいかが？」エクボがさしだしたキャンディーのビンを受けとり、ふたをあけたとたん、おもちゃのヘビがとびだした。ファーザー・クリスマスは「ひゃあああ！」と悲鳴をあげた。

エクボは床《ゆか》にひっくりかえって、大笑いしている。

「ホッホッホー！」ファーザー・クリスマスも笑ってごまかした。「これをいくつつくったのかな？」

「七万八千六百四十七個《こ》よ」

「そりゃあいい」

ザ・スレイ・ベルズはファーザー・クリスマスが歩いてくるのに気づくと、すぐさま曲を「赤

ON
PAINT
OFF
A
E
S

PAINT

い服着たヒーロー」に変えた。ファーザー・クリスマスにささげる歌だ。ザ・スレイ・ベルズの最高傑作《けっさく》とはいえないが、エルフたちは全員声を合わせて歌いはじめた。

♪　赤い服着た　あの人は
すやすやねる子に　おくりもの
背《せ》が高くって　おひげは白い
耳はまるくて　ちとへんてこだ
おれたちエルフに　教えてくれた
毎日がクリスマスになる　幸せな生きかた
その人は　トナカイのそりに乗り
世界じゅうの子に　プレゼントを配る
みんなの夢《ゆめ》と希望が　ふくらんだら
おれたちも　お礼をいいたいよ
（やばいやつじゃないの？）
まさか！
赤い服着た　ヒーローさ！　♪

エルフたちが歓声《かんせい》をあげた。ファーザー・クリスマスはどぎまぎして、どこを見ていいかわからなくなり、窓《まど》の外に目をやった。すると、雪の中をおもちゃ工房《こうぼう》に向かってかけてくる者がいるのが見えた。エルフたちはだれも気づいていない。窓《まど》から外が見えるほど背《せ》の高いエルフはいないからね。

やってくるのがエルフじゃないのは、すぐにわかった。もっと小さな生きもの。もっと軽い。そして、優雅《ゆうが》だ。もっとおしゃれで、もっと黄色くて、もっと速い。

それがだれかわかると、ファーザー・クリスマスは工房《こうぼう》の入り口に向かった。「すばらしきエルフ諸君《しょくん》、ちょっと失礼するよ」音楽がやむ。「あそこに〝底なしぶくろ〟を置いといたから、いつでもおもちゃを入れはじめてくれ」

とびらをあけると、相手はもうそこにいた。小さな腰《こし》に手をあて、かがみこんでハアハア息を切らしている。

「やあ、真実の妖精《ようせい》さん！」ファーザー・クリスマスは友だちに会えて、喜《よろこ》んでいた。真実の妖精《ようせい》のようなピクシー族がエルフヘルムの村までくることは、めったにないからね。「クリスマスお

めでとう！」

ふだんから大きなピクシーの目が、今日はさらに大きくなっている。

「ううん」ピクシーはファーザー・クリスマスのひざの高さから見あげて、首をふった。

「なんだって？」

「ちがうわ。おめでたくなんかないの」

真実の妖精《ようせい》はおもちゃ工房《こうぼう》の中に目をやり、たくさんのエルフが働いているのを見て、体がむずむずしてきた。真実の妖精《ようせい》は、エルフのことがあんまり好きじゃない。見ただけでちょっとじんましんが出てくるんだ。

「服を新調したよ」ファーザー・クリスマスはほがらかにいった。「前のよりあざやかな赤だ。それにほら、このふわふわのふちかざり。すてきだろう？」

真実の妖精《ようせい》は首を横にふった。べつに失礼なたいどをとるつもりはないけど、うそがつけないんだ。「ううん、すてきだとは思わない。カビのはえた、でっかいラッカの実みたいよ。でも、その話をしにきたんじゃないの」

「じゃあ、なんの話かな？　きみがエルフヘルムにやってくるなんて、めずらしいね」

「だって、ここはエルフだらけだもの」

そのとき、何人かのエルフが真実の妖精《ようせい》に気づいた。

「やあ真実の妖精《ようせい》、メリー・クリスマス！」エルフたちはそういって、けたけた笑った。

真実の妖精《ようせい》は、「いい気なもんね」とつぶやいた。

ファーザー・クリスマスはため息をつき、雪の中に出ていくと、うしろ手にとびらをしめた。

「あのう、真実の妖精《ようせい》さん。きみとおしゃべりしていたいんだが、今日はクリスマス・イブだ。工房《こうぼう》にもどって、みんなの手伝いをしないと……」

真実の妖精《ようせい》は、ぶるぶると首をふった。

「おもちゃ工房《こうぼう》のことは忘《わす》れて。クリスマスのことは忘《わす》れるの。エルフヘルムを出ないとだめよ。丘《おか》に向かって走って」

「いったいどういうことだい？」

そのとき、なにかがきこえた。ゴゴゴ……という低い音だ。妖精《ようせい》がハッと息をのんだ。

「朝ごはんを大盛《おおも》りにしておけばよかったな」ファーザー・クリスマスは自分のおなかをたたいて、いった。

「あんたのおなかじゃないわ」真実の妖精《ようせい》は地面を指さした。「この下からきこえてくるの」

ファーザー・クリスマスは、新しいノートのように白い、まっさらな雪を見おろした。

「思ったより早かったわ」

真実の妖精《ようせい》は悲鳴のような声をあげると、走りだした。それから、肩《かた》ごしにふりかえり、こういった。

「安全な場所をみつけて！　かくれるのよ！　エルフたちにもかくれるようにいったほうがいいわ……クリスマスの計画は中止よ。だって、やつらが……」

「やつら？　いったいだれのことだい？」

しかし、ピクシーはもういってしまった。ファーザー・クリスマスはクスクスと笑いだし、森《もり》木立《こだち》の丘《おか》に向かって雪の上に点々とつづく、ピクシーの小さな足あとをながめた。明日はクリスマスだ。真実の妖精《ようせい》は夜どおしシナモンシロップを飲んだにちがいない。それでたぶん、ちょっとばかり頭が混乱《こんらん》しているんだろう。

だがまた、あのゴゴゴ……という音がきこえてきた。

「おい、ちょっとだまって――」自分のおなかに向かっていいかけたとき、音は急に大きく、低くなり、もうおなかが鳴る音にはきこえなくなった。きいたこともない音だ。だが、べつに心配する必要はない。そう思いながらも、ファーザー・クリスマスはおもちゃ工房《こうぼう》にもどると、急いでとびらをしめた。工房《こうぼう》のにぎやかな音以外、なにもきかずにすむように。

4 クリーパーさん

ファーザー・クリスマスに手紙を送ってから十七日後、アメリア・ウィシャートはいつもの場所にいた。えんとつの中だ。

えんとつの中は暗い。この仕事でまず最初になれなきゃいけないのが、それだ。暗闇《くらやみ》。もうひとつは、せまさ。えんとつの中はたいていきゅうくつだ。子どもでもせまく感じるくらいさ。しかし、えんとつそうじでやっかいなのは、なんといってもすすだ。そうじをはじめたとたんに、まっ黒なよごれがそこらじゅうにつく。髪《かみ》にも、服にも、顔や手にも。目や口の中にまで入ってくる。はげしくせきこんで止まらなくなるし、目からはなみだが出てくる。まったくつらい仕事だが、アメリアにはこの仕事が必要だった。食べものと母さんの薬を買うだけのお金をかせげる仕事が、必要だったんだ。

ただ、えんとつそうじをやっていれば、お日さまの光がいっそうありがたくは感じられる。というか、えんとつ以外の場所なら、どこでも楽しく感じられるようになる。それに、希望がわいてくる。すすだらけの闇《やみ》の中では、どこか明るい場所、あざやかな色のあふれた世界が頭にうかんでくるものだからね。

とはいえ、そこはクリスマス・イブの朝にはどう考えてもふさわしくない場所だった。アメリアは、ろくに身動きもできないなかで、ひじやひざを壁《かべ》にぶつけ、もうもうと舞《ま》うすすにむせながら、ブラシを動かしていた。

そのとき、どこからか小さな声がした。

人間の声じゃない。なにかべつのものだ。

「ニャオ」ときこえたような。

「たいへん」アメリアはつぶやいた。声の主がわかったんだ。

アメリアは両足のかかとをえんとつの壁《かべ》につっぱって、あいているほうの手で闇《やみ》の中をさぐった。やわらかくて、あたたかくて、全身毛だらけのものが、大きく曲がったえんとつの、坂道のようになった部分にねている。

「キャプテン・スート！　何度いったらわかるの？　えんとつに入っちゃいけません！　ここは猫《ねこ》のくるとこじゃないのよ！」

アメリアはゴロゴロのどを鳴らしはじめた猫《ねこ》をつかまえて、明るいリビングに連れておりた。

キャプテン・スートはまっ黒な猫《ねこ》で（「スート」ってのは、すすという意味だ）、しっぽの先っちょだけが白い。でも今日はそこもまっ黒だ。ちょうど、すすみたいにね。

猫《ねこ》はもぞもぞ動いてアメリアの腕《うで》からぬけだすと、体をひねってとびおり、歩きだした。クリーム色の敷物《しきもの》の上を。とっても高そうなクリーム色の敷物《しきもの》の上をだよ。点々とついた黒い足あとを見て、アメリアはふるえあがった。

「ああ、どうしよう。キャプテン・スート！　もどってらっしゃい！　なんてことしてくれるの！」

アメリアはスートをつかまえようとしたが、当然ながら、そのせいでアメリアまで敷物《しきもの》をよごすことになった。

「しまった。どうしよう、どうしよう、どうしよう、どうしよう……」

あわててキッチンにぞうきんをとりにいくと、そこではメイドがふしくれだった手でニンジンをむいていた。

「すみません。ちょっと床《ゆか》をよごしちゃって」

メイドはチッと舌《した》を鳴らし、しかめつらをした。

まるで、きげんの悪い猫《ねこ》みたいだ。「クリーパーさんが救貧院《きゅうひんいん》からおもどりになったら、いい顔をなさらないよ！」

そうじ道具を借りてリビングにもどったアメリアは、よごれを落とそうとしてみたが、黒いしみがよけいに広がるばかりだ。

「クリーパーさんがもどる前になんとかしなくっちゃ。もうスート、よりによってこの家でやらかすなんて！」

猫《ねこ》はごめんなさいという目をした。

「いいわ、あんたにはわからないことだもんね。でも、クリーパーさんって、すぐかっとなるのよ」

敷物《しきもの》をゴシゴシやっているうちに、アメリアは気がついた。この家のリビングは変だ。今日はクリスマス・イブだというのに、かざりがひとつもない。クリスマス・カードだって、一枚《まい》もない。クリスマスにはつきものの、ヒイラギやツタも見あたらない。ミンスパイのスパイシーな香《かお》りもしない。こんなお金持ちの家にしては、かなりみょうな話だった。

そのとき、ろうかをやってくる大きな足音がきこえた。リビングのドアがあく音にふりかえると、そこにはクリーパーが立っていた。

アメリアはクリーパーを見あげた。やけに細長い人だ。細長い体。細長い顔。曲がった鼻も細長い。細長い黒いステッキを持っていて、上着も黒、ぼうしも黒いせいで、（あるわびしい火曜日に虫を食べながら、ふと思いついて）人間になろうと決めたカラスみたいに見えた。

クリーパーはアメリアを見つめ、猫《ねこ》を見つめ、敷物《しきもの》の上のにじんだ黒い足あとを見つめた。

「すみません」アメリアはあやまった。「うちの猫《ねこ》がついてきちゃって、いつのまにかえんとつに入ってて……」

「この敷物《しきもの》がいくらしたか知ってるか？」

「いいえ、だんなさま。でも、いまきれいにします。ほら、もうよごれがうすくなってきてますよ」

スートはいまにもとびかかろうとするように背中《せなか》をまるめ、クリーパーに向かってシャーッと声をあげた。スートはとても人なつっこい猫《ねこ》なんだが、この細長い男のことは心底気にくわないらしい。

「けがらわしいけだものめ」

「こ、この子きっと、だんなさまにクリスマスおめでとうって、いってるんだわ」アメリアは、あいそ笑いをしてみせた。

「クリスマスか」その言葉がよっぽどひどい味でもするみたいに、クリーパーの口もとがゆがんだ。「クリスマスをめでたいなどというのは、おろか者ばかりだよ。それか、子どもだ。おまえは、あきらかにその両方だな」

アメリアはクリーパーを知っていた。ロンドンじゅうの救貧院《きゅうひんいん》の中でもいちばん大きな、クリーパー救貧院《きゅうひんいん》の院長だ。アメリアは、救貧院《きゅうひんいん》がなにかということも知っていた。それはおそろしいところだ。だれもそんなところにはいきたくないのに、あまりにも貧乏《びんぼう》だったり、ひどい病気になったり、家をなくしたり、子どもが親をなくしたりすると、いくはめになることがある。そこでは一日じゅう働かされ、ぞっとするようなものを食べさせられ、ろくにねることもできないで、なにかといえばすぐにばつをあたえられるんだ。

「おまえもそいつと同じうすぎたない動物だ！」

スートの毛がめいっぱいさかだって、毛でおおわれた怒《いか》りの玉のようになった。

「すみません、だんなさま。この子、悪口をいわれるのがきらいなんです」

もちろん、クリーパーは子どもにこんな口をきかれるのを、よくは思わなかった。それが貧《まず》しくて、すすまみれのぼろを着た子で、その子の猫《ねこ》が自分の家の敷物《しきもの》をだいなしにしたとなれば、なおさらだ。

「立て」

アメリアは立ちあがった。

「おまえはいくつだ？」

「十歳《さい》です、だんなさま」

クリーパーはアメリアの耳をつかんだ。「このうそつきめ」

それからぐいとかがみこむと、くつについたよごれでも調べるように、眉間《みけん》にしわをよせ、アメリアを見つめた。アメリアはクリーパーの曲がった鼻を間近で見て、考えた。どこでどうやって折ったのかしら、その瞬間《しゅんかん》を見てみたかったわ、とね。

「おまえの母親と話をしたぞ。おまえは九歳《さい》だそうじゃないか。うそつきのこそどろめ」

ひっぱられた耳がちぎれそうに痛《いた》い。

「やめてください、だんなさま、痛《いた》いです、お願い」

「おまえの母親が病気になったとき、べつのえんとつそうじをやとってもよかったんだ」クリーパーはアメリアの耳をはなすと、両手をふいた。「だがそうはせず、ためしにおまえをつかってやることにした。大失敗だよ。おまえは、わたしの救貧院《きゅうひんいん》に入ってもらう。さて、代金のほうだが……」

「三ペニーです。でも、ちょっとよごしちゃったから、半分でかまいません」

「かんちがいするな」

「かんちがいって、なにをですか、だんなさま？」

「それじゃ、あべこべだよ。金をはらうのは、おまえのほうだ」

「どうしてですか、だんなさま？」

「敷物《しきもの》をだめにしたからだ」

アメリアは敷物《しきもの》に目をやった。たぶん、えんとつそうじが十年かかってかせげる額《がく》より高価《こうか》な品だ。アメリアは、悲しく、腹《はら》だたしい気分になった。明日、母さんと食べるイチジク入りのクリスマス・プディングを買うには、クリーパーからもらう三ペニーがどうしても必要だったんだ。それっぽっちじゃ、ガチョウやシチメンチョウは買えないだろう。だが、プディングならきっと買える。そうするはずだった。

「ポケットにいくら入ってる？」

「なにも入ってません」

「うそつきめ。コインの形が見えてるぞ。それをよこせ」

アメリアはポケットに手を入れると、一枚《まい》きりしかないコインをとりだした。半ペニーの茶色い銅貨《どうか》にえがかれた女王陛下《へいか》の横顔を見つめる。

クリーパーはあきれたように首をふり、アメリアを見つめた。そのすがたはほんとうにカラスのようで、アメリアは自分がミミズになったような気がした。クリーパーはまたアメリアの耳をつかみ、さらにねじりあげた。

「母親はずいぶんおまえにあまいようだな。つねづね、弱い女だと思ってたよ。おまえの父親もそう思ってたはずだ。だから、おまえたちからはなれていったのさ」

アメリアの顔がかっと熱くなった。アメリアは、母さんが木炭《もくたん》でかいてくれた一枚《まい》の絵でしか、父親を知らない。絵の中の父さんは軍服を着て笑っていた。アメリアにはウィリアム・ウィシャートがヒーローに見えたし、それだけでじゅうぶんだった。父さんは英国陸軍の兵士で、ビルマというとても暑い国に戦争にいった。そして、アメリアの生まれた年にその国で死んだのだ。アメリアは父さんを、強くて、気高くて、ゆうかんで、クリーパーとはまるで正反対の人だと思っていた。

「おまえの母親はまともな女じゃない。自分のかっこうを見てみろ。ぼろぼろのズボン。まるで男の子だ。女の子らしくするよう、母親から教わっておらんのだろう。ちがうか？　まあ、どうせあの女はもう長くは――」

これにはスートでさえ頭にきたようで、走ってきてとびかかると、クリーパーをひっかいた。つめを立てられた黒いズボンは、ずたずただ。クリーパーがステッキで猫《ねこ》をおしのけるのを見た

アメリアは、怒《いか》りで頭に血がのぼるのを感じた。そして、クリーパーのにくたらしい顔をすすだらけのブラシでひと突《つ》きすると、両方のすねをいっぺんにけとばしてやった。さらにひとけり。そして、もう一撃《いちげき》。

クリーパーはすすをすって、せきこんだ。「きさま！」

しかし、もうこわくなかった。アメリアは病気でねている母さんのことを思った。

「あたしの、母さんを、悪く、いうな！」

アメリアはコインを床《ゆか》に投げつけ、どすどすと部屋を出ていった。

「また会おう」クリーパーがいった。

会うもんですか——アメリアはそう心の中でつぶやきながら、ほんとうにもう二度と会うことがありませんようにと祈《いの》った。スートがアメリアの横を小走りについてくる。そのあとには点々と黒い足あとが残った。

外に出ると、アメリアは東に歩いていった。暗くきたない通りをつぎつぎとぬけ、ハバダッシェリー通りのわが家に向かう。道ぞいの家はだんだん小さくみすぼらしくなり、ごちゃごちゃひしめきあうようになった。小さな教会から、賛美歌《さんびか》の「神の御子《みこ》は今宵《こよい》しも」を歌う声が流れてくる。通りでは、人々がクリスマス・マーケットの露店《ろてん》の準備《じゅんび》をしている。女の子たちがけんけん遊びをしている。どこかの家の使用人たちが、肉屋で買ったガチョウを運んでいる。クリスマス・プディングを持った女の人。ベンチでねていた男の人が目をさます。

焼《や》き栗《ぐり》売りがアメリアに声をかける。

「メリー・クリスマス、おじょうちゃん！」

アメリアは笑顔《えがお》をつくり、クリスマスらしい楽しい気分になろうとしてみたが、それはむずかしいことだった。去年よりもっとむずかしい。

「今日はクリスマス・イブだよ、じょうちゃん」焼《や》き栗《ぐり》売りがまたいった。「今夜、ファーザー・クリスマスがきてくれるよ」

ファーザー・クリスマスのことを考えると、ほおがゆるんだ。えんとつそうじのブラシをかかげ、アメリアも大きな声であいさつをかえした。

「クリスマスおめでとう！」

5 リトル・ミム

リトル・ミムはエルフだ。名前に「リトル」がついていることからわかるだろうが、ミムは小さい。エルフの基準《きじゅん》でいってもね。それに、若《わか》い。きみより若《わか》いんだ。すごく若《わか》くて、正確《せいかく》にいえば、まだ三歳《さい》だ。黒い髪《かみ》はつやつやとして、月夜の湖みたいにかがやいている。そして、ミムからはかすかにジンジャーブレッドのにおいがする。そり学校の中にできた幼稚園《ようちえん》にいっていて、エルフヘルムの中ほどを通る七曲《ななま》がり道《みち》からちょっと入ったところにある、小さな家で暮《く》らしている。

だが今日は、幼稚園《ようちえん》は休みだ。

だって、クリスマス・イブだからね。一年でいちばんわくわくする日だ。しかも、今年のイブは、いまだかつてないほどわくわくする日なんだ。少なくとも、ミムにとってはね。なにしろ、今日ミムはエルフ幼稚園《ようちえん》のみんなといっしょに、おもちゃ工房《こうぼう》の見学にいくことになっている。それに、ファーザー・クリスマスが人間の子どもたちへのプレゼントをふくろにつめおわったら、エルフの子どもたちも、残ったおもちゃの中から好きなものをもらっていいことになっているんだ。しかも、ミムがおもちゃ工房《こうぼう》に入るのは、これがはじめてなんだからね。

「クリスマス・イブだよ！」ミムは大声をあげながら、両親のベッドにとびのった。エルフのベッドってのはたいていそうなんだけど、このベッドもトランポリンのようによくはずむ。それで、とびのったとたん思いきりはずんで、ミムは天井《てんじょう》に頭を打ちつけ、寝室《しんしつ》のクリスマスかざりのひとつだった赤と緑の色紙のくさりをちぎってしまった。

「リトル・ミム、起きるには早すぎるわ」母親のノーシュのうめくような声が、くしゃくしゃにもつれた黒い髪《かみ》の下からきこえた。ノーシュはまくらを顔の上にのせた。

「お母ちゃんのいうとおりだぞ」父親のハンドラムもいった。ハンドラムはメガネをかけ、いらだったようすで時計を見た。「まだ〝めちゃめちゃ早い〟を十五分すぎたばかりだ」

エルフ時間の〝めちゃめちゃ早い〟は、一日の中でもハンドラムがいちばんきらいな時間だ。今朝はとくにそう感じる。ゆうべは夜中まで仕事だったからね。ちょっと前にベッドに入ったばかりという気がしたし、ほんとにそうだった。はねるおもちゃと回るおもちゃ担当《たんとう》の副部長補佐《ほさ》という役目は、とても気に入っていた。週に百五十コインチョコレートっていうなかなかの給料がもらえるわけだし、楽しい仕事だ。しかし、ハンドラムは、ねることも大事にしている。それに、いまはねたり回ったりしているのは、おもちゃじゃなくて自分の息子《むすこ》だ。ミムはすっかりはしゃいでいた。

「ぼく、クリスマスって、だーい好き！　じっとしてらんなーい！」

「クリスマスはみんな大好きよ、リトル・ミム。いい子だから、ベッドにもどってねてちょうだい」ノーシュがまくらの下からいった。まくらにはこんな言葉がししゅうしてある。「夢《ゆめ》の中はいつもクリスマス」ノーシュもつかれていた。この時期はやっぱり一年のうちでもとくにいそがしいんだ。夜おそくまでトナカイたちの話をきいてまわらなきゃならない。

「ねえ、お母ちゃん！　起きてよ。クリスマスがくるんだよ。クリスマスがくるのに、ねてちゃだめだよ。クリスマスはできるだけ長ーく楽しまなくちゃ。……ねえ、遊ぼう。いっしょに雪エルフをつくろうよ」

ノーシュは思わず笑ってしまった。

「雪エルフなら毎朝つくってるじゃない」

ハンドラムはまたねむりに落ち、いびきをかきはじめた。ノーシュはため息をついた。こうなると、ノーシュはもうねむることができないからだ。そこで顔からまくらをどけて起きあがり、ミムの朝ごはんをつくることにした。

「トナカイはなんていってた？」小さなキッチンの木のいすに腰《こし》かけ、ジャムつきのジンジャーブレッドを食べながら、ミムがきいた。目は、ファーザー・クリスマスの肖像画《しょうぞうが》のほうを向いている。村の画家、マザー・ミロがかいたものだ。ミムの家にはファーザー・クリスマスの肖《しょう》像画《ぞうが》が七枚《まい》あって、これはそのうちの一枚《まい》だ。エルフの家をたずねたファーザー・クリスマスが自分の肖像画《しょうぞうが》を見るたび、やけにもじもじするのはみんな知っていたが、このおかしなひげもじゃの人間の顔がそばにあると、エルフたちは安心するのだ。

「あんまり話をしてくれなかったわ。みんなひどく無口だった。コメットは不安そうだったし。これはめずらしいことよ。ブリッツェンも、ちょっとおかしなことをしてたわね」

マザー・ノーシュは『デイリー・スノー新聞』のトナカイ主任担当《たんとう》記者で、トナカイに関する記事を書いている。やっかいなのは、トナカイたちがインタビューにまったく向かないということだ。なにをきいても、うなるか、フーッと息をつくかするだけだ。スキャンダルといっても、ブリッツェンがファーザー・ヴォドルの家の前のしばふにふんをしたというくらいのもの（ヴォドルはノーシュのつとめる新聞社の社主《しゃしゅ》だから、その話を記事にすることは禁《きん》じられている）。そもそもトナカイの記事がトップニュースになることなんて、ぜったいにない。キューピッドとダンサーがしょっちゅうくっついたり別れたりしているのは、ちょっとばかり興味《きょうみ》をそそられる話だけどね。そり学校が毎年やってるトナカイぞりのレースの記事が第四面にのったことがあるけど、まあ、その程度《ていど》だ。なにしろ、エルフたちにはダッシャーのそりが勝つとわかっているからね。とにかく、ずばぬけて速いんだ。

はっきりいって、トナカイ担当《たんとう》はデイリー・スノー新聞社でいちばんたいくつな仕事だったし、ノーシュはもっと刺激《しげき》のある部署《ぶしょ》にうつりたいと思っていた。たとえば、ジンジャーブレッド担《たん》当《とう》とか、おもちゃ担当《たんとう》とか。トロルの担当《たんとう》なら最高だ。ノーシュは、トロル担当《たんとう》になりたくてたまらなかった。それはどれよりも危険《きけん》な仕事だ。トロルは図体《ずうたい》がでかいうえにおそろしいやつらで、エルフをつかまえて食べてきた長い歴史《れきし》があるんだから。とはいえ、トロル担当《たんとう》はいちばん重要な仕事でもあるし、なんたって、これほど刺激的《しげきてき》な部署《ぶしょ》はない。ノーシュは毎日、ヴォドルがその仕事をやらせてくれますようにと祈《いの》っていたが、その願いはちっともかなわない。ファーザー・ヴォドルは気むずかしい男だ。エルフヘルムのエルフの中でもいちばん気むずかしいやつさ。クリスマスが大きらいだというくらいだからね。

「どういう意味？」ミムがきいた。ノーシュは、ミムのラッカジュースにスプーン十杯《じっぱい》のさとうを入れてやっているところだ。「おかしなことって、なにしてたの？」

「それがね、ブリッツェンったら、頭をさげたままなの。地面ばかり見てるのよ。べつに食べものをさがしてるわけじゃないの。すごく不安そうだった。ほかのみんなもそう。去年はみんな、うれしそうにしてたのに。おまけに、ブリッツェンはあたしを見て、変な音をたてたのよ」

ミムはけらけら笑いだした。ノーシュがいったことをおもしろいと思ったんだ。ミムはなんでもおもしろがるんだけどね。

「おしりから？」

「ちがうわ。口からよ。こんなふうに……」

ノーシュはくちびるをすぼめ、トナカイが不安がっているときに出す、フガフガいう音をまねしてみせた。それをきいて、ミムは笑うのをやめた。なんとも落ちつかない感じの音だったからね。

ミムがジンジャーブレッドを食べおわると、ノーシュはシャワーをあびにいった。ミムはジグソーパズルをはじめた。パズルの絵もファーザー・クリスマスの顔だ。五千ピースのパズルで、ミムはだいたい三十分くらいで完成させられる。エルフにしてはかなりおそいほうだけどね。さて、ミムがちょうど赤い服のところを組みたてていたときだ。パズルの一部が暗い穴《あな》の中に消えた。ファーザー・クリスマスの口だったところが、いまは穴《あな》になっている。床《ゆか》の穴《あな》はさらに大きくなり、そこにパズルのピースがつぎつぎこぼれおちていく。

「お母ちゃん！　おうちの床《ゆか》がファーザー・クリスマスを食べてる！」

だが、ノーシュにはきこえない。シャワーをあびながら、お気に入りのザ・スレイ・ベルズの曲を歌っていたんだ。「トナカイが山の上をとんでいく」って歌をね。

ジグソーパズルをわきによせると、床《ゆか》のタイルにひびわれが走っているのが見えた。ひびわれはどんどん大きくなり、まっ暗な口を広げていく。そのとき、ノーシュが緑のチュニックに着がえ、髪《かみ》の毛をタオルでふきながらすがたをあらわした。タオルには、ファーザー・クリスマスお気に入りのトナカイ、ブリッツェンの絵がついている。

「これなに？」ミムがきいた。

ノーシュはけげんな顔をした。「これって？」

「床《ゆか》だよ。ぼくのパズルを食べちゃったの」

ノーシュは床《ゆか》を見た。ひびだ。壁《かべ》に近い床《ゆか》の、ぴかぴか光る緑と白のタイルの上にひびわれができている。前からあるものじゃない。ひびはみるみる大きくなって、小さなキッチンのはしからはしまでのびていった。

「あれはなんなの？」またミムがきいた。

「あれって？」

「あの音」

（エルフは耳がいい。耳のカーブが音をよくとらえるようにできてるんだ。そして、子どものエルフのほうが、おとなよりちょっとばかり耳がいい。だから、親はぜったい子どもの悪口をいえない）。

「お父ちゃんのいびきでしょ……」

ちがう。いまはノーシュにもきこえる。いびきのように低く、重い音で、どこか下のほうからきこえてくる。ノーシュはすぐに音の正体に気づき、恐怖《きょうふ》で凍《こお》りついた。

「お母ちゃん？」

ノーシュはミムのほうを向くと、ひとこと「トロルよ」とつぶやいた。

6　ハンドラム、目をさます

「トロルだわ」

いった本人のノーシュにも、信じられなかった。だが、トロルのことなら、よく知っている。一から十まで勉強したんだ。トロル谷がうんと遠くにあることも知っていた。谷はピクシーたちが住む、雪深い森木立《もりこだち》の丘《おか》のむこうだ。やつらはたいてい地下深くにのびたほら穴《あな》の中で生活していて、ほら穴《あな》はエルフヘルムの下までつづいている。

「非常事態《ひじょうじたい》よ……にげなきゃ」ノーシュがミムの手をつかんでひっぱるのと同時に、あらたなひびわれが何本も走り、キッチンの床《ゆか》は巨大《きょだい》なクモの巣のようになった。

ふたりは寝室《しんしつ》にとびこんだ。一階しかない小さな家だから、寝室《しんしつ》はキッチンのすぐとなりにある。

「ハンドラム！」ノーシュは大声で呼《よ》んだ。「ハンドラム！」

それから、部屋のすみにある小さな流しからエルフせっけんをひとつとった（ごくふつうのせっけんだけど、ベリーの香《かお》りがする）。

「お父ちゃん、起きないとだめだよ！　トロルだよ！」ミムはハンドラムをゆすった。

ハンドラムがいびきをもうひとつかきかけたとき、地下からまた轟音《ごうおん》がとどろいた。ミムとノーシュはぎょっとした。寝室《しんしつ》の床《ゆか》にもひびわれがあらわれたのだ。ひびは広がり、小さなベッドをまるごとのみこもうとしている。ベッドはいまや大きな穴《あな》のふちにあぶなっかしく乗っかっているだけだ。

「とんでもなくこわい夢《ゆめ》を見たよ」もごもごいいながら、ハンドラムはメガネを直した。それから目をあけて、見た。夢《ゆめ》じゃない。妻《つま》と息子《むすこ》が悲鳴をあげるなか、灰色《はいいろ》でいぼだらけのトロルの大きな手が床《ゆか》からにゅっと出て、ベッドのまわりを手さぐりしている。

ばかでかい手だ。その大きさから、ノーシュにはそれがどの種類のトロルのものか、すぐに見当がついた。ユーバートロル。トロルの七つの種族でいえば、二番めに大きくて、三番めに頭の悪いやつらだ。

「ハンドラム、早くベッドからおりて。にげないと！」ノーシュは声をはりあげた。

だが、もうおそい。トロルの手が夫の足をつかみ、穴《あな》の中にひきずりこもうとしている。ハンドラムはゆうかんなエルフとはいえない。こわいものがいろいろあった。暗がり。やかましい音楽。月。雪玉。とてもじゃないが、こんなことにはたえられない。

ノーシュはかけよってハンドラムの腕《うで》をつかみ、なんとかたすけようとした。

だが、だめだ。ハンドラムは少しずつ、穴《あな》の中にひっぱられていく。

「お願い、がんばって！」ノーシュはチュニックのポケットに手を入れてせっけんをとりだし、それでいぼだらけのトロルの手をごしごしやった。けむりがあがり、トロルの手は皮が焼けてまっ赤になった。

地下深くから痛《いた》みにさけぶトロルの声がひびき、ハンドラムの足をつかんでいた手がはなれた。ハンドラムは床《ゆか》に落ち、自由になった。

「いまよ！　走って！」ノーシュの声で、三人は部屋からにげだした。ハンドラムは下着すがたのままだ。だが、地面はすさまじい音をたてつづけているし、足もとの床《ゆか》はどんどんくずれていく。

外に出てみると、ひびわれは通りにも走っていた。大地が地震《じしん》のようにゆれている。ほかのエルフたちも家からつぎつぎと走りでてきた。

「なんてこった！」ハンドラムが泣き声を出した。となりの家が、がらがらとくずれたのだ。つづいてわが家がくずれるのを見て、泣き声は大きくなった。あたりのなにもかもがふるえ、崩壊《ほうかい》していく。ハンドラムの呼吸《こきゅう》がめちゃくちゃ速くなり、顔が少し青ざめてきた。

「ゆっくり息をして、ハンドラム」ノーシュが声をかけた。「目をつぶって、ジンジャーブレッドのことを考えるの。お医者さまのドラブル先生がおっしゃってたでしょ」

家々がかたっぱしから地面にのまれていく。そのとき、ノーシュはデイリー・スノー新聞社から出てくる人影《ひとかげ》に気がついた。耳が大きく、頭のはげたエルフが、この通りでいちばん大きな建物から走りでてきた。

ファーザー・ボトム。トロル担当《たんとう》の記者だ。つまり、エルフヘルム一のトロル専門家《せんもんか》であるべき男というわけさ。その男が両手をあげ、悲鳴をあげながらにげている。「トロルだ！　トロルだ！　トロルだ！」ボトムは、ほかのエルフをおしのけながら走っていく。

こんなに気が動転しているときでも、ノーシュはつい考えずにいられなかった。やっぱり自分が担当《たんとう》になっていたほうがぜったいよかったたってね。

「どこににげたらいいんだ？」ハンドラムはぼうぜんとしている。

ノーシュにはひとつしか思いつかなかった。

「ファーザー・クリスマスのところよ！」

7　チェンバーポット

「クリーパーさん家《ち》はうまくいったかい?」アメリアの母さんが、せきの合間にきいた。

アメリアはチェンバーポットを手にとったところだ。チェンバーポットというのは、まるくて白いホーローの容器《ようき》で、トイレのかわりにつかう道具、つまり、おまるだ。アメリアは窓《まど》をあけ、ポットの中の黄色い液体《えきたい》を表の通りにすてた。

「おい！　気をつけろ！」下を歩いていた男がどなった。

「あら、ごめんなさい」

アメリアは母さんのそばにもどり、うそをついた。「なんにも問題ないわよ」ほんとのことをいえば心配すると思ったんだ。

「おまえがあの人を気に入ってくれて、うれしいよ」息苦しいらしく、かぼそい声だ。

「そこまでじゃないけど」

「イチジク入りのプディングは買えた?」

アメリアはこたえにつまった。

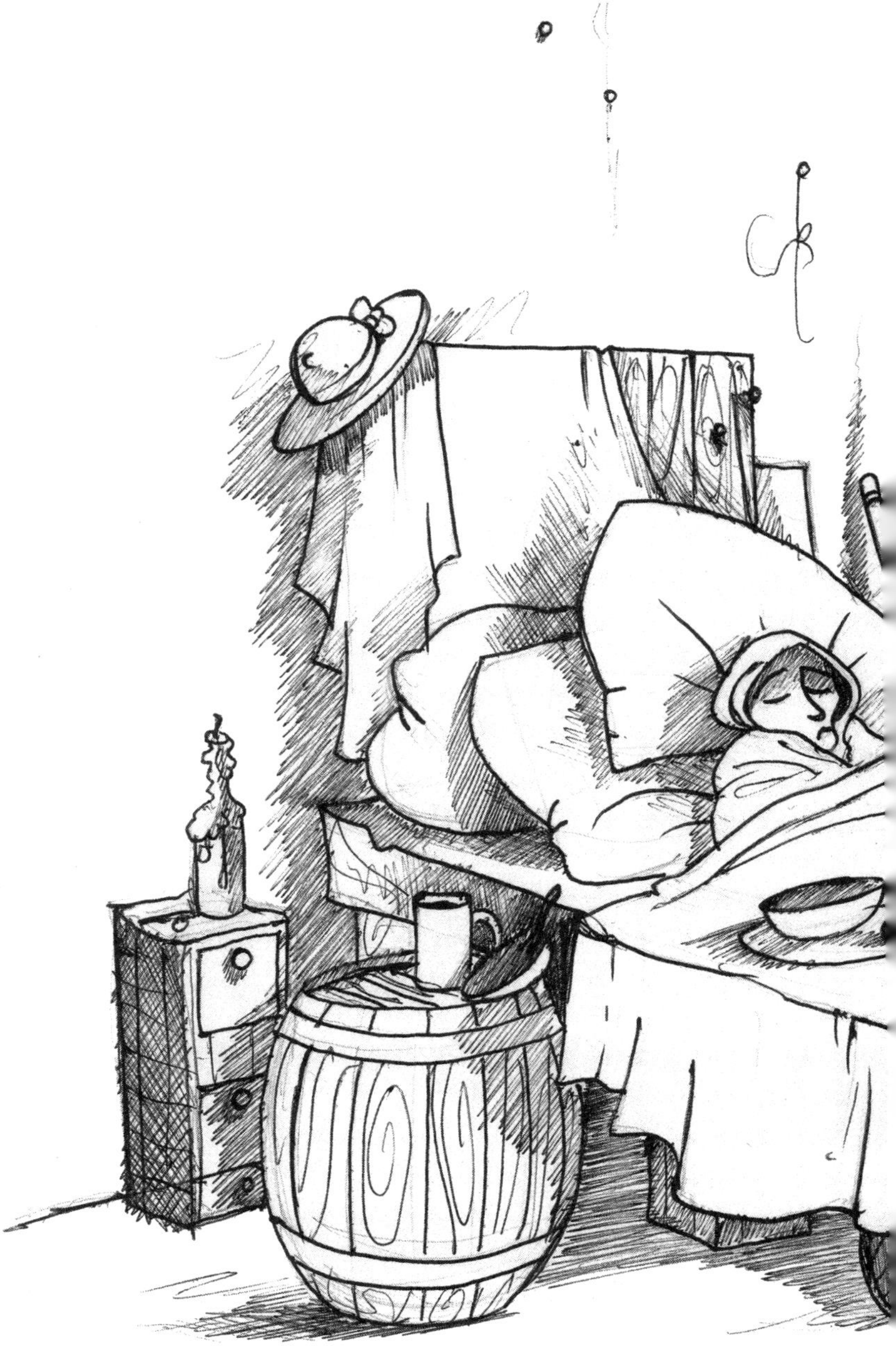

「どっちにしろ、明日は食べられそうにないわ」見るからに苦しそうなのに、母さんはどうしても話をしたいようだ。「あの人は救貧院《きゅうひんいん》をやってるのよ……クリーパーさんは」

「うん……」

「アメリア、よくきいて」かすかな声。「あたしはもう、長くないわ」

アメリアはなみだがこみあげるのを感じ、まばたきをしてごまかそうとした。母さんに見られたくなかったんだ。「そんなこといわないで」

「でも、ほんとなの」

「けど――」

「お願い、最後までいわせて。あたしが死んだあと、だれか、あんたのめんどうを見てくれる人がほしいのよ。あんたが路上で生活するようなことになるのはいやなの。えんとつそうじをつづけたとしても、この家で暮《く》らしていくことはできない。だから、たのんだのよ、クリーパーさんに……」

アメリアは恐怖《きょうふ》で全身がかたまるのを感じた。シーツの上をナンキンムシがはっているのが見えたけど、そのせいじゃない。

「もうやめて。きっとよくなるから」

母さんはまたせきこみ、長いことせきこんだあとで、こういった。「あそこに入れば、安心だよ」

アメリアはチェンバーポットをベッドの下にもどした。シーツの上を、円をえがくようにはうナンキンムシを見つめていると、キャプテン・スートがそいつを前足でバシッとたたきつぶした。アメリアはスートを見た。スートもアメリアを見かえした。ガラス玉のようなスートの目は、さっきの会話にショックを受けて、まんまるになっている。救貧院《きゅうひんいん》は猫《ねこ》を入れてくれるかしら、とアメリアは考えてみた。入れてもらえるとしても、スートを死ぬまで救貧院《きゅうひんいん》で暮《く》らさせたくはない。アメリア自身もそんな一生はごめんだが、スートはクリーパーが心底きらいなようだからね。

「ねえ、母さん、明日はクリスマスよ。魔法《まほう》が起こる。きっとよ。だから、信じて……クリスマスには奇跡《きせき》が起きるの。ほんとだから、ぜったいだから……」

アメリアはほほえみ、ファーザー・クリスマスに送った手紙のことを思った。そして、けんめいに信じようとした。奇跡《きせき》は起きると。クリーパーのような人間でいっぱいの世の中にも、魔法《まほう》はいつ起こってもふしぎはないのだと。

8 母さんの手（短いけど、とても悲しい章）

それから一時間後、アメリアはベッドのわきにひざまずき、母さんの手をにぎっていた。母さんの具合は一分ごとに悪くなっていく。前に母さんの手をにぎったときの楽しい思い出のひとつひとつが、アメリアの頭にうかんできた。手をつないで川のほとりを歩いたこと。市《いち》に出かけた日のこと。小さいころ、こわい夢《ゆめ》を見たあとにも母さんは手をにぎってくれた。アメリアの手のひらに指でわっかをかきながら、「バラの花輪をつくろうよ」のわらべ歌を小さな声で歌ってくれて、アメリアはそれをききながら、またねむりについたのだ。

母さんはもうほとんど口をひらかない。声を出すのにも、ものすごくエネルギーがいるんだろう。でも、その苦しそうな表情《ひょうじょう》から、アメリアには母さんが何かいおうとしているのがわかった。

母さんは首をふって、いった。「アメリア、あたしのかわいい子。お別れのときがきたようだわ」

母さんはゆっくりと息をしている。血《ち》の気《け》のひいた顔はミルクのように白い。

「でも、せきは止まったじゃない」

母さんはかすかにほほえんだ。きっと、これだけ話すのにも力をふりしぼっているんだ。

「いつかもっと幸せに暮《く》らせる日がくる」それは、このごろ母さんがよく口にする言葉だった。

「人生はえんとつみたいなものよ。まっ暗な中をくぐりぬけていかなきゃならないときもある。でも、やがて光が見えるわ」

母さんはもう一度弱々しくほほえんで、目をとじた。アメリアは、にぎっていた母さんの手から力がぬけていくのを感じた。

「母さん、死んじゃだめ。そんなのゆるさないからね。死ぬなんて、ぜったいだめだから。ねえ、きいてる？」

だが、ジェーン・ウィシャートのまぶたはとじたままだ。

「いい子でいてね」

それが、母さんの最後の言葉。いまきこえるのは、部屋の外の階段《かいだん》のおどり場に置かれた時計が時をきざむカチ、カチ、という音と、アメリアの悲しい泣き声だけだった。

9　希望球

ファーザー・クリスマスはおもちゃ工房《こうぼう》の中を急ぎ足で進んでいた。それにむらがるように、エルフたちもついていく。

「そいつが〝底なしぶくろ〟ですかい？」背《せ》の低い、たるのような体つきのエルフが、ファーザー・クリスマスが持っているふくろを指さしてきいた。

「そうだよ、ロッロ」

「そんなに大きそうには見えねえな」

「大きくはない。でも、いくらでも底なしに入るのさ。この世界まるごとだって――」

地面がゆれはじめた。エルフたちは顔を見あわせた。大きな目をさらに大きく見ひらいている。棒《ぼう》の先に馬の頭をつけたおもちゃがカラカラ音をたてて、つぎつぎと床《ゆか》にころがった。おもちゃのカートは石の床《ゆか》を前後にすべっている。何百というボールが床《ゆか》をころがり、ロッロはそれに足をとられてひっくりかえった。しりもちをついたが、幸いロッロのおしりは大きくてふかふかだ。それから、ゆれはぴたっと止まり、またなんの音もしなくなった。

「いまのはなんだ？」ロッロがきいた。

「こわいわ」と、エクボがいった。ベッラなんて、泣きだしてしまった。

ファーザー・クリスマスはみんなのほうを向いた。「たいしたゆれじゃなかったな、エルフ諸君《しょくん》。心配することはない。クリスマスを前にして、大地も興奮《こうふん》してるんだ！　かまわずつづけよう。とにかく重要な一日が——そして夜がやってくるんだからね」

ファーザー・クリスマスは底なしぶくろをよいしょと肩《かた》にかつぐと、えんとつをつたって、おもちゃ工房《こうぼう》の塔《とう》のてっぺんにある本部室へとのぼっていった。

えんとつから本部室の石の床《ゆか》におりたつとすぐに、知恵者《ちえしゃ》で知られる年寄《としよ》りエルフのファーザー・トポが立ったまま長い白ひげをなでているのが目に入った。

「万事《ばんじ》順調かい、ファーザー・トポ？」

「そうでもないぞ、ファーザー・クリスマス。たったいま、地面がゆれたのに気づかんかったか？　この塔《とう》がくずれるかと思ったぞ」

「ああ、ちょっとばかりゆれたね。だが、たいしたことはない。あたりに魔法《まほう》が満ちてるせいさ」

「ふーむ、そのことじゃが……希望球を見ろ。ほんとなら、光りかがやいておらねばならん」

ザ
スレイ
ベルズ

しごとはあそび
クラッカー・ジョーク集

ファーザー・トポは希望球を指さした。小さなガラスの玉のようなもので、部屋のまん中に立てたポールの上に置かれている。

希望球の中ではふだん、三色の光がきらめきながらゆっくりと動いている。緑、むらさき、青。この光はファーザー・クリスマスがフィンランド上空のオーロラからすくってきたものだ。クリスマス・イブには、エルフと人間とその他の生きものたちの希望や親切心にはぐくまれた魔法《まほう》の力によって、この光が目もくらむほどにかがやくはずだった。

しかしいま、ファーザー・クリスマスが希望球を見あげてみると、緑色のかすかな光が消えかかった炎《ほのお》のようにちらちらゆれているばかりだった。

「だいじょうぶ、心配することはないよ」ファーザー・クリスマスはいった。「小さいが、光ってはいる。これからどんどん大きくなるさ。さあ、ファーザー・トポ、元気を出して！　手紙もまだこれからどんどんとどくんだ！」

そのとき、いつもなら笑《え》顔《がお》のマザー・スパークルが、息を切らして手紙室からかけこんできた。

「変です！　手紙が一通も

とどいてません。たったいま、手紙をキャッチする係から連絡《れんらく》が入ったんですが、山をこえてくる手紙は一通もないんですって」

だが、ファーザー・クリスマスは笑顔《えがお》をくずさない。「そうか。手紙はとどかないし、希望球にもちょっとばかり問題がある。しかし、そのくらいのことでクリ――」

遠くでものすごい音がするのがきこえて、ファーザー・クリスマスは口をつぐんだ。なにかが割《わ》れてくだけるような音。大きな窓《まど》の前にいくと、そこからはかなりはなれた七曲《ななま》がり道《みち》のあたりでとんでもないことが起こっているのが見えた。

家という家がくずれて、つぎつぎと地の底にのまれていく。エルフたちはひびわれだらけの通りを必死に走っていた。ファーザー・クリスマスは、その光景に息をのんだ。そのときにはもう、トポとスパークルも窓辺《まどべ》にきていた。

トポはポケットから望遠鏡をとりだした。それを目にあてると、大混乱《だいこんらん》のなかをにげるひと組の家族がうつった。そのうちのひとりは下着すがただ。

「なんてこった。ノーシュとハンドラムとリトル・ミムじゃ」

ノーシュはトポのひいひいひいひいひいひい孫娘《まごむすめ》で、トポがこの世でいちばん大事に思うエルフなんだ。

おそわれているのは、七曲《ななま》がり道《みち》だけじゃなかった。大通りの建物もやられている。チョコレート銀行の行員たちが命からがらにげだしたつぎの瞬間《しゅんかん》に、銀行の建物は地面の下にのみこまれていった。

ファーザー・クリスマスが目にしたのは、それだけじゃない。さっきまでチョコレート銀行が立っていたところの、くずれたれんがの山を突《つ》きやぶって、何かが出てきた。はじめに、もじゃもじゃの黒い髪《かみ》の毛のような大きなかたまりが、地面からにゅっとあらわれた。それから、いぼだらけのおでこがゆっくりと見えてきた。そんなおでこをしているのは、トロル以外ありえない。

それと、丘《おか》のむこうから岩がひとつとんでくるのが見えた。とんでくる先は――ああ、なんてこった――岩はまっすぐこのおもちゃ工房《こうぼう》に向かっている。岩が窓《まど》を割《わ》ってとびこんできた。ファーザー・クリスマスがスパークルを突《つ》きとばし、その上におおいかぶさった瞬間《しゅんかん》、岩は本部室の床《ゆか》に激突《げきとつ》した。ファーザー・クリスマスはエルフよりうんと大きくて重いから、スパークルはぺしゃんこだ。でも、岩よりはやわらかいし、岩におしつぶされるのにくらべたら、よっぽどいい。

ファーザー・クリスマスは立ちあがり、コントロールデスクの前へいくと、そこにならんだボタンを確認《かくにん》し、赤いのをおした。そのボタンには、ものすごく小さい字で「めちゃめちゃ深刻《しんこく》な非常事態《ひじょうじたい》!!!」と書いてあった。

ファーザー・クリスマスの頭上で、塔《とう》のてっぺんの鐘《かね》がはげしくゆれはじめた。ガランガラン

ガランガランガランガランガランガラン……。

そのとき、ファーザー・クリスマスは気づいた。希望球が床《ゆか》で割《わ》れている。残っていた緑色の小さな魔法《まほう》の光がすーっとうかんで近づいてきたかと思うと、ファーザー・クリスマスの目の前で消えてなくなった。

10 空とぶおはなし妖精《ようせい》

これがクリスマス・イブのエルフヘルムだった。ゆれる大地。地下からつぎつぎとあらわれるトロルの頭。頭上をとんでいく大小の岩。くずれる建物。イチジク・プディング・カフェからとびちるクリスマス・プディング。地面にちらばるコインチョコレート。子どもをかかえて走るエルフたち。雨のようにふる岩から身を守ろうと、楽器を頭にのせてにげるザ・スレイ・ベルズのメンバー。

「エルフたちよ！」ファーザー・クリスマスは声をはりあげた。「トナカイの広野《ひろの》に走れ！　みんないそぐんだ！　トナカイの広野《ひろの》に向かえ！」

トポはファーザー・クリスマスの横で、ノーシュとミムを抱《だ》きしめている。

「きたぞ」ハンドラムがなさけない声を出した。エルフたちの足の下でまた地面がふるえだしたのだ。

ノーシュは息子《むすこ》の目をおおった。おもちゃ工房《こうぼう》の大きな建物が一気にくずれおちた。

そのとき、ファーザー・クリスマスはがれきの中からなにかが出てくるのを見た。ひとつ、ふたつ……いや、三人のトロルだ。体の大きなユーバートロルではない。ウンタートロルとよばれる小型《こがた》のトロルで、ファーザー・クリスマスの三倍の大きさしかない。平均的なエルフとくらべてもほんの九倍ほどだ。ほんとは四人といったほうがいいのかもしれない。ひとりは頭がふたつあったからね。つぎのやつには目がひとつしかなかった。最後のは一見ふつうのやつだ。トロルにしてはだよ。ただ、黄ばんだ大きな歯が一本、口のはしから突《つ》きだしている。三人ともはだはいぼだらけでがさがさ、歯はくさりかけ、ぼろぼろのよごれたヤギ革《がわ》を服にしていた。

ひとつ目のトロルが岩を高々と持ちあげ、低い雷《かみなり》のようなおたけびをあげた。トロルの視線《しせん》の先には、まだこわされずに残っているただひとつの建物がある。デイリー・スノー新聞社の五階建てのビルだ。それに岩をぶつけようとしている。

「トロル諸君《しょくん》、きいてくれ。きみたちに危害《きがい》をくわえるつもりはない」ファーザー・クリスマスは呼《よ》びかけた。

そのとき、ふたつ頭のトロルがひとつ目のトロルの腕《うで》をつかんだ。

「やめろ、ドスン」ふたつ頭のトロルがいった。ドスンとよばれたトロルは肩《かた》をすくめ、腕《うで》をおろした。

「ありがとう」ファーザー・クリスマスはお礼をいった。「わたしたちはおだやかなクリスマスを望んでいるだけだ。トロル谷をどうこうしようという気はない。たのむから――」

ちょうどそのとき、ファーザー・クリスマスは頭上で羽音《はおと》がするのに気がついた。見ると、真実の妖精《ようせい》と似《に》たようなすがたをした生きものがいる。ただし、そいつには羽があって、真実の妖精《ようせい》よりうんと小さかった。羽は四枚《まい》。左右に二枚《まい》ずつだ。どれもうすくて、むこうがすけて見える。日の光を受けて、ガラスのようにきらめいていた。

「おはなし妖精《ようせい》だわ！」ノーシュが声をあげた。ノーシュはトロルのことと同じくらい、ピクシー族についてもくわしいのだ。

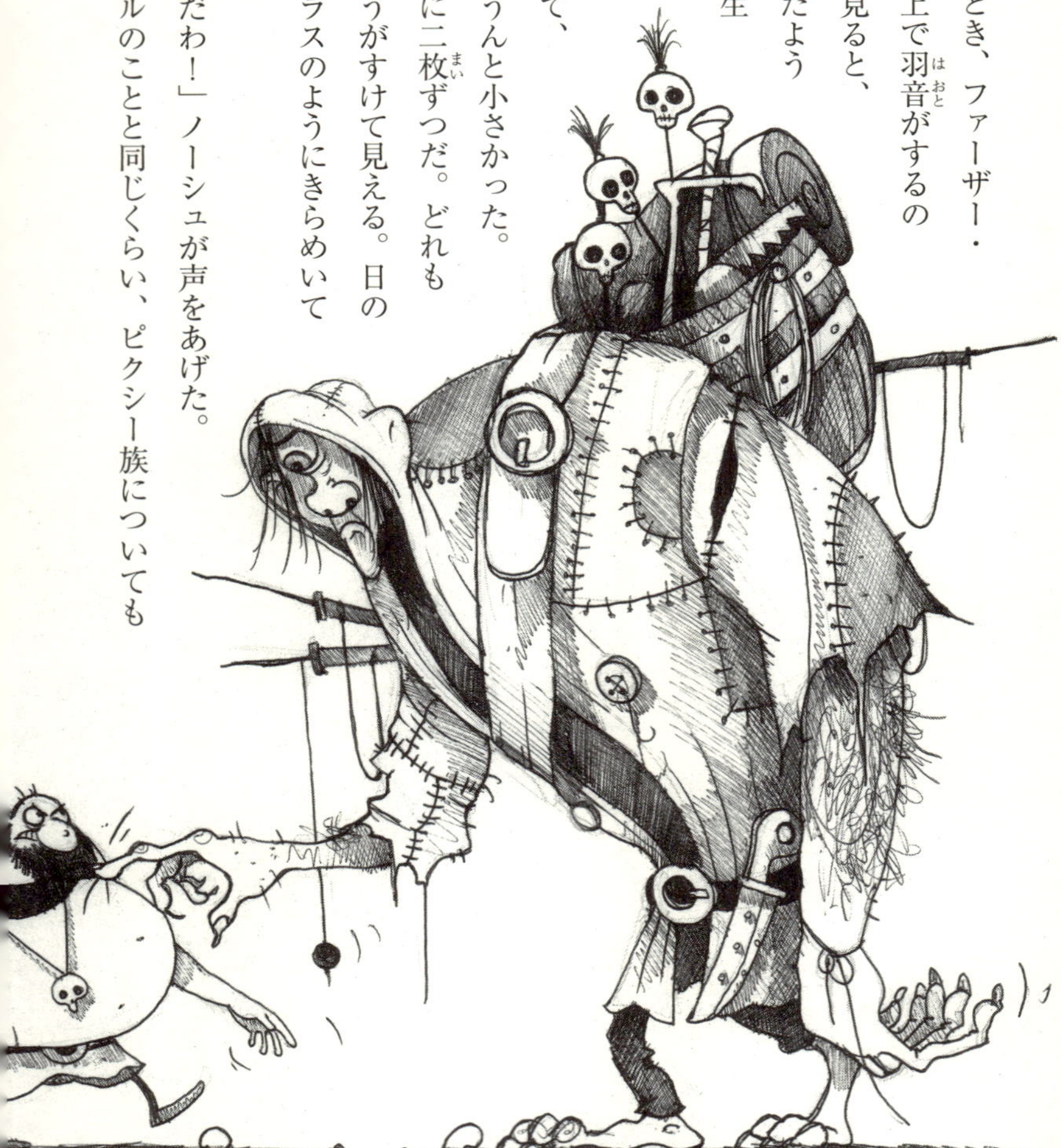

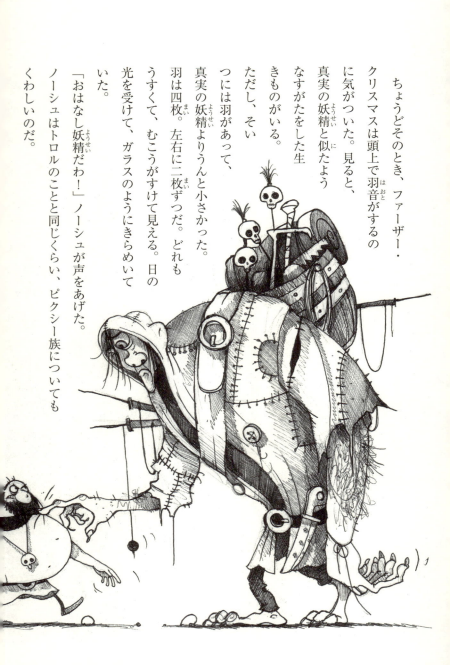

おはなし妖精《ようせい》はくるくるとびまわり、クスクス笑いながら、トロルがめちゃめちゃにした村をながめている。それから、ドスンの頭のそばまでおりてきた。このようすを見たファーザー・クリスマスは、みょうだなと思った。つぎの瞬間《しゅんかん》、妖精《ようせい》はさっと空に舞《ま》いあがり、自分たちのすみかのある、雪深い丘《おか》の森のほうにとんでいった。

「今年はクリスマスなしだ！」ドスンがぼんやりといった。

「クリスマスなし！」

「クリスマスのなにがいけないんだ？」ファーザー・クリスマスはつい口に出していってしまった。「きみたちトロルもクリスマスは好きだと思ってたが」

　これはちょっと考えが足りなかったかもしれない。だって、ドスンはまだ手に岩を持っていたからね。

　ドスンはなにもいわなかった。ただ、じっと遠くを見ていた。トナカイの広野《ひろの》にいるエルフたちのほうを。

　それから急にうなるような大声を出し、持っていた岩を高く高く、うんと高く投げあげた。みんなが岩の行方《ゆくえ》を目で追う。

「まずいぞ」トポがファーザー・クリスマスにささやいた。

ファーザー・クリスマスにも、岩の向かっている先は見えていた。ねらいはエルフたちではない。トナカイでもない。デイリー・スノー新聞社でもない。それは、そりがとめてある原っぱだ。岩は一マイルはなれたところからでもきこえるくらい大きな音をたてて、墜落《ついらく》した。ドスンもほかのトロルたちも、めちゃめちゃに足をふみならした。野蛮《やばん》なトロルダンスの一種らしい。

「これは合図だわ」ノーシュがいった。足音をつかった合図については、ジャーナリストを目指して勉強していたころに『完全版《ばん》トロルペディア』で読んだことがあった。

地面の下からトロルたちのおたけびがきこえた。ノーシュにはその意味がわかった。

「みんなさがって」

そのとき、ズボッ!と音をたてて、巨大《きょだい》なこぶしがいきなり地面からとびだしてきた。その灰色のこぶしひとつでも、大きめのウンタートロルほどの大きさがある。

ハンドラムはうずくまり、医者に習った呼吸《こきゅう》の練習をはじめた。「お父ちゃん、だいじょうぶだからね」と、ミムがはげます。

「ウルグラよ。トロル族の最高指導者《しどう》だわ」ノーシュがかすれ声でいった。こぶしは地面の下にもどった。あとにはただぽっかりと穴《あな》がひとつあいているだけだ。地上にいた三人のトロルがつぎつぎとその穴《あな》にとびこんでいく。地中のほら穴《あな》のどこかに三人が着地したしるしに、大地がびりびりとふるえた。

ファーザー・クリスマスはあたりを見まわした。不安そうなエルフたちを、破壊《はかい》された家々を、くずれさったおもちゃ工房《こうぼう》を。そして、しばらく待った。なんの音もしない。トロルたちはいってしまったらしい。

「やつらは消えたようだ」

ファーザー・クリスマスがそういったあとに、ミムが村を見わたしてぼそっとつぶやくのがきこえた。「ぜんぶ消えちゃったね」

がれきの中からスーパーボールがひとつ、ころころとファーザー・クリスマスの足もとにころがってきた。

消えたのは、ぜんぶじゃない。

11 ノックの音

いっぽうロンドンでは、上等の服に身をつつんだ背《せ》の高い、まるでがいこつのような男がひとり、ハバダッシェリー通り九十九番地のドアの前に立っていた。たけの長い黒のコートを着てシルクハットをかぶり、聖書《せいしょ》とぴかぴかの黒いステッキをたずさえている。目は、男の背後《はいご》の通りにひそやかにたちこめていくロンドンの霧《きり》のような灰色《はいいろ》だ。

アメリアはドアをしめようとしたが、クリーパーのほうがすばやかった。

クリーパーの顔が、まさに目の前にある。おかげで、なにからなにまでいやというほどよく見えた。両目の下には黒々としたくまがある。長い鼻はひざのように折れ曲がっている。ほおのこけようはひどくて、骨《ほね》と皮のほかはなにもないんじゃないかと思うくらいだ。

「紳士《しんし》の訪問《ほうもん》にドアをとざすとはなんだ。おまえをたすけにきてやったんだぞ」

アメリアのかかとのわきで、キャプテン・スートが警告《けいこく》するようにしっぽをふった。

「いけすかないやろうめ」スートはシャーッと声を出した。「おまえがどういうやつか知ってるぞ。おまえなんか、これっぽっちも好きじゃない。敷物《しきもの》をよごしてやったのは、いいきみだ」

「母親のことは気《き》の毒《どく》だったな」クリーパーは気《き》の毒《どく》とも悲しいとも思っていない顔でいった。

「どうして知ってるんですか？」アメリアは、クリーパーのズボンに目を落とした。今朝スートがやぶったのとはべつのズボンをはいている。

「うわさをきいたものでね」

「そうですか。それはどうも、だんなさま。メリー・クリスマス」

「すると、わびをいう気はないのかね？　わたしの顔をえんとつそうじのブラシで突《つ》いたことに対しても、ひいきにしてやった恩《おん》をあだで返したことも、そのちびのくせに凶暴《きょうぼう》なけものの件《けん》も？」

アメリアはふたたびドアをしめようとしたが、その腕《うで》をクリーパーがぎゅっとつかんだ。

「帰ってよ。あたしのことはほっといて。このくっさいカビおやじ！」

「そうだ、そうだ」スートがニャオニャオ鳴いた。

にやっと笑ったクリーパーの口は、曲がった鼻の下でまる

まった枯《か》れ葉のようだ。

「いいや、だめだ。そうはいかん。悪いが、それは不可能《ふかのう》だ。おまえはわたしとくるんだよ。この世にひとつ、わたしが情熱《じょうねつ》を燃《も》やしていることがある。それは、まちがいを正すことだ。おまえの母親はわたしに、おまえをたたきなおすようたのんだのだよ。よい子にしてくれといったんだ。おまえは父親のだめなところをいっぱい受けついでいるからな」

アメリアは、母さんが父さんのことをそんなふうにいうはずがないのを知っていた。

「おまえをむかえにきた。救貧院《きゅうひんいん》できちんとしつけてやる。おまえはもうわたしのものになったんだ。さあ、いくぞ」クリーパーのつめがアメリアの腕《うで》にくいこんだ。

じょうだんじゃない、とアメリアは思った。

アメリアはたすけを求めるようにスートを見た。スートはその目をしっかり見かえすと、ふいにリビングにかけこんでいった。

さすがはキャプテン・スート。名案だ。

アメリアは強くつかまれていた腕《うで》をぐいとひきぬき、小さな暗いリビングににげこんだ。

その先はふたつにひとつ。古くなって朽《く》ちかけた窓《まど》か、ちっちゃな暖炉《だんろ》だ。スートはもう暖炉《だんろ》の中にいた。

「かしこい子ね」

クリーパーにえんとつをのぼれるわけはない。

「もどってこい！」クリーパーは鼻の曲がった細長い顔をにくにくしげにゆがめて、部屋に入ってきた。「貧乏人《びんぼうにん》のガキめ！」

「もどるもんですか！」アメリアがはきすてるようにいうと、スートも同じことをいうかわりにシャーッと声を出した。アメリアは猫《ねこ》を床《ゆか》から抱《だ》きあげた。「もういいわ、スート。いきましょ」

アメリアは暖炉《だんろ》にもぐりこむが早いか、まっ暗なえんとつの中にすがたを消した。

そして、スートを自分の肩《かた》にのせ、「おとなしくしててね、つめをたてちゃだめよ」というと、えんとつをのぼりはじめた。すすだらけの壁《かべ》にひじと足をつっぱって、進んでいく。ふつうのえんとつとくらべても、かなりせまい。それにくずれやすくて、体をささえるのはたいへんだ。そのとき、片足《かたあし》の先をクリーパーにつかまれたのを感じた。がりがりなのに手の力は強い。クリーパーはアメリアをひきずりおろそうとした。ざらざらの壁《かべ》にこすれたひじに痛《いた》みが走る。心臓《しんぞう》がバクバクいっている。つかまれていた足で思いきり三回けって、なんとか自由になったが、そのあいだにくつが片方《かたほう》ぬげてしまった。

「このくそガキ、もどってこい！」

だが、アメリアは暗闇《くらやみ》の中をどんどんのぼっていく。せまい。てっぺんに近づくと、さらにせまくなった。スートが先にえんとつからぬけでた。つづいて、アメリアも身をよじって、外に出た。ふたりともぶじに闇《やみ》から解放《かいほう》されたのだ。

雪がふっている。屋根の白さにアメリアは目をしばたたいた。スートが走りだすと、雪の上に小さな足あとがついた。

「みつけたぞ！」下の通りから声がした。

雪のせいで屋根の上はすべりやすい。アメリアは猫《ねこ》ではないし、くつもかたっぽしかはいていなかったが、どうにか落ちずに屋根のいちばん高いところを走ってにげた。となりどうしの家が壁《かべ》でつながっているテラスハウスの屋根は長い。とはいえ、やがてはしまでくると、つぎのテラスハウスの屋根までジャンプするほかなくなった。

「先にいって」アメリアがいうと、スートはうまくとんでみせた。しかも、軽々と。つづいてアメリアもとんだ。うまくいった。軽々とではなかったけどね。

「きよしこの夜」を歌っていた聖歌隊《せいかたい》が歌をやめ、アメリアを見あげている。肩《かた》で息をしながら通りを見ると、クリーパーがステッキをつきながら急ぎ足でこっちに向かってくるのが見えた。アメリアは母さんが大好きだったし、母さんがいちばんいいと思って決めたことだともわかっている。でも、母さんはクリーパーがどんなにおそろしい人間かを知らなかったんだ。アメリアの心の中で、恐怖《きょうふ》と、あせりと、たとえようもない悲しみが、嵐《あらし》のようにふきすさんでいた。

「ああっ！」アメリアは足をふみはずし、屋根の反対側をすべりおちていった。

途中《とちゅう》でなにかをつかみ、落下は止まった。かたくて、ぬれていて、つるつるしている。それがなにかはわからない。つかんでいた手がはずれ、アメリアは落ちて、地面にあおむけにひっくりかえった。あわててあたりを見まわす。どうやら、だれかの家の裏庭《うらにわ》だ。スートも屋根をおりてきて、アメリアのおなかに着地した。

「だいじょうぶ」スートは猫《ねこ》の言葉でいった。「うまくやれるさ」

アメリアはこのときはじめてスートの言葉がわかった気がした。

アメリアとスートは立ちあがると、裏庭《うらにわ》をかけぬけ、路地に出た。それからインディア通りに出ると、遠くで聖歌隊《せいかたい》が「ウェンセスラスはよい王様」を歌う声がきこえた。ふりかえってみたが、クリーパーのすがたはない。

アメリアは勢《いきお》いよく走りだした。見も知らぬ未来に向かって。

12
ファーザー・ヴォドルのややこしい言葉

ファーザー・クリスマスがこわれたそりの前に立っていると、むかしからの友だち、トナカイのブリッツェンが近づき、鼻をすりつけてきた。

「ありがとう、ブリッツェン」

エルフたちはみんな、気持ちを落ちつけようと、雪の中に立ったまま非常用《ひじょうよう》のシュガープラム（まるい形のさとう菓子だよ）を食べながら、ファーザー・クリスマスがなにかいうのを待っている。

そこで、ファーザー・クリスマスは口をひらいた。

「さて」にっこりとほほえんでみせる。「ずいぶんと変わったクリスマス・イブになったねえ。だがまあ、こんなもんですんでよかった。明るい面を見るとしようじゃないか」

「明るい面だと？」黒のチュニックを着て黒いあごひげを長くのばした、もじゃもじゃまゆげのエルフが、ぎろっとにらみつけた。「明るい面などあるもんか。大惨事《だいさんじ》だ。どえらい災難《さいなん》だよ。被害甚大《ひがいじんだい》。ゆゆしき一大事。えーと……えーと……尋常《じんじょう》オナラざるめちゃクサい害だ！」

ファーザー・クリスマスはため息をついた。エルフたちの信頼《しんらい》を集めるファーザー・ヴォドルがややこしい言葉をならべたてるおかげで、みんなますます元気をなくしてしまいそうだ。ヴォドルはエルフの中でだれよりたくさんの言葉を知っている。七千六百万あるエルフの言葉をぜんぶ知っているし、自分で新しい言葉をこしらえることもある。そうやってみんなをけむに巻《ま》き、自分をさもかしこそうに見せるんだ。「尋常《じんじょう》オナラざるめちゃくサイ害」なんてのは、ヴォドルが勝手につくった言葉だろう、とファーザー・クリスマスは思った。

ノーシュはふと、ヴォドルの足あとに目をとめた。雪の上に残るその足あとは、西のほう、つまり丘《おか》のほうからつづいている。これはおかしなことだった。ヴォドルは、毎年クリスマス・イブにはデイリー・スノー新聞社のオフィスにいたからね。

ファーザー・クリスマスは、むりにもまた笑顔《えがお》をこしらえた。「まあまあ、ファーザー・ヴォドル。どんなことにも明るい面はあるさ。ほら、トロルはいなくなった。もう安心だ。もちろん、なんでこんなことになったかは調査《ちょうさ》しなきゃならない。かならずやる。約束するよ。しかし、今日のところはやめておこう。そうだな、けが人もいるようだが、村にはエルフ治療《ちりょう》のエキスパートがそろってるからだいじょうぶだ。ドラブル先生もいるしね。それから、トナカイもぶじ

だ。まだどうにか立ってる建物もある。ほら、デイリー・スノーのビルはぶじじゃないか。村の再建《さいけん》が終わるまで、みんなあそこかわたしの家にとまればいい。エルフなら、わたしのベッドに少なくとも十一人は、ねられるだろう。わたしならトランポリンの上でねるから、平気さ。とにかく、忘《わす》れちゃならないのは、今日がクリスマス・イブだということだ。わたしたちには、大事な使命がある」

おどろいたように息をのむ音が広がった。ブリッツェンさえ、それはどうかなという顔をしており、不賛成《ふさんせい》だということをつたえるためだけにおしっこをしてみせた。

「クリスマス？　クリスマスだと！」ヴォドルは顔をしかめた。「おもしろいじょうだんだな。これではクリスマスどころではあるまい」

「やったあ！」さけんだのはミムだ。ミムはいまひとつ話がわかっていなかったが、なんにせよ、その言葉をきくのは好きだったんだ。

「クリスマスだって！　父ちゃん、クリスマスだよ！」

ハンドラムはうなずいて目をとじ、ジンジャーブレッドのことを考えて気持ちを落ちつけようとした。

ヴォドルが前に出て、低い声でつぶやいた。「不可能《ふかのう》だ」

エルフたちはぎょっとし、子どものいる者はわが子の耳を両手でふさいだ。

「ファーザー・ヴォドル、たのむから、そんな悪い言葉はつかわないでくれ。子どもたちの前だ」ファーザー・クリスマスはそういうと、みんなに向かって話しだした。「わたしにもわかってる。一見、これは……むずかしそうだ。だが、わたしはむかし、あるひじょうにかしこいエルフにこういわれたことがある。この世に不可《ふか》……いや、そういうものはないと。それに、今夜は世界じゅうの子どもがわたしたちを待ってるんだ。子どもたちに魔法《まほう》をとどけにいかなくちゃ」

「いや、ファーザー・ヴォドルが正しいかもしれん」トポが口をはさんだ。

エルフたちもみんな、とまどっている。

「だいたい、おもちゃがありません！」

「そりもだめになったじゃないですか！」

ファーザー・クリスマスはうなずき、「そうだね。もちろん多少問題はある」と、つぶれたそりに目をやった。「あのそりは、たしかにちょっと修理《しゅうり》が必要だ。だが、わたしたちにはトナカイがいるじゃないか。わたしもこのとおりだし、底なしぶくろもぶじだ。それに、世界には希望が満ちているよ。今日は世界じゅうの子どもが喜《よろこ》びに胸《むね》をはずませていることだろう。あと少ししたら、空に希望の光が燃《も》えるのがわかるさ。オーロラが、見たこともないほど明るくかがやくはずだよ」

「み、水をさすつもりはないんだけど――」ベルト職人《しょくにん》のマザー・ブレールが口をひらいた。

「も、も、もしほんとにそうなら、そもそも、こ、こんなことは起こらなかったんじゃないかしら」

ファーザー・クリスマスはポケットになにか入っているのに気がついた。アメリア・ウィシャートからの手紙だ。ファーザー・クリスマスがいちばん最初にプレゼントをとどけた子どもだ。トポの顔を見る。トポはつま先立って、ファーザー・クリスマスの背中《せなか》に手を置いてくれている。いや、背中《せなか》に手を置こうとしたらしいが、結局おしりまでしか手がとどかず、なんとも気まずいことになっていた。

「なあ、エルフ諸君《しょくん》」ファーザー・クリスマスはあらためていった。「きみたちはエルフだ。ともかくやってみようじゃないか。人間はわたしたちを必要としてるんだ。さて、質問《しつもん》のある者は？」

ミムが手をあげた。

「なんだい、リトル・ミム？　いってごらん」

「ファーザー・クリスマスはスピクル・ダンスおどれる？」

エルフの中から笑いがもれた。こんなみじめな日にスピクル・ダンスのことを考えるのは、なかなかいいもんだ。

「スピクル・ダンス？　うーん……そうだなあ」

「だって、おどってるとこ、見たことないんだもん」

「リトル・ミム」ノーシュがささやいた。「いまはそんな質問《しつもん》をするときじゃないでしょ」

「リトル・ミム、わたしはエルフじゃない。わたしを見てごらん。こんなに背《せ》が高い。おなかだって、こんなに大きい。つまりだね、わたしはドリムウィック、つまりエルフの魔法《まほう》をかけてもらいはしたが、スピクル・ダンスはエルフにまかせておいたほうがいいと思うんだ」

ミムは悲しそうな顔をした。笑顔《えがお》が消えてしまった。とんがった耳さえ、少したれさがったように見える。だけど、はっきりこういったんだ。

「スピクル・ダンスはみんなのものだよ。それが大事なとこなんでしょ」

ファーザー・クリスマスはよく考えてみた。もしそれでエルフたちを元気づけられるとしたら、そうとも、やらない手はない。

一応拍手《いちおうはくしゅ》もあったので、ファーザー・クリスマスは深呼吸《しんこきゅう》し、体を動かしはじめた。

やってみると、ファーザー・クリスマスのスピクル・ダンスはなかなかのものだった。

「さて」おどりおわると、ファーザー・クリスマスは息を切らしながらいった。「それじゃあ、クリスマスの立て直しにとりかかるとしようか」

「ぼく、やりたい！」目の前でさっきの小さな声がきこえた。

「おお、ありがとう、リトル・ミム。ほかにやってくれる者は？」

ノーシュが手をあげた。トポもだ。それに、あと数人。だが、これほどしょげかえったエルフたちを、ファーザー・クリスマスは見たことがなかった。

「ようし。すばらしい。最高だ」

ファーザー・クリスマスはブリッツェンをぽんぽんとたたいて気をまぎらわせ、山のほうに目をやった。そして、そのむこうにある人間の世界に思いをはせながら、どうかうまくいきますようにと祈《いの》った。

13
逃走《とうそう》

アメリアはひたすら走った。なにも考えず、西に向かって。スートのあとについて、夜の闇《やみ》の中をひた走った。スートのしっぽの先の白い部分を追う。ぴんと立ったしっぽは、びっくりマークのようだ。そのうちに、かたっぽだけくつをはいて走るより、はだしになったほうが楽だということに気がついた。それで、もういっぽうのくつもぬいで、そのまま石だたみの道に置いていった。

走りながら、アメリアは泣いていた。道の両側には居心地《いごこち》のよさそうな家々がならんでいる。カーテンのむこうでは、楽しいクリスマス・イブをすごした住人たちがねむりにつくころだ。明日の朝、子どもたちはくつ下の中におもちゃの兵隊やドレスを着た人形をみつけて、大喜《おおよろこ》びするだろう。でも、アメリアにはわからない。どうすればいいのかも、どこにいけばいいのかも。

おばあさんがひとり、焼《や》き栗《ぐり》のカートをおしながら、通りをやってくる。親切そうなおばあさんだ。

「すみません」アメリアは声をかけた。

STONE & SON

「おや、また会ったね、じょうちゃん」焼《や》き栗《ぐり》売りのおばあさんが口をひらくと、まっ茶色の歯が見えた。「あんたも猫《ねこ》ちゃんも、おうちに帰らんでええのかい？」

寒さと悲しさが胸《むね》にささり、たまらなくなって、アメリアはスートを抱《だ》きしめた。「えっと、それが……あたしたち、いくとこがないんです」

カートをおしていたおばあさんは足を止め、アメリアをまっすぐに見た。

「いくとこがねえって？」おばあさんはくしゃみをした。「ごめんよ」

「はい。安全な場所はどこにもなくて」アメリアはきょろきょろあたりを見まわした。「クリーパーさんに追われてるんです」

「わかるよ。救貧院《きゅうひんいん》なんて、あんたみたいな小さい子がいくとこじゃねえもんなあ。とにかく、あの男んとこはだめだ」おばあさんはまたくしゃみをした。

「あたしとこの猫《ねこ》を、おばあさんちにとめてもらえませんか？」

おばあさんはうつむいた。

「悪いけど、できねえな……その、あたしゃ、猫《ねこ》とはいっしょにいられねえのさ。そばによると、おかしなことになっちまうんだ。さっきからくしゃみが出てんのも、そのせいだよ。そうさね……そうさね……ブロードハートさんとこにいってみるのが、いちばんじゃないかね。セントポール大聖堂《だいせいどう》のそばに住んでる女の人でね。ええ人だよ。ベッシー・スミスからきいてきたっていいうんだよ。それがあたしの名前だ。ベッシー・スミス。ブロードハートさんは、あんたみたいな女の子のめんどうを見てなさる。……マッチ売りなんて、あんまりええ仕事じゃねえが、クリーパーの救貧院《きゅうひんいん》にとじこめられるよりは、マッチ売りになったほうがましさ。そこんとこはまちがいねえよ」

「ありがとう」アメリアはお礼をいって、歩きだした。

「待ちな、じょうちゃん。ほら、栗《くり》をちょっとあげよう。ささやかだが、クリスマスプレゼントだよ」おばあさんが大声で呼《よ》びとめた。

けど、栗《くり》をもらっているよゆうはなかった。すぐそこの角を、長くのびた影《かげ》が曲がってこようとするのが見えたんだ。背《せ》の高いやせた男の影《かげ》で、ステッキを持っている。それがだれかはひと目でわかった。

「もういかなきゃ」アメリアはそれだけいって、また走りだした。

「幸運を祈《いの》ってるよ、じょうちゃん」

14 プライ巡査《じゅんさ》

雪まじりの水たまりがほうぼうにできた暗い道を走っていると、はだしの足がじんじん痛《いた》んだが、アメリアは止まろうとはしなかった。クリスマスにうかれたよっぱらいや、まだあたたかくてぬるぬるするチェンバーポットの中身をよけながら走りつづけ、セントポール大聖堂《だいせいどう》についた。とてつもなく大きな建物で、てっぺんには、ふつうのタマネギよりうんと大きくりっぱになりたいと夢見《ゆめみ》るタマネギみたいな、まるい屋根がのっている。あたりにはたくさんの人がいた。深夜の礼拝《れいはい》が終わって、教会から出てくる人たちだ。ブロードハートさんはきっとこんな人だろうと想像《そうぞう》し、さがしてみたが、それらしい老婦人《ろうふじん》はみつからない。

アメリアは青い制服《せいふく》を着た警官《けいかん》に出くわした、というか、警官《けいかん》にぶつかった。アメリアがうんと小さいころには警官《けいかん》なんてひとりも見なかった。しゃれた制服《せいふく》を着た警官《けいかん》なんてぜんぜんいなかった。だがいま、やつらはいたるところにいる。この警官《けいかん》はずいぶんとりっぱな、もしゃもしゃの口ひげをはやしていた。顔にひげがはえているというより、ひげが顔をはやしてるみたいだ。

「すみません」アメリアはあやまった。

「やあ、おじょうちゃん。どこへいくんだい？」

「あの、あたしブロ――」

いいおわる前に、ききおぼえのある声が割《わ》って入った。

「心配無用だよ、プライ巡査《じゅんさ》。そいつはわたしの連れだ」

アメリアはふりかえり、ぎょっとした。ガス灯《とう》に照らされたクリーパーの顔が、こっちをにらみつけている。にげる間もなく、骨《ほね》ばった細長い手がアメリアの腕《うで》をつかんだ。

「これはこれは、こんばんは、クリーパーさん」プライ巡査《じゅんさ》はぼうしをとってあいさつした。

クリーパーは枯《か》れ葉のような笑顔《えがお》をつくった。「このアメリア・ウィシャートは気性《きしょう》があらくてな。こいつの抱《だ》いているいまいましい猫《ねこ》と同じくらい気性《きしょう》のあらい子だ。きびしくしつける必要がある。救貧院《きゅうひんいん》の新入りでね。この子をいるべき場所まで連れもどすのを手つだってもらえるなら、これほどありがたいことはないんだが」

「なるほど」プライ巡査《じゅんさ》はアメリアのもう一方の腕《うで》をつかんだ。「おっしゃることはわかりました。やっかいな子ですな。救貧院《きゅうひんいん》までおともしましょう」

「救貧院《きゅうひんいん》なんかに入るもんですか！」

さけんでみても、むだだった。アメリアにはくつもない。親もない。そして、希望もなかった。

15
作家のディケンズさん

クリーパーはキャプテン・スートに目をやった。スートはシャーッと声をあげている。

「そのきたならしいけものを入れるわけにはいかんぞ」

おそろしさに、アメリアの鼓動《こどう》は速くなった。アメリアにはもうスートしかいない。スートはいちばんの友だちだ。つらく苦しいときにはいつもそばにいて、アメリアの顔をなめたり、頭をあごにすりつけたりしてくれた。そもそも人なつっこい猫《ねこ》で、スートがきらう相手は、だれかさんしかいない。

そのとき、ひとりの男が近づいてきた。上品な身なりの、すらりとした紳士《しんし》だ。あざやかなむらさきのコートを着てシルクハットをかぶり、防寒用《ぼうかんよう》のしゃれた手ぶくろをしている。あごはとがっているが、やさしそうな顔だちで、目はかしこそうにきらめいていた。家にすてきな暖炉《だんろ》があるようなお金持ちというだけでなく、この人はきっと猫好《ねこず》きだ。

男の人はプライ巡査《じゅんさ》をまっすぐに見つめて、「なにかあったのですか?」とたずねた。クリスマス・プディングのように、ゆたかで深い味わいのある声だ。

「なんとも気性《きしょう》のあらい子でね。クリーパーさんの救貧院《きゅうひんいん》の子どもだそうですがね」

男の人はクリーパーをにらみつけた。

「救貧院《きゅうひんいん》は子どものいる場所じゃない。クリスマスにはなおさらだ」

「ふん。ばかばかしい」クリーパーは鼻を鳴らした。

「失礼ですが、どなたですか？」プライ巡査《じゅんさ》は、男の人を頭のてっぺんからつま先までじろじろ見た。

「チャールズ・ディケンズと申します。小説を書いています。名前くらいはきいたことがおありじゃないですかね」

チャールズ・ディケンズ！　こんな状況《じょうきょう》でなかったら、アメリアはおどりあがって喜《よろこ》んだだ

ろう。なにしろ、大好きな作家なのだ。ファーザー・クリスマスからのプレゼントには、ディケンズの書いた『オリバー・ツイスト』という本も入っていた。そして、アメリアはその本にすっかり夢中《むちゅう》になったんだ。

クリーパーは肩《かた》をすくめながら、ばかにしたように笑った。「さあて、まったく覚えがないね」ディケンズは、アメリアと同じ目の高さになるようかがみこんだ。あごの先にちょぼちょぼと黒いひげがのびかけている。「おじょうさん、ご両親はどこにいるの？」

「死にました」アメリアのほおになみだがこぼれた。ディケンズはそのなみだをふいてくれた。アメリアはびっくりしてしまい、「すみません、ディケンズさん」とあやまった。ディケンズはいたわるようにほほえんで、「泣くのをはずかしがることはないんだよ」といってくれた。

クリーパーがチッと舌《した》を鳴らした。その音を待っていたかのように、プライ巡査《じゅんさ》が口をひらいた。「さて、ディケンズさん。あなたが善良《ぜんりょう》なおかたなら、これ以上われわれのじゃまをしないでもらえますかな」

アメリアは悲しくて悲しくて、なにかいいたいのに、なにもいえずにいた。だが、スートを救《すく》えるチャンスはもう、いましかないのもわかっている。「お願いです、だんなさま。猫《ねこ》はお好きですか？　これからあたしのいくとこには、猫《ねこ》は連れていけなくて……」

なにをかくそう、ディケンズは猫《ねこ》が大好きだった。その日の朝も、ノートにこんな言葉を書きとめたところだ。「猫《ねこ》の愛にまさるおくりものはない」いつか、これを小説の中でつかおうと思ってね。ディケンズはボブという名の猫《ねこ》をかっていた。友だちができたらボブも喜《よろこ》ぶだろうと考えたが、アメリアにはこうこたえた。「ああ、猫《ねこ》は好きだよ。だが、きみからこの猫《ねこ》をとりあげるのはまちがってる気がするんだ」

通りを先へ先へとひきずられながら、アメリアは早口で話をつづけた。ディケンズはいっしょに歩き、それに耳をかたむけてくれている。

「はい、スートはこれからもあたしの猫《ねこ》です。ただ、世話をしていただけたらと。うまくにげだせたら、むかえにいきますから」

「にげられはせんよ」クリーパーはつぶやき、ひっそりとした通りにアメリアをひっぱっていく。曲がりくねった暗い道だ。その先には背《せ》の高い、おそろしげな石づくりの建物が見えている。色は灰色《はいいろ》。墓石《はかいし》の灰色《はいいろ》だ。そこにつづく道をガス灯《とう》がちらちらとぶきみに照らしている。あれが救貧院《きゅうひんいん》にちがいない。

プライ巡査《じゅんさ》のひげがぴくっと動いた。「すみませんが、しつこくついてくるようなら、めいわく行為《こうい》であなたを逮捕《たいほ》することになりますよ」

ディケンズは、ぶるぶるふるえているかわいそうな猫《ねこ》と、それを抱《だ》いてやっぱりぶるぶるふるえている女の子を見つめた。救貧院《きゅうひんいん》が目の前に見えてくると、アメリアはスートを地面におろした。

「ほら、ディケンズさんのとこにいきなさい」

クリーパーは猫《ねこ》を追いはらおうと、足をふみならした。だが、スートはクリーパーのくつを見ているだけだ。ちっともこわがっていない。

「いって。ディケンズさんがめんどう見てくれるから」

ディケンズはスートを抱《だ》きあげた。「おまえの世話はたしかにひきうけたよ」

ディケンズは、この子から猫《ねこ》をとりあげるなんてひどい話だと思った。しかも今日はクリスマスなのにってね。それでも、猫《ねこ》を連れていくことにしたんだ。のら猫《ねこ》になるより住む家があったほうが、この猫《ねこ》のためなのはまちがいなかったから。

「救貧院《きゅうひんいん》を出られたら、ひきとりにおいで。この子はうちであずかるよ。ダウティー通り四十八番地だ。ブルームズベリーの」

「その子、お魚が好きなんです！」アメリアは必死にさけんだ。救貧院《きゅうひんいん》はもうそこだ。

「だったら、毎日おいしいイワシをあげよう」

「名前はスートです。キャプテン・スート。陸軍の将校《しょうこう》さんなんです」

ディケンズはうなずいた。「わかった。この子にふさわしい名だね。キャプテン・スートか。いい名前だ！」

スートは悲しそうにアメリアを見おくっている。「いかないでくれよ」スートがニャーオと鳴いた。アメリアも悲しげにスートを見つめている。ディケンズもそこに立ったまま、ぼろを着た、すすだらけではだしの、親のない女の子を見おくった。この子は、クリスマスを救貧院《きゅうひんいん》ですごすことになるのだ。ディケンズは、猫《ねこ》を抱《だ》いて歩きだした。自宅《じたく》の前まできたとき、ちょうどとなりの酒場《さかば》から出てきた男がディケンズにあいさつした。

「クリスマスおめでとう！」

ディケンズはその声に「おめでとう」と返すことができず、「ああ」とだけこたえた。

「やっぱりこの時期がいちばんだね」男はなおも話しかけてくる。

ディケンズの腕《うで》の中で、スートが不満げに小さく鳴いた。ディケンズはうなずいた。「そう、いちばんだ。だけど、今日は最低の日だ」

16
暗い空

おもちゃ工房《こうぼう》のがれきの中からぶじにみつかったものは、多くはなかった。コマが五つ、スーパーボールが七個《こ》、トランプが十組、人形が二十一体、それにつぶれたミカンが一個《こ》。空は暗かったが、ファーザー・クリスマスはみんなを元気づけようと、歌いつづけていた。

「♪　ジングル・ベール、ジングル・ベール、す、ず、がぁー鳴るぅー……」

だが、いっしょに歌ってくれるのは、ミムだけだ。

そこへキップがやってきた。キップはエルフヘルムきってのそりの専門家《せんもんか》で、大通りでそりセンターを運営《うんえい》していたが、そのセンターもトロルにやられてしまった。

キップは無口なエルフだ。ひょろりと背《せ》が高く、ちょっとばかり猫背《ねこぜ》で、歩くはてなマークみたいに見える。キップの話をきくときは、うんと近くによらなきゃならない。キップは子どものころに人間にさらわれて、ファーザー・クリスマスにたすけられた。以来、ふたりはとくべつ親しい仲だった。

「やあ、キップ」ファーザー・クリスマスは、ほこりまみれのドミノ牌《はい》をひとつみつけてひろいあげ、がれきの山からおりてきた。「そりは直せたかい？」

キップは首を横にふった。「いえ。それは不可能《ふかのう》です」

ファーザー・クリスマスはしぶい顔をした。「どうして今日はみんな、そんな悪い言葉をつかうのかな」

キップはなぜ「不可能《ふかのう》」なのかを説明した。「まず、羅針盤《らしんばん》がこわれてる。フレームは木っ端《こっぱ》みじんだし、シートなんか影《かげ》も形もない。トナカイをつなぐハーネスはずたずただし。希望をエネルギーに変えるコンバーターも、推進装置《すいしんそうち》も焼けちゃってる。速度計も動かない。高度計もこわれてる。そもそも土台部分が手のほどこしようのない状態《じょうたい》だし、内張《うちば》りもだめになってる。離着陸《りちゃくりく》に必要な台木もはずれてる。予備《よび》の手動操縦装置《そうじゅうそうち》もやられてる。あと、時計もなくなってるよ」

ファーザー・クリスマスはうなずいた。「だが、それ以外はだいじょうぶなんだろう？」

「とびあがることさえできないと思うよ。ましてや世界を回るなんて」

ファーザー・クリスマスは、手の中のドミノに目を落とした。ゼロをあらわすその牌《はい》には何も書

かれていない。「わかったよ、キップ。ありがとう」

そのあと、ファーザー・クリスマスが雪の中にすわりこみ、どうしたものかと考えていると、トポがホットチョレートのカップを片手《かたて》にやってきた。わきの下に『デイリー・スノー新聞』をはさんでいる。

「ちょっと見せて」

ファーザー・クリスマスがいうと、トポはしぶしぶ新聞をさしだした。

見出しにはこうある。「トロルの襲撃《しゅうげき》でクリスマス中止」

「ファーザー・ヴォドルは、みんなをはげます方法をよく知ってるね」ファーザー・クリスマスは皮肉をいった。

トポも苦笑いだ。「悲惨《ひさん》な事件《じけん》ほど、新聞の売り上げをのばすからのう。じゃがな、今回ばかりはやつのいうことが正しいと思うよ。クリスマスのことは忘《わす》れるんじゃ」

「しかし、子どもたちはどうなる?」

「うむ……たいていの子はむかしをおぼえておるさ。おととしまでがどんなだったかをな。ともかく、こんなことは今年だけじゃよ。来年から、またつづければいい」

「でも、それができなかったら?」ファーザー・クリスマスはたずねた。

その問いに、トポはこたえられなかった。これまで、どんなことにもこたえてくれたトポが。

17
落ちたトナカイ

ファーザー・クリスマスは地面のさけ目を慎重《しんちょう》にわたって、トナカイたちのところに向かった。トナカイたちはまだショックから立ちなおっていないようだ。

「だいじょうぶだ、トナカイ諸君《しょくん》。今日はとんでもないサプライズがあったが、できるだけいつもどおりやれるよう努力しなくちゃな。そうは思わないか?」

どのトナカイもファーザー・クリスマスの目を見ようとしない。ブリッツェンは雪をもぐもぐやっている。ダンサーとキューピッドはおたがいに鼻をすりよせている。ヴィクセンは、おしりをかがれたお返しにコメットの耳をかんだ。ダッシャーは気が立っているらしく、ぐるぐると円をえがいて歩きまわっている。プランサーは自分のひづめが気になっているふりをしている。

「そりはないし、プレゼントの数もぜんぜん足りない。だが、なん

とか少しでも多くの人間の子を元気づけたいんだよ。きみたちの中の一頭だけでいい。わたしを背中《せなか》に乗せてほしいんだ。かなりハードな夜になるだろう。だから、かならずやりとげられるという強い意思のある者にたのみたいと思う」

トナカイたちは顔を見あわせ、それから、ファーザー・クリスマスを見た。プランサーの目が「じょうだんですよね?」といっている。

だが、そのときだ。うれしいことにブリッツェンが前に進み出てくれた。

「やっぱりきみはほんとの友だちだ」ファーザー・クリスマスはブリッツェンの背《せ》に苦労してよじのぼりながら、ささやいた。トナカイに乗るなんて何十年ぶりだろう。すっかりこつを忘《わす》れていて、反対側の雪の中に頭から落っこちてしまった。コメットがヒヒヒと小さくトナカイ笑いをする。しかし、二回めはどうにか成功した。

「どうだ、かんたんなものさ」

ファーザー・クリスマスは、オーロラのきざしだけでも見えないかと、空をあおいだ。うんと高くのぼる必要がある。全身がオーロラにつつまれるまで。クリスマスの夜に空を満たす、希望と魔法《まほう》のかけらにつつまれるまで。そうすれば、魔法《まほう》が起こる。時間も止まる。今夜はクリスマス・イブなのだから、ほんとうなら空は緑や青やピンクの光におおわれているはずだった。だが、そこにはなにもない。暗い空にただ月と星がうかんでいるだけだ。空はいつもの空でしかなかった。
ファーザー・クリスマスは、懐中《かいちゅう》時計をとりだした。時計はまだ時をきざんでいる。あと十分もすれば、子どもたちがベッドに入る時間だ。

不可能《ふかのう》なことなどない……。

「いこう、ブリッツェン、きっとやれる。さあ、オーロラをさがしにいこう」

ブリッツェンは勢《いきお》いよくかけだした。全速力で走る、走る、走る。ブリッツェンはトナカイたちの中でいちばん力が強く、二番めに足が速い（一番はダッシャーだ）。ものすごいスピードで地面をかけぬけ、大きなさけ目も、トロルたちがこしらえたがれきの山もとびこえていく。

ファーザー・クリスマスは身をのりだし、ブリッツェンのつのをつかんだ。

「よし、ブリッツェン、とべ。さあ、とぶんだ。きみならやれる。とべ、とべ、とべ！」

ブリッツェンはとぼうとしていた。それはまちがいない。だが、とぼう

とするのとほんとにとぶのとは、わけがちがう。トナカイの広野《ひろの》のむこうにある凍《こお》った湖が近づいてくると、ファーザー・クリスマスでさえ不安になってきた。

「とべ、ブリッツェン！」

ブリッツェンはとんだ。雪をけるひづめの音が消え、ひづめは空《くう》をけって、一気に高みへとのぼろうとしていた。

「そうだ、ブリッツェン！　やったぞ！」

ファーザー・クリスマスは右手のほう、つまり南の方角を見おろした。そこにあるのは、がれきと化したいまのエルフヘルムだ。

きげんの悪い子どもがおもちゃの村をつくり、かんしゃくを起こしてめちゃめちゃにしたみたいだ。ただひとつ無傷《むきず》で残っている建物に、ファーザー・クリスマスは目をとめた。デイリー・スノー新聞社だ。ヴォドルが高級な材料を集めてつくったのがきいたんだろう。ファーザー・クリスマスはそう考えた。なにしろ、とくべつかたくしたジンジャーブレッドがつかってあったからね。

そのとき、ブリッツェンの体が下がっていくのを感じた。

「ブリッツェン？　どうした？　もっと高くとばないと！」

だが、ふたりはみるみる空をはなれ、落ちていく。そして、しろがね湖の上にずどーんと墜落《ついらく》

した。スケートのあまりうまくないブリッツェンは、四方八方にすべる足をじたばたさせながら、氷の上をくるくる回った。

ファーザー・クリスマスがすっかり目を回したころ、ふたりは湖の岸にぶつかった。ファーザー・クリスマスは宙《ちゅう》に投げだされ、くるっと一回転して、雪の上に思いきり背中《せなか》から落っこちた。少しのあいだ、そこにひっくりかえったまま空を見あげていたが、目をこらしても魔法《まほう》は見えない。アメリアからの手紙がポケットにあるのがわかる。だが、その手紙にこたえてやることはできなくなってしまった。

18 せっけん

救貧院《きゅうひんいん》は暗い色の石づくりの建物で、とても広くて、見るからに邪悪《じゃあく》な感じのするところだった。この通りに面する建物はこれっきりだ。ほかの建物はみんなおそれをなして近づけないとでもいうみたいに。黒々とした金属《きんぞく》の大きな門を入ると、深緑《ふかみどり》色の陰気《いんき》などびらがあった。空には暗い雲がかかり、そこはまるで巨大《きょだい》な監獄《かんごく》のようだ。

「すまなかったね、プライ巡査《じゅんさ》。ここから先はけっこうだ」クリーパーはそういって、巡査《じゅんさ》にいくらか金をつかませた。

「こりゃどうも。恐縮《きょうしゅく》です、クリーパーさん」

プライ巡査《じゅんさ》はアメリアを見て、いった。「それじゃ、クリーパーさんのいうことをきいて、いい子にするんだぞ」

「あたしはここの子じゃないのよ！」警官《けいかん》に向かってさけんだが、門はしまり、アメリアは希望からもとざされたような気がした。

「ああ、ここの子なんてものは、そもそもひとりとしておらんさ」クリーパーは曲がった鼻をかきながらいった。「そこがかんじんなところだ」

女がふたりを出むかえた。のりのきいた紺色《こんいろ》のドレスを着ている。やせて背《せ》は低く、あごがつきだしており、レモンを口に入れたようなすっぱい顔をしている。女は顔をしかめてアメリアのにおいをかいだ。

「シャープさん、新入りだ」

「なんですか、この小ぎたないのは?」

「おい、名前!」クリーパーがステッキでアメリアを突《つ》いた。

「アメリアです」

「アメリアだって? アメリオレートって言葉に似《に》てるね。なにかをもっとよくするって意味の言葉だよ。そういう気持ちではじめれば、万事《ばんじ》うまい具合にいくだろうさ」

シャープとよばれた女は低い声で笑い、その声は、失われた幸せの亡霊《ぼうれい》のようにアメリアのあとをついてきた。

救貧院《きゅうひんいん》は外から見てもいやなところだったが、中はひどいなんてもんじゃなかった。かたくて痛《いた》い、とげとげの角《かど》だらけのようなところだ。建物の中にはろうかと共同の寝室《しんしつ》と作業場がたくさんあった。壁《かべ》はどこも暗い茶色にぬられている。こんなに気のめいる色ははじめてだ。見ているだけで、気分がどんよりしてくる。元気のない悲しげな顔のおばあさんがまさにその色のぺ

ンキを壁《かべ》にぬっているところに出あった。ペンキのかんを見ると、なるほど、「陰気《いんき》な茶色」と書いてある。

救貧院《きゅうひんいん》の中にクリスマス・イブらしいものはいっさい見あたらなかった。

「ここの仕事に休みなどない」クリーパーが楽しげにいった。

「シャープさん、この子はあんたにまかせよう」クリーパーはそういったあとで、アメリアのほうを向いた。「わたしは家に帰る。えんとつそうじがくるんでな。この前やとったやつよりうんとましな男だ。前のは、じつにがさつな娘《むすめ》だった」

クリーパーがいってしまうと、アメリアとシャープふたりきりになった。

「さて、まずはおふろだよ」

シャープに連れられていったのは、かさぶたのようにあちこちペンキのはがれた木製《もくせい》のドアの前だった。シャープがドアをあけると、そこはまん中にぽつんと浴そうの置かれた、だだっぴろくて寒い部屋だった。壁《かべ》のぬれた部分が地図のように見える。

シャープはそこでわざと、アメリアにいままで入ったことがないほど冷たいふろをつかわせた。なみだのつぶでさえ、その水を温めることができないくらいさ。ふろから出ると、シャープはジャガイモを入れるふくろのようなものをアメリアにわたした。

「これ、なんですか?」

シャープはだめだめというように首をふった。「救貧院《きゅうひんいん》では、質問《しつもん》は禁止《きんし》だよ」

そのときにはもう、アメリアもその布《ぬの》のかたまりがふくろではないことに気づいていた。服だ。

アメリアは、はだざわりの悪い、ぶかぶかの制服《せいふく》にそでを通した。「ちくちくしますね」

シャープはうなずくと、アメリアのもつれた髪《かみ》をくしで乱暴《らんぼう》にとかしはじめた。

「やめて！」アメリアは悲鳴をあげた。「はなして……」頭がうまく働いていなかった。とにかくつかれていたし、体は弱っていたし、悲しかった。今日は人生最悪の日で、だから、髪《かみ》をぐっとひっぱられたとき、ついこんな言葉が口からこぼれてしまったんだ。「人でなし」

シャープはかんかんになった。浴そうからせっけんをひろいあげると、「口をあけな！」となった。

「いや」

「まったくたちの悪い娘《むすめ》だね！　口をあけるんだよ。でないと、地下室にとじこめるよ！」

アメリアが口をあけると、いじわるなシャープはせっけんをアメリアの舌《した》にこすりつけた。アメリアは思わず目をつぶった。ぬれたせっけんの味が口いっぱいに広がって、気持ち悪いし、おそろしい。でも、それを気づかれるのはぜったいにいやだったから、気をまぎらわせるために、思いつくかぎりシャープの悪口をいった。もちろん、頭の中でね。

人でなし！

鬼《おに》ババ！

ばかちん！

ぺてん師《し》！

おたんこなす！

しゃくれあご！

シャープはアメリアの口を気のすむまで洗《あら》うと、長いろうかの先にある寝床《ねどこ》へと連れていった。二段《だん》ベッドのならぶ寒々しい共同の寝室《しんしつ》で、ほかに十三人の女の子がいた。かたい木のベッドには、ぺらぺらのマットレスが一枚《まい》しいてあるだけだ。

「睡眠《すいみん》は一日四時間。むだにしないでしっかりねるんだよ」

「いつここを出られるんですか？」

シャープは、その質問《しつもん》に心底おどろいた顔をした。「出る？　ここを出るって？　出られるもんかね、おじょうちゃん。あんたはこれから、ずーっと、ずーっと先まで、ここにいるんだよ」

そして、ドアがしまった。アメリアのベッドの上の段《だん》からは、もういびきがきこえている。

アメリアは思った。来年のクリスマスもここでむかえることになるんだろうか？　こんなところで一年もどうやってすごせというの？　一年じゃなく二年かもしれない。三年かも……。

アメリアは目をとじ、時間のことを考えた。時間をさかのぼって、母さんのそばにもどれたらいいのに。それか、ここを出られるときまで、一気に時間を進められたらいいのに、と。

アメリアは願いをかけようとし、そんなことをしてもむだだと思いなおした。いったいだれに願えばいいというのだ。ファーザー・クリスマス？　まさか。あてにできるのは自分だけだ。

「つぎのクリスマスまでに、ここを出る」アメリアは小声で自分自身に誓《ちか》った。

そして、きっと出られると、強く自分にいいきかせた。

また一年後……

19 ノーシュの新しい仕事

エルフヘルムの再建《さいけん》には一年かかった。でも、エルフは働き者だから、いまやどこを見ても前よりよくなっている。

ひとつだけ修理《しゅうり》がまったく必要なかったデイリー・スノー新聞社のビルは、きれいにしきなおされた大通りからヴォドル通りに入ってすぐのところにある。新聞社のまわりにも、もうたくさんの建物がならんでいた。商店にも住宅《じゅうたく》にも、あらたにトロル対策《たいさく》をほどこしてあるし（たとえば、せっけんのれんがをつかったり、衝撃《しょうげき》を吸収《きゅうしゅう》させるためのトランポリンをとりつけたりね）、どの建物も新しくてぴかぴかだ。とくにすばらしいのは金ぴかのチョコレート銀行だが、それでも、以前からあるデイリー・スノー新聞社ビルのりっぱさにまさるものはない。なにしろ、とほうもない数のチョコレートを出さなきゃ買えないような、高級素材《そざい》でできているんだ（とくべつかたくしたジンジャーブレットのほかにも、ピクシーの木やかちかちのマジパンをつかい、窓《まど》ガラスのかわりには純度《じゅんど》の高い北極の氷がはめこんである）。

ノーシュは、新聞社の最上階にあるヴォドルのすばらしいオフィスに、緊張《きんちょう》して立っていた。

エルフ語《ご》辞典《じてん》

ヴォドルはもうエルフ議会の長ではない。いま、その役目をひきついでいるのは、もちろん、ファーザー・クリスマスだ。とはいえ、ヴォドルはエルフヘルム一のお金持ちで、一分間に七百コインチョコレートをかせぐ。しかも、チョコレートはなめる気もしないときてるから、ヴォドルはお金をうっかり食べてなくすことのないただひとりのエルフでもある。

「ノーシュ」ヴォドルが呼《よ》んだ。ヴォドルは自分の背《せ》たけの倍もあるいすにすわり、エルフヘルム一有名なアーティストのマザー・ミロに肖像画《しょうぞうが》を描《か》いてもらっているところだった。絵は、自分自身へのクリスマス・プレゼントにするつもりなんだ。ヴォドルの肖像画《しょうぞうが》なら、もう十七枚《まい》も壁《かべ》にかざってあるというのにね。

「わざわざすまんな」

「いえ」

「さてノーシュ、あんたはトナカイと話してて楽しいかね？」

ノーシュは考えてみた。たしかに、自分はトナカイ担当《たんとう》記者の仕事に満足してはいないし、そのことはヴォドルも知っている。そこで、こたえた。

「はい、やりがいを感じることもあります。でも、ときどき思うんです。なんかちがうなって。というか、ほとほといや気《け》がさしてます」ノーシュは、落ちつきなくあたりを見まわした。そして、ヴォドルが長い言葉を集めてファイリングしているひきだしに目をとめた。

「では、あんたにトロル担当《たんとう》の記者になってもらいたいといったら、どうする?」

ノーシュはなんとこたえたらいいかわからなくて、とっさに「ボトム!」といってしまった。

ノーシュはちょっと赤くなった。「ボトム」には「おしり」って意味があるからね。「いえ、つまり、ファーザー・ボトムはどうなるんですか?」

「それなんだが、ドラブル先生にみてもらったところによると、ファーザー・ボトムはトロル恐怖症《きょうふしょう》にかかっとるらしい。目をとじれば、トロルが見える。やつらに近づくのはむりだ。家から出ることもできんのだそうだ。つまり、やつに記事は書けない。トロル担当《たんとう》記者としては大問題だ。わかるだろう?」

たしかにそうだ。

「ときに、今日が何の日か知っとるかね?」

ノーシュはうなずいた。「クリスマス・イブです」

ヴォドルはちょっとふきげんな顔をした。クリスマスは好きじゃないんだ。「大事なのはそこじゃない。トロルの襲撃《しゅうげき》から今日でちょうど一年になる。おそろしい事件《じけん》だった。なのに、ファーザー・ボトムは一年――まる一年だぞ――これだけたっても、いっこうに事件《じけん》の真相をつかめんときとる。あの惨事《さんじ》はニュースと

いうものがはじまって以来の大ニュースだ。特大だ。けたちがいだ。前代未聞《ぜんだいみもん》。未曾有《みぞう》の珍事《ちんじ》」

こういって、ヴォドルはにんまりした。ややこしい言葉をならべたてるのが大好きだったからね。

「だから、あんたさえよければ……」

ノーシュは返事にこまっていた。そのとき、ふと窓《まど》の外に動くものがあるのに気がついた。なにかがうかんでいる。小さくてきれいな、四枚《まい》の羽がある生きもの。男の子のようで、銀色の服を着ている。おはなし妖精《ようせい》だ。そういえば、トロルの襲撃《しゅうげき》以来、おはなし妖精《ようせい》たちをちょくちょく見かけるようになった。なぜかはわからないが、このごろじゃどこにでもいるような気がする。その子は窓《まど》ガラスをコツコツたたいていた。

ごきげんななめの黒ひげのエルフは、それに気づくとわずかに顔をしかめ、だめだというように、首をふった。妖精《ようせい》はとまどった顔をしたが、しょんぼりとどこかにとんでいった。

「おかしな連中だ」

「あの種のピクシーには特別な力があるそうですよ。言葉だけをつかって相手に催眠術《さいみんじゅつ》をかけることができるんですって」

「ふん、わしがそんなこと知るわけがあるか」ヴォドルは早口にいうと、話題をもどした。「で、ノーシュ、どうなんだ?」

「どうしたらいいか……考えなきゃならないことがありすぎて」

ヴォドルは笑顔《えがお》を見せた。「危険《きけん》はない。去年だって、トロルどもはひとりのエルフも殺さんよう、気をつけてたじゃないか。心配なら、せっけんを何個《こ》か持ってくといい。とりこし苦労だろうがな」

それからヴォドルは、マザー・ミロに肖像画《しょうぞうが》を自分のほうに向けてくれとたのんだ。そっくりに描《か》けている。だが、ヴォドルはいった。

「ちっとも似《に》とらんな。どうだ、ノーシュ、どこかわしに似《に》たとこがあるか?」

「ええと……」

「そうだろう。ぜんぜん似《に》とらん」

ヴォドルはミロを帰すと、本腰《ほんごし》を入れてトロルの話をはじめた。

「ここのところ、いやな音がしとる」

これは、ノーシュには初耳だった。「ほんとですか?」

「ああ。地下からだ。昨夜も、その前の晩《ばん》も。あらたな襲撃《しゅうげき》のために、やつらが集結しようとしとるのかもな。なにが起きとるのか、だれかにたしかめてきてもらわねばならん。トロルの最高指導者《しどう》に会って話をきいてきてほしいのだ」

恐怖《きょうふ》で胸《むね》がドキドキする。「ウルグラにですか?」

「そうだ。おそれる必要はない。まあ、たしかにやつはでかいがな。この世でいちばんでかい生きものだ。しかし、前にも『デイリー・スノー』の取材にこたえてもらったことがある。

「もう何年も前の話ですよ」

「ちょっと時がたったくらいで物事はそう変わりはせん。どうだ、ノーシュ？　あんたにとっちゃ、またとないチャンスだぞ」

ノーシュはどうしたらいいかわからなかった。ミムのことを考え、ハンドラムのことを考える。ふたりがノーシュの心のクリスマス・クラッカーを両側からひっぱった。なにかがポンとはじける。「でも、でも、クリスマスですよ」

ヴォドルは声をあげて笑った。ヴォドルが笑うなんてめったにないことだが、いったん笑いだすと、なかなか止まらなかった。ノーシュは腕《うで》時計をちらっと見た。針《はり》はエルフ時間の〝もうそんなに早くはない〟を十分まわったところだ。

「明日は家にいないと、家族が……」

「朝までには帰れる。それに、トロルのことで特ダネをとってきたら、あんたとあんたの家族は、一生遊んで暮《く》らせるほどのコインチョコレートを手にすることができるぞ。ずっとこの仕事をやりたかったんだろう？　エルフヘルムを救《すく》うことにもなる。去年のようなことは、二度とあってはならんからな」

ノーシュは家に帰った。前の家とまったく同じ場所で、見た目もそっくり同じ。壁《かべ》にはファーザー・クリスマスの肖像画《しょうぞうが》がちゃんと七枚《まい》かかっている。ミムはいつものようにトランポリンのベッドでぽんぽんはねていた。ハンドラムは、よりにもよって一年でいちばん大事なこの日におもちゃ工房《こうぼう》に遅刻《ちこく》しそうで、シュガープラムを大急ぎで口にほうりこんでいた。そして、いつものとおり、気がかりの材料をさがしては、かたっぱしからくよくよ気にかけていた。

「おくれるわけにはいかない……することが山ほどある……ボールもいっぱいあるし、コマもあんなにあるし……ちゃんとはずむか、ちゃんと回るか、ほかにもいろいろ検査《けんさ》しないと……それに、もしまたトロルがおそってきたらどうする?」

ノーシュの顔から血《ち》の気《け》がひいた。トロル谷にいくことをハンドラムにつたえなくてはならないが、そんなことできっこない。いえば、ショック死してしまいそうだ。ノーシュはその話はしないことに決め、ハンドラムが出かけるときに「いってらっしゃい」と早口で見おくるだけで終わらせた。

ミムはトランポリンベッドからぴょーんと大きくジャンプして、お母ちゃんの腕《うで》の中にとびこんだ。「クリスマスがくるね!」ミムはそういって、ノーシュの耳にキスをした。

ノーシュは、去年、ミムがどんなにはしゃいでいたかを思いだした。トロルの襲撃《しゅうげき》ですべてだいなしになったのだ。あんなことはもう二度とあってはならない。「そうよ。今日はクリスマス・イブ。だから、あんたたち子どもはお昼からおもちゃ工房《こうぼう》へいって、みんな好きなおもちゃを選べるのよ」

「やったあ！」

「でも、まずは用意をしないとね。そり学校のクリスマス・パーティーにいくのよ。幼稚園《ようちえん》の子全員が招待《しょうたい》されてるの。ザ・スレイ・ベルズもきて……」

ミムはお母ちゃんと同じく、ザ・スレイ・ベルズが大好きだった。ふたりはあのバンドのファンで、ミムは大ヒット曲の「トナカイが山の上をとんでいく」をどんな歌より気に入っている。なのに、小さな顔がちょっとくもったのはなぜだろう？　ノーシュはふしぎに思った。

「トロルがきたりしないよね、お母ちゃん」

「こないわよ」いってしまってから、ノーシュは考えた。それから、大きく見ひらかれた息子《むすこ》の目を見て、うそはつけないと思った。「リトル・ミム、お母ちゃんね、トロル谷にいってくるようにいわれてるの。取材よ」

ミムの目がますます大きくなった。「おそろしい冒険《ぼうけん》ってやつだね！」

「そんなたいしたもんじゃないわ。ほんの日帰り。ほんのちょっとした冒険《ぼうけん》よ。情報《じょうほう》を手に入れなきゃならないの。森木立《もりこだち》の丘《おか》のむこう側にいくだけ。すぐもどってくるわ。約束する。でも、いまはこのことをふたりだけの秘密《ひみつ》にしててほしいの。わかった、わたしのかわいい野イチゴちゃん？」

ノーシュは息子《むすこ》を抱《だ》きよせ、せいけつな髪《かみ》のあまいにおいをかいだ。これ以上だれかをいとしく思うなんて、ノーシュにはできそうもない。「きっとうまくいく。これはお母ちゃんがずっとやりたかったことなの」

ミムはノーシュを見あげ、ぼくもほんのちょっとした冒険《ぼうけん》というのをしてみたいな、と思った。ただし、こわいトロルには会いたくない。トロルたちは去年のクリスマスをだいなしにしたし、やつらのせいでお父ちゃんは何度も何度もこわい夢《ゆめ》を見たのだ。

お母ちゃんがひとりでトロル谷にいくなんて、いいことには思えなかった。そこで、ミムはミムなりの計画をたて、それをひとりだけのちっちゃな秘密《ひみつ》にしておいた。

20 真実の妖精《ようせい》

ノーシュはミムの手をひいて、雪道を幼稚園《ようちえん》まで送っていった。エルフヘルムじゅうがうきうきとして、いそがしそうだ。

エルフ仕立ての新しい服の包みをかかえたり、コインチョコレートを持てるだけ持ったりして歩くエルフたちとすれちがう。みんな、トナカイの広野《ひろの》に向かっていた。そこでファーザー・クリスマスが底なしぶくろをひらいて待っており、その中に人間の子どもたちへのおくりものをどんどん入れていくのだ。クリスマス・イブに村にいられないと思うと、ノーシュは悲しかった。だが、もしヴォドルが思っているように、トロルたちがふたたびおそってくる気でいるとしたら、エルフヘルムのみんなはそのことを知る必要がある。

ノーシュは幼稚園《ようちえん》の門の前につくと、ミムのおでこにチュッとキスをした。そして、ミムとはそこで別れ、急ぎ足で立ちさった。ジンジャーブレッドを売る店の前を通るとき、ふと、ミムがエルフ形のジンジャーブレッドを頭からぱくりとやるのが好きなことを思いだした。そのときだ。身も凍《こお》るおそろしい考えが心にうかんだのは。

もし、これきりミムに会えなくなったら……？

ノーシュは大通りをはなれて〝ひっそり通り〟に入り、左に折れて〝ますますひっそり通り〟を進んだ。それから右に曲がり、〝秘密《ひみつ》の小道〟を森木立《もりこだち》の丘《おか》に向かう。森木立《もりこだち》の丘《おか》には、これまで何度もいったことがあった。小さいころ、トポがピクシーを見に連れていってくれたこともある。ノーシュはおはなし妖精《ようせい》をつかまえてジャムのビンに入れ、美しい羽にうっとりと見いった。トポはビンにとじこめられたかわいそうな妖精《ようせい》をみつけると、かんかんになった。そして、ピクシーをビンから出し、おわびに新しい言葉をひとつ教えてやった。「じっぱひとからげ」という言葉で、おはなし妖精《ようせい》はすごく気に入ってくれた。おはなし妖精《ようせい》は言葉を食べる。ハチミツを食べる動物がハチミツを夢中《むちゅう》でさがすように、いつも新しい言葉、めずらしい言葉をさがしている。おはなし妖精《ようせい》は、それを味つけに話を語るんだ。

森木立《もりこだち》の丘《おか》はエルフヘルムの村より雪が深い。そのうえずっとのぼり坂で、ノーシュはすぐにつかれを感じはじめた。ひと足ひと足雪をふんで歩くのは骨《ほね》が折れたし、何度となく、まつぼっくりにつまずいた。ハンドラムに何もいわず出てきたことは悪いと思っていたが、話せば心配するだろうし、いくのを止められただろう。ハンドラムは夫としては申しぶんないのだが、心配《しんぱい》性《しょう》でこまる。なんでもかんでも心配するのだ。トロルのことだけじゃない。アメをかんだら歯が折れるんじゃないかと心配する。お日さまがのぼるのを忘《わす》れたらどうしよう、と心配する。ある日とつぜん、おもちゃ工房《こうぼう》のボールがはずまなくなり、コマが回らなくなったらと心配する。しかし、なにより心配でならないのは、トロルがまたおそってくるんじゃないかということなのだ。そう考えてみても、ノーシュはやっぱりうしろめたさを感じた。それは、どこかに落ちていくときの気分にちょっと似《に》ていた。そのうち、針《はり》のような葉をつけたマツの木立《こだち》のむこうに、小さな黄色い家が見えてきた。小さな木のドアも見える。ピクシーの家だ。エルフの家の半分もないくらい小さい。

その家はとびきり黄色いチーズのような明るい色で、天を指す矢じるしのようにとんがった屋根がついている。窓《まど》は小さいのがひとつ。ドアもほんとうに小さかった。

そのドアには、小さくこんなことが書かれている。

「ご注意　わたしは真実を話します」

つまり、ここは真実の妖精《ようせい》の家というわけだ。ファーザー・クリスマスが真実の妖精《ようせい》を気に入っていることは知っていたので、それほどこわい気はしない。ノーシュは、ドアをノックしてみた。

あらわれたのは繊細《せんさい》な感じの小さな生きもので、お皿のようにまるい目にとんがった耳をしていて、服装《ふくそう》のセンスはなかなか大胆《だいたん》だった（上から下まで黄色、黄色、黄色だ）。妖精《ようせい》は、にかあっと満面に笑《え》みをうかべた。ちょっといたずらっぽいが、とてもいい笑顔《えがお》だ。

「あなたは真実の妖精《ようせい》さんですね」

妖精《ようせい》はノーシュを見あげると、「ええ、そうよ。教えてくれてありがとう。じゃ、さよなら」といって、ノーシュの鼻先でバタンとドアをしめた。

ノーシュはそこに立ったまま、小さなドアに向かって大声で呼《よ》びかけた。「すみません、ちょっときまきたいことがあるんです。あたしはファーザー・クリスマスの友だちよ。トロルがまたおそってくるのかどうか、調べなきゃならないの。あなたがトロルじゃなくてピクシーだってことはわかってますが、そういうことについては、ピクシーのほうがエルフよりよく知ってるものでしょう？　だから、もし知ってるなら――」

ドアがあいた。真実の妖精《ようせい》は、大きな目でノーシュを見あげた。

「あんた、あのでぶっちょさんの友だちなの？」

「そうよ」ノーシュは自信満々にこたえた。なにしろ、ファーザー・クリスマスの肖像画《しょうぞうが》を七枚《まい》も持っているんだからね。

「中へどうぞ。でも、木ぐつは外でぬいでね」

ノーシュは雪の中で木ぐつをぬぎ、ドアのわきに置いて、妖精《ようせい》の家に入った。

家の中もやっぱり明るい黄色だ。シナモンのかおりがする。ノーシュはいすに腰《こし》かけた。

「シナモンケーキはいかがっていうつもりなんだけど、ほんというと、ぜんぶひとりで食べちゃいたいの」

「どうぞおかまいなく」ノートをとりだしたノーシュのおなかが、グルルと鳴った。「記事にするためのメモをとってもいいかしら？」

「いいけど、あたしがいったってことは書かないでね。なぞめいた存在《そんざい》でいたいのよ。そう呼《よ》ばれるように、長年がんばってきたんだから」

真実の妖精《ようせい》はノーシュをじろじろ見た。「エルフっておかしなすがたをしてるわよね。指は太いし、顔は大きいし。足なんて、切りかぶみたい。もちろん、ファーザー・クリスマスほどへんてこじゃないわよ。あのまるい耳にはぞっとするもの。だけど、あんたたちもそうとう変だわ。名前はなんていうの？」

「ノーシュ」

「おだいじに。で、なんて名前？」

「ノーシュ」

「おだいじに。……クシュ、クシュ、クシュって、あんた、くしゃみばっかりしてるのね。カーペットにエルフの鼻水なんか、つけてもらいたくないんだけど」

「くしゃみじゃないわ。あたしはノーシュ。それがあたしの名前です」

「え、そうなの？　あらまあ、それは失礼なことを。そんなふざけた名前で呼《よ》ばれるなんて、ひどい話ね。あたしは〝真実の妖精《ようせい》〟。あんたの名前よりよっぽどわかりやすいわ」

ノーシュはむかっときたのに気づかれないよう、せいいっぱいのつくり笑いをした。

ふと見ると、部屋のすみに茶色いネズミがいる。「ネズミをかってるの？」

妖精《ようせい》はうなずいた。名前はマールタだという。このネズミのひいひいひいひいひいじいさんはミーカといって、ファーザー・クリスマスがニコラスと呼《よ》ばれるごくふつうの人間の子どもだったころに知っていたネズミだそうだ。ミーカはニコラスのたったひとりの友だちで、北のはてまでいっしょに旅し、このエルフヘルムまでやってきた。ひいひいひいひいひい孫娘《まごむすめ》のマールタは、ミーカによく似《に》ているのだとか。マールタはいま、シナモンケーキをかじっている。

「こんにちは、マールタ」

ノーシュがあいさつしても、ネズミは知らんぷりだ。

「その子、ふだんはエルフ好きなのよ。どうやら、あんたは特別みたいね」

ノーシュは怒《おこ》らないよう、自分にいいきかせた。

「去年トロルがあたしたちをおそった理由を知ってますか？」

真実の妖精《ようせい》は小さな窓《まど》に目を向けた。マツの森の先の丘《おか》のほう、トロル谷のある方角に。

そしてとつぜん、ちょっと不安げな顔になった。なんとかうそをつこうとしている。

「し……」もう一度。「し、知ら……」もう一度。「し、知らな、知ら……知ってるわ！」真実の妖精《ようせい》は、よけいなことをしゃべったその口を、あわてて手でふさいだ。

「じゃ、教えてください。トロルは何を怒《おこ》ってたの？」

真実の妖精《ようせい》は顔をしかめ、必死にだまろうとしたが、だめだった。「やつらはあやつられてたのよ」

「あやつられた？　だれにですか？」

「ピクシーよ。ある種のピクシーに。ピクシーにもいろんな種族がいることは知ってるわよね？」

「ええ。いくつかは知ってるわ。ぜんぶじゃないけど」

真実の妖精《ようせい》は、くわしく教えてやった。それでなんとか質問《しつもん》ぜめからのがれたいと考えたんだ。

真実の妖精《ようせい》のほかに、木の上の家にひとりで住んでいる〝こわがり妖精《ようせい》〟というのもいる。高いところがこわいので、その家からぜったい出てこない（そんなに高いところがこわいのなら、どうしてそもそも木の上に住もうと思ったのかは、だれも知らない）。

それから、例のおはなし妖精《ようせい》というやつらもいる。この種のピクシーについては、ノーシュも知っていた。真実の妖精《ようせい》がこのとき教えてくれた話も、ノーシュの知っていることばかりだった。おはなし妖精《ようせい》は決まったねぐらを持っていないこと。羽があり（ピクシーの仲間で羽がはえている種族はめずらしい)、ピクシーのなわばりやトロル谷、ときにはエルフヘルムのあたりまで、あちこちとんでいっては、お話をきかせること。ピクシー族の中ではいちばん体が小さいこと。

「そうそう、〝いつわりの妖精《ようせい》〟もいたわね。むかしからどうも苦手なタイプだったんだけど、このごろはそうでもないの。だって、だれよりほめ上手なのよ」

だが、いろんなピクシーがいるなかで、ファーザー・クリスマスが心から友だちと呼《よ》べるのは真実の妖精《ようせい》だけだ。ほんとうに信用できるピクシーといえば、真実の妖精《ようせい》だけだからね。

「去年のクリスマス・イブの事件《じけん》について、ごぞんじのことを教えていただけますか？」

「いわないほうがいいと思う。もうしゃべりすぎたもの……」妖精《ようせい》はまた口をすべらせた。いまにも泣きだしそうな顔だ。

「話してください」ノーシュの目が妖精《ようせい》のかれんな顔をじっと見つめている。

真実の妖精《ようせい》はためいきをついた。うそをつこうとむだな努力をすることにもつかれてしまった。どうしたってうそはつけないのだ。「おはなし妖精《ようせい》のやつらよ」

「え？　まさか、どうやって？」

「トロルなんてまぬけぞろいだもの。図体《ずうたい》ばかりでかくて、すぐ頭に血がのぼるけど、やつらは考えるってことを知らないの。そこがピクシーとは正反対ね。あたしたちはちっちゃくて、いたずら好きで、とにかくものを考えてないときなんてないわ。ちなみに、いまこの文ひとつしゃべるあいだにも、三千と四百八十二も、ものを考えてんのよ。おはなし妖精《ようせい》はピクシーのなかでもいちばんものを考える連中なの。あんまりいろいろ考えたり想像《そうぞう》したりして、それが体の外にとびだそうとするもんだから、ほんとにとべるようになっちゃったのよ。それに、他人の考えに入りこむこともできる。おはなし妖精《ようせい》は……ねえ、べつの話にしない？　マールタの話でもしましょうよ。ほら、かわいいでしょ？　見てよ、ほら、ケーキのくずをあんなふうに食べて……」

だが、ノーシュは質問《しつもん》をやめない。「それと去年のクリスマス・イブの事件《じけん》にどんな関係があるんですか？」

真実の妖精《ようせい》はやれやれという顔をして、話しだした。「おはなし妖精《ようせい》の欠点は、ぺちゃくちゃおしゃべりしすぎるところよ。仲間どうしでね……だけど、たまたまきこえちゃったのよ。連中はクリスマスなんかこないほうがいいと思ってたみたい」

「どうして？」ノーシュは妖精《ようせい》のいうことをノートに書きとめながら、きいた。「おはなし妖精《ようせい》はクリスマスのなにがいやだったのかしら？」

真実の妖精《ようせい》がにっこりした。その質問《しつもん》が気に入ったんだ。ためらいなく真実をこたえられるからね。

「さあ、知らないわ」

「だれかにそう思わされた可能性《かのうせい》は？」

「わからない」妖精《ようせい》は楽しげにこたえた。「ねえ、ハクシュンさん、あたし出かけなきゃ……人と会う約束があるの……クリスマス・クラッカーを鳴らさなきゃいけないし……」

「あたしの名前はハクシュンじゃありません。ノーシュです」

「どうだっていいじゃない」

ノーシュは腕《うで》時計を見た。短い針《はり》が〝夜〟にじわじわ近づいている。

「それで、今年は？　エルフヘルムで地面の下からなにか音がするという報告《ほうこく》がありました。心配すべきことだとお考えになります？」

「あたしはそんな音、一度もきいてないわ」真実の妖精《ようせい》はいらいらをがまんできなくなり、立ちあがるとノーシュの前に歩いていって、手をのばし、鼻をぎゅっとつまんだ。ピクシーの指は、小さくて細いくせに力が強い。

「ああっ！　なにするのよ！」痛《いた》くて、ノーシュはなみだ目になった。

「ごめんなさい。前からエルフの鼻をつまんでみたくて、しかたなかったの。なぜかはわからないけど。ねえ、クリスマス・クラッカーのひっぱりっこでもする？」

「あー……えっと、けっこうよ。でも、ご親切にありがとう。じつは、これからトロル谷にいくところで。それと、おはなし妖精《ようせい》をさがして、なにか情報《じょうほう》をもらえるかどうか、やってみることにするわ」

「おはなし妖精《ようせい》は、あんたに情報《じょうほう》なんかくれないわよ。連中は情報《じょうほう》アレルギーだから。トロルのほうは、おぞましい死をくれるでしょうけど」

ノーシュのほうも、もう妖精《ようせい》との会話をつづける気にならず、この小さすぎる家から早く出たくてたまらなくなった。

「どうもありがとう、真実の妖精《ようせい》さん。たいへん有益《ゆうえき》なお話でした。またお会いしましょうね」

真実の妖精《ようせい》はかん高い声でキキキキと笑った。「さあ、また会えるかしら？　あんなとこにいこうっていうんだもんね！」

ノーシュはれいぎ正しく笑顔《えがお》をつくって妖精《ようせい》とネズミにあいさつをし、小さなドアをくぐって外に出ると、雪のつもった丘《おか》を、トロル谷のある西の方角に向かって歩きだした。

21

まかない婦《ふ》のメアリー

「救貧院《きゅうひんいん》にクリスマスなんか関係ないからね」と、シャープはアメリアにいった。「ぺちゃくちゃしゃべるのも禁止《きんし》。朝から晩《ばん》まで働いてもらうよ。ほら。あの子たちを見な！　口をきくやつなんかいないだろ？　おまえも一週間でああなる。沈黙《ちんもく》は信心深さのあらわれだ」

「ならないわ」と、アメリアはこたえた。

「おやま、いまに見てるがいいさ。あんたにはここでおそろしくみじめな日々を送らせてやりますって、クリーパーさんに約束したんだ。それがあんたのたましい、のためだからね」

シャープがそういったのが、去年のことだ。あれから三百六十五日後、アメリアはまだこの救貧院《きゅうひんいん》にいた。これまで生きてきたなかで、これほど長く、これほどなさけない一年はなかった。ここにくる前の暮《く》らしが、いまでは現実《げんじつ》とは思えない。まるで、だれか他人の人生みたいに感じられる。いつかどこかで読んだ、なにかの物語の中のできごとのように。母さんが恋《こい》しい。キャプテン・スートが恋《こい》しい。なみだをこぼしてはだめと、アメリアは自分の両目に心の中でいいきかせた。

アメリアはシャープにいわれて、洗《せん》たく室で働いていた。洗《せん》たく室には子どもからおとなまで、女ばかりたくさんいたが、みんな、命をすいとられたようにうつろな顔をしている。洗《せん》たく室では、服を大きなおけに入れて洗《あら》ったり、手回し式のしぼり機でしぼったり、洗《あら》いおわった服をたたんだりしている。

ここには楽な仕事などひとつもないが、ふつうに考えれば、しぼり機を回すのがいちばんきつい。

しぼり機は、びしょびしょの洗《せん》たくものをしぼってぺしゃんこにする機械だ。木でできた二本のローラーのあいだにぬれたものをはさみ、重たい鉄のハンドルを手で回して、洗《せん》たくものを反対側に送りだす。

そのハンドルを回すのがえらくたいへんで、アメリアは全身が痛《いた》くなる。シャープはしょっちゅうアメリアのうしろに立って、どやしつけた。この人がほんとにこれほどいやな人間なのか、それとも、ただクリーパーをおそれているだけなのか、アメリアにはまったくわからなかった。

「ほんとにぐずだねえ。そんなんじゃ、百年たっても終わりゃしないよ」

しょっちゅう、そんなふうにしかられる。そして、そんなときにかぎって、クリーパーが洗《せん》たく室に入ってくる。手をうしろに組んで歩くようすは、アイロンがけのすんだ服の山を点検《てんけん》にきたというより、軍の視察《しさつ》にきた皇帝陛下《こうていへいか》といったふぜいだ。

「だめだな。昼食後にまたくる。そのときまでに大はばな改善《かいぜん》を願いたい」

だが、アメリアがどんなに必死に働いて、しぼり機のハンドルをめいっぱい速く回しつづけても、クリーパーは満足しなかったし、洗《せん》たくものの仕上がりがおそいと思えば、夕食ぬきでアメリアに夜中まで仕事をさせた。

救貧院《きゅうひんいん》はさびしいところで、アメリアには友だちもいなかった。クリーパーの救貧院《きゅうひんいん》では、友だちのいる者なんかだれもいない。恐怖《きょうふ》――それがやっかいだ。みんながおびえている。だが、おそれてばかりいたって、なんにもならない。アメリアはもう、こわいという気持ちをつかいはたしてしまった。そのかわり、いまは怒《おこ》っていた。

怒《いか》りが、えんとつをのぼる熱気のように、胸《むね》の中をわきあがってくる。

アメリアは気づいたんだ。この世は、そして世の中のなにもかもが、みんな男のもののなのだ。ただひとりの例外が、ヴィクトリア女王だった。そう考えると、腹《はら》がたってくる。この世で女としてやっていこうと思ったら、頭に王冠《おうかん》をかぶるしかない。世の中を動かしているのは、ぜんぶ男たちなのだから。残酷《ざんこく》で、考えることをしない男たちは、アメリアのような十歳《さい》の女の子が心にいだいている願いや希望なんか、いままでだって、これからだって、これっぽっちも気にかけたりしないのだ。プライ巡査《じゅんさ》のような男たち。クリーパーのような男たち。自分ではよいことをやってる気でいて、ほんとはひどいことをしている男たち。そう、ファーザー・クリスマスだって、そうだ。いや、ファーザー・クリスマスはとくにひどい。人生の大半は魔法《まほう》とはほど遠い生活だっていうのに、子どもたちに魔法《まほう》を信じさせたんだから。希望のない世界に生きる人々に希望をあたえるなんて、こんな残酷《ざんこく》なことがあるだろうか？　あの人は本気で気にしてくれてるわけじゃない。クリスマスにあんなことをしてみせたのも、結局、一回きりだった。気になんか、してくれてない。だれも気にかけちゃくれないんだ。

アメリアが気絶《きぜつ》しそうなくらいおなかをすかせていたって、だれも気にしない。だけど、どんなにおなかがぺこぺこでも、ほかの女の子やおばあさんたちと食堂《しょくどう》にいって（男と女はべつの場所で食事するんだ）、まかない婦《ふ》のついでくれる灰色《はいいろ》の液体《えきたい》を見たとたんに、食欲《しょくよく》がうせちまう。

ずっと前、同じ部屋で寝起《ねお》きする女の子の中にエミリーという子がいた。アメリアがここへきて二週間ほどで十六歳《さい》になり、救貧院《きゅうひんいん》を出ていったんだが、その子は夜、アメリアに小声で話しかけてくれたりした。「食事をついでもらうときは、かならずメアリーにしなよ。髪《かみ》の毛をおだんごにした、ぽっちゃりめのまかない婦《ふ》だよ」二日めの夜、エミリーはそう教えてくれた。

あくる日、アメリアは一列にならんだまかない婦《ふ》を見わたしてみた。まかない婦《ふ》たちは、みんながさしだすでこぼこのブリキの深皿に、自分の前のなべから灰色《はいいろ》のどろっとした液体《えきたい》をついでやっている。どれがメアリーかはすぐにわかった。にこにこしているのは、その人だけだったからね。まる顔で、バラ色のほっぺたをしている。まるで、人間のすがたに化けたリンゴだ。

アメリアはメアリーのところにいって、皿をさしだした。

「こんにちは、おじょうちゃん。あんた、きたばかりだね？」

アメリアはうなずいた。メアリーはアメリアの顔から悲しみを読みとった。

「自分のめんどうは自分でみるんだよ。わかったかい？」

「ありがとう」もごもごと礼をいって席についたあとで気がついた。この液体《えきたい》はちょっとだけましな味がする。さとうが入っているんだ。アメリアはそのままずっとメアリーの顔を見つめていた。その顔はやさしそうで、あったかい感じがしたし、見ていると、胸《むね》の中で一瞬《いっしゅん》、わずかな希望のかけらがきらめいた気がした。暗い暗い宇宙《うちゅう》にぽつんとうかんだ小さな星のように。

それからの一年、メアリーは自分のことを少しずつ、小さな声で話してくれた。おかげで、救貧院《きゅうひんいん》のたいくつな暮《く》らしも、ほんの少しさとうをまぜたようにましな味がするようになった。メアリーは、この救貧院《きゅうひんいん》ができたときからここにいる

という。救貧院《きゅうひんいん》として正式にみとめられるには、五百人以上を収容《しゅうよう》しなければならない。そこで、クリーパーはロンドンじゅうで貧《まず》しい人々を集めてまわり、そのときに、タワーブリッジのそばのベンチでハトにかこまれてねむっているメアリーをみつけたんだ。クリーパーはメアリーに、あたたかい場所と、食べものと、いい生活とを約束した。そんなのはぜんぶ、うそっぱちだったけどね。だが、メアリーは救貧院《きゅうひんいん》を出るチャンスがあったときでも、そうしなかった。ここに残ることに決めたんだ。なぜかというと、「もしも、あんたみたいな若《わか》い子のみじめな暮《く》らしをほんのちょっとでも明るくしてやれるもんなら、そばにいて、このなべにさとうを入れてあげようじゃないかって思ったから」だそうだ。

そんなちっちゃななぐさめはあったにしろ、アメリアには一時《いっとき》として頭をはなれない願いがあった。

ここからにげること。

このおそろしい場所を出てスートと再会《さいかい》し、いなかににげる。クリーパー救貧院《きゅうひんいん》以外ならどこでもいい。アメリアは毎日、片時《かたとき》もゆだんなく、鳥をねらう猫《ねこ》のように、行動にうつす時を待ちつづけていた。

22 ファーザー・クリスマスに万歳《ばんざい》四唱

ファーザー・クリスマスは底なしぶくろをわきに置いて立っていた。おもちゃ工房《こうぼう》でエルフ全員を前にするのも、今年はこれが最後だ。エルフたちの多くは、テーブルの上に立っている。その年最後につくったおもちゃをかかえている者もいて、ふくろにほうりこもうと待ちかまえていた。

「うむ、エルフ諸君《しょくん》、じつにみごとな仕事ぶりだった」ファーザー・クリスマスは部屋の奥《おく》にある時計を片目《かため》で見ながらいった。

エルフたちが手をたたき、歓声《かんせい》をあげる。しゃぼん玉職人《しょくにん》のボベッテがしゃぼん玉をとばした。ホイッスル職人《しょくにん》のウィンディはホイッスルを鳴らす。いたずらおもちゃの職人《しょくにん》、エクボは、ブーブークッションに腰《こし》をおろした。ジョーク担当《たんとう》のベッラは、けらけらと笑った。ミカンの木を育てている、オレンジ色の髪《かみ》をしたクレメンティーネは、興奮《こうふん》しすぎて気を失った。

「ホッホッホー」ファーザー・クリスマスが笑う。

「いやいや、あなたのおかげですよ」ハンドラムが、ずりおちたメガネを直しながらいった。ふだんなら人前で話すのは苦手だが、このときはちょっとばかりうかれてたんだ。その顔は、ファーザー・クリスマスの服に負けないくらい赤くなっている。なにかおもしろいこと、気のきいたこと、じーんとくるようなことをいいたいと必死に考えていたのだが、そんな言葉がするする出てくるようなタイプじゃない。みんなの前で話すのにふさわしい言葉となれば、なおさらだ。しかたなく、ハンドラムは「ファーザー・クリスマスに、ば、ば、万歳三唱《ばんざいさんしょう》!」といった。

エルフたちは四回万歳《ばんざい》をした。エルフが数を数えるときは、幸運を祈《いの》ってひとつ足すのがならわしなんだ。

「なにもかも計画どおりに進んでいる。地面の下からゴロゴロひびいてくる音もない」

ファーザー・クリスマスが話していると、キンコーンと呼《よ》び鈴《りん》が鳴った。

となりにいたトポがとびらをあけにいくと、それは、マザー・ロカ先生に連れられた、エルフ幼稚園《ようちえん》の子どもたちだった。

ファーザー・クリスマスは声をあげて笑った。子どもを見るといつも元気が出る。

「ホッホッホッホー。やあ、いらっしゃい! さあさあ、入っておいで! 残ってるおもちゃはたくさんあるから、好きなのを選びなさい!」

色とりどりのチュニックを着た子どもたちが列をつくり、にこにこしながら工房《こうぼう》に入ってきた。小さな木ぐつが床《ゆか》をふむ音がコトコトひびく。ふいに、ハンドラムがうろたえはじめた。その顔を見たトポはすぐ問題に気づき、ロカ先生に小声でたずねた。「リトル・ミムはどこだ?」

ロカはにっこりして、「ここにいますよ」とこたえた。

「それならいい」そういって、トポは百七十二人のエルフの子どもたちを見わたしたが、その中にミムはいない。

ロカがハッと息をのんだ。ミムがほんとにいないことに気がついたんだ。

ハンドラムはパニックを起こしはじめている。

トポは腕《うで》時計を見た。〝かなりおそい〟を五分まわったところだ。ハンドラムはもう外に出て、自分の家に向かってかけだしていた。ミムが家にいるか、たしかめようとしたんだ。

ファーザー・クリスマスはそのようすをさっきから見ていたが、やりとりはきいていなかった。

「ファーザー・トポ、なにかあったのかい?」

「いやいや」トポはこたえた。「なんでもない、なにも問題ないぞ。じゃが、もう〝かなりおそい〟時間じゃ。おまえさんもそのふくろも、そろそろトナカイの広野《ひろの》に移動《いどう》せんとな」不安な気持ちをかくして、トポはむりに笑顔《えがお》をつくった。「さあ、全世界が待っておるぞ」

23
新しいそり

トナカイの広野《ひろの》のまん中に、でっかい紙包みがある。横にはキップとビビが立っていた。ビビはおもちゃ工房《こうぼう》のラッピング担当部長《ぶちょう》で、今年最後の仕事がファーザー・クリスマスへのプレゼントを包むことだった。髪《かみ》はむらさき。頭にリボンをむすび、リボンでできたベルトをしたビビは、まるで歩くプレゼントだ。満面の笑《え》みで、ファーザー・クリスマスを待ちかまえている。

すてきなラッピングペーパーだな、と雪の平原を進みながら、ファーザー・クリスマスは思った。光沢《こうたく》のある紙に銀の星がきらめいていて、そこにまっ赤なリボンがかけてある。トナカイたちでさえ見とれているように見える。

おおぜいのエルフたちが、興奮《こうふん》をおさえきれないようすで集まってきた。みんな好きな色のチュニックを着ている。たいていはあざやかな緑か赤だ。ヴォドルは黒。キップのはグレーで、胸《むね》のところにこんな言葉が編《あ》みこんである。「黄色い雪は食べるな」

「わたしまでプレゼントをもらえるとは思わなかったよ」ファーザー・クリスマスは笑い、勢《いきお》いよく包みをやぶった。ラッピングペーパーがとんでいき、エルフたちが歓声《かんせい》をあげる。

中身があらわれた。

新しいそりだ。

「なんてすばらしい」ファーザー・クリスマスはいった。だって、そのとおりなんだから。まっ赤な本体、銀色の刃《は》は美しい流線形で、内側の板はぴかぴかにみがきこまれている。前のそりの倍の大きさがあり、ダッシュボードには前よりたくさんの装置《そうち》やダイヤルがついている。ファーザー・クリスマスはそりに乗り、ぜいたくな革《かわ》のシートに腰《こし》かけて、またいった。

「じつにすばらしいよ」

キップがいつもの低い、ねむたそうな声でひととおり機器の説明をしてくれた。「あれが羅《ら》針盤《しんばん》。あれが高度計で、いまどれくらいの高さをとんでるかがわかる。うしろにあるのが推進《すいしん》装置《そうち》で……」

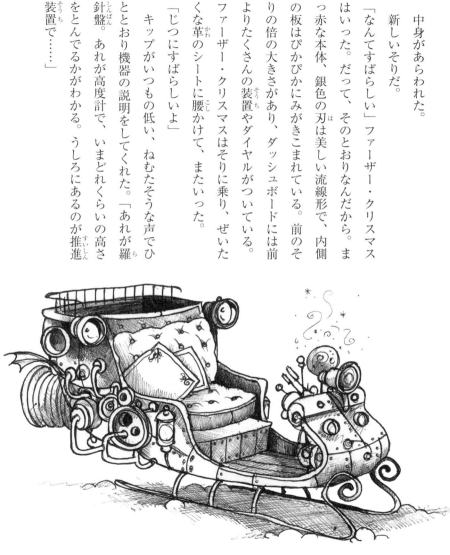

ファーザー・クリスマスは見なれない装置《そうち》を指さした。ゆるくカーブした形で、一本のコードでそりにつながっている。

「テレフォンだよ」と、キップはこたえた。「これをつかえば、飛行中におもちゃ工房《こうぼう》の本部室にいるだれかと話ができる。ぼくの新発明さ」

「テレフォン？」

「ああ。エルフの家と話すっていう意味で〝テル・エルフ・ホーム〟って名づけたんだけど、みんなうまくいえなくてね。結局、〝テレフォン〟って名前になった。どうかな？」

（読者諸君《しょくん》、きみたちの考えてることはわかる。いいたいことがあるだろうが、ちょっと待ってくれ。このときはまだ一八四一年だ。テレフォン、つまり電話機が発明されたのは一八四九年で、発明したのはアントニオ・メウッチという若《わか》きイタリア人。そして、数年後に同じ技術《ぎじゅつ》で特許《とっきょ》をとったのがアレクサンダー・グラハム・ベルだ。そうだよね？　だけど、きみたちは知らないだろう。メウッチもベルも、じつはこの翌年《よくとし》、つまり一八四二年のクリスマスにファーザー・クリスマスから〝テレフォン〟をもらったんだ。つまり、ほんとにいちばん最初のテレフォンを発明したのは、グレーのチュニックを着た、このちょっとさびしげなエルフだったってわけさ）。

「テレフォンか！　そいつはすごい」

そのとき、なによりすごいものがダッシュボードの上にあるのが目に入った。木製《もくせい》のボードからとびだしたガラス球だ。中では緑やむらさき、ピンクに光る小さな雲のようなものがゆっくり回ったりすれちがったりしている。まるでゆうれいが美しいダンスをしてるみたいだ。

「おどろいたな。希望球が組みこんであるのか。たいしたもんだ。ほんとに、たいしたもんだよ。ありがとう。すばらしいプレゼントだ！」

この新しいそりは『デイリー・スノー新聞』のクリスマス記事にうってつけだろうと考えたファーザー・クリスマスは、ノーシュのすがたをさがした。この時間、ノーシュはたいていトナカイの広野《ひろの》にいる。だが、トナカイの近くにいる群衆《ぐんしゅう》を見わたしてみても、ノーシュのすがたはない。興奮《こうふん》に顔をかがやかせているエルフたちのどこにも、ノーシュはいなかった。

ヴォドルでさえ、今日はにこにこ顔だ。

「ファーザー・ヴォドル。ノーシュを見なかったかい？」

ヴォドルは落ちつかないようすであごひげをいじった。「今日は休みをやったんだ」

「そうか」ファーザー・クリスマスはなにかおかしいと感じた。なにかしっくりこない気がする。だが、ぴかぴかのそりと八頭のトナカイ、うれしそうなエルフたちの顔を見ると、またわくわくしてきた。ファーザー・クリスマスは大きく息をすうと、声をはりあげた。

「去年のうめあわせだ。これまででいちばんすばらしいクリスマスにしよう！」

エルフたちも、異議《いぎ》なしという顔をした。

24 アメリア、かみつく

その午後、アメリアは暗い洗《せん》たく室でしぼり機のハンドルを力いっぱい押《お》しあげながら、前の年のクリスマスのことを考えていた。母さんの死んだあの日のことを。ファーザー・クリスマスのこなかったあの日。世界からすべての希望が消えたあの日。キャプテン・スートが別れぎわ、ふりしぼるように「ニャーオ」と鳴いたあの声を思いだす。そんなことがぜんぶ、いま動かしているハンドルのように、ぐるぐると頭の中を回っていた。

物思いをさえぎるように、いすが床《ゆか》をこする音がひびいた。シャープが立ちあがり、バタンとドアをしめて部屋を出ていった。

ほかの女の子たちは洗《あら》いおけに熱いお湯をはるのにいそがしい。いまがチャンスだ。アメリアは洗《せん》たく室にたちこめる湯気《ゆげ》にかくれてそっと部屋をぬけだした。ろうかに出ると、話し声や足音がきこえた。あわてて近くの空き部屋をさがしてとびこみ、うしろ手にそっとドアをしめる。

アメリアは窓《まど》に目をやった。位置が高い。いすに乗ってやっとのことでさびついた掛《か》け金《がね》をはずし、重たい窓《まど》をあけようと全力をふりしぼる。どうかしてたんだ。あまりいい考えじゃないこ

郵便はがき

料金受取人払

麹町局承認

9383

差出有効期限
令和3年5月
31日まで

1 0 2 8 7 9 0

108

(受取人)

千代田区富士見2-4-6

株式会社 西村書店

東京 出版編集部 行

お名前	ご職業
	年齢　　　歳

ご住所 〒

お買い上げになったお店

区・市・町・村　　　　書店

お買い求めの日　　令和　　年　　月　　日

ご記入いただいた個人情報は、注文品の発送、新刊等のご案内以外は使用いたしません。

ご愛読ありがとうございます。今後の出版の資料とさせていただきますので、
お手数ですが、下記のアンケートにご協力くださいますようお願いいたします。

●書名

●この本を何でお知りになりましたか。

1．新聞広告（　　　　　　　新聞）　2．雑誌広告（雑誌名　　　　　　）
3．書評・紹介記事（　　　　　）　4．弊社の案内　5．書店で見て
6．ブログ・SNS など　7．その他（　　　　　　　　　　）

●この本をお読みになってのご意見・ご感想、また、今後の小社の出版物についてのご希望などをお聞かせください。

●定期的に購読されている新聞・雑誌名をお聞かせください。

新聞（　　　　　　　　）　雑誌（　　　　　　　　）

ありがとうございました

■注文書　小社刊行物のお求めは、なるべく最寄りの書店をご利用ください。小社に直接ご注文の場合は、本ハガキをご利用ください。宅配便にて代金引換えでお送りいたします。（送料実費）

お届け先の電話番号は必ずご記入ください。　自・勤 ☎

書名	冊
書名	冊

とは、わかっていた。にげるなら、救貧院《きゅうひんいん》のいちばん大きな暖炉《だんろ》からにするほうがましだったろう。だけど、そこまでだれにもみつからずにいける気はしなかった。しぼり機を回しつづけた腕《うで》が痛《いた》くてたまらないし、つかれてもう力が出ない。必死に窓《まど》を動かそうとしてみたが、びくともしなかった。

そのときだ。「ここでなにをやってる？」

クリーパーだった。ステッキを床《ゆか》にバシッとふりおろすと、ずんずんアメリアに近づいてくる。

「こないでよ、けがらわしいクズおやじ！」

窓《まど》のかぎをしめようとしたクリーパーの年寄《としよ》りじみた細長い手が、アメリアの顔のすぐ前にきた。そこで、アメリアはあることをした。

危険《きけん》なことだ。

ばかげたことでもある。

でも、スートならきっと賛成《さんせい》するはずのこと。

クリーパーをかんだんだ。

そう。クリーパーの手にかみついて、思いきり歯を突《つ》きたててやった。腕《うで》にはもう力が残っていなかったけど、どうやら歯はべつだった。

「ああああああああああああ!!!」クリーパーが悲鳴をあげた。「けだものめ！　だれかこの野蛮《やばん》

なガキをどうにかしてくれ!!!」

すぐにシャープがやってきて、クリーパーからアメリアをひきはがした。クリーパーは手にくっきりとついた赤い歯型《はがた》を見つめている。

「なるほど」クリーパーは、シャープの腕《うで》からのがれようともがくアメリアにいった。「一年たっても、動物なみの凶暴《きょうぼう》さは変わっとらんな！　去年、わたしの足をけとばしたときのまんまだ！　バカな父親とおんなじだよ」

「あんたに父さんのなにがわかるのよ！」

「やつのことなら、ガキのころから知っとる。同じ通りで育ったからな。あいつは危険《きけん》なドブネズミだ……これもあいつだよ」クリーパーは折れまがった鼻を指さした。「やつは猫《ねこ》のしっぽをふむくらいにしか思ってなかった」

アメリアはつい笑《え》みをこぼした。思ってたとおり、父さんはヒーローだ。

「おまえはあいつと同じくらいの能《のう》なしだ。こいつを下へ連れていけ！　地下室だ！　仕置き部屋にとじこめて、かぎをかけろ！　あそこから、ぜったい、出すんじゃ、ないぞ！」

アメリアはシャープに地下へとひきずられていき、がらんとした部屋にとじこめられた。そこにはかたいベッドがひとつとチェンバーポットがあるだけで、小さな窓《まど》には格子《こうし》がはまっている。冷たい石の床《ゆか》に腰《こし》をおろすと、両目から雨のようになみだがこぼれるのを、アメリアはもう止めようとはしなかった。希望の最後の一滴《いってき》が、体からぬけおちていくのを感じた。

かつて世界じゅうのだれより強い希望の光を燃《も》やしていた子どもの心から、その火が完全に燃《も》えつきようとしている。そのせいで、同じころ、エルフヘルムのすぐ南の空では、オーロラがかがやきをいくらか失った。

25 不時着

ファーザー・クリスマスはそりに乗って舞《ま》いあがり、冷たい空気を切ってとんでいた。それだけでもう、去年のことを考えれば、奇跡《きせき》だ。これですべて計画どおりにいく。ファーザー・クリスマスはそう思っていた。今回はトロルの襲撃《しゅうげき》がなかったんだからね。ファーザー・クリスマスは眼下《がんか》の世界を見おろし、目の前にならんだトナカイのおしりをながめて、ほほえんだ。それでもみとめるしかないのは、そりにつけてある希望球が、期待したようにはかがやいていないということだ。

「ブリッツェン、光はまだ見えているか？　ドナーはどうだ？　だれか見えているか？」

ブリッツェンは前を見つめたまま、うなずいた。

たしかに、光はまだあった。うすい緑やむらさきの光のカーテンが空に広がり、さざなみのようにゆれている。

「まっすぐあの中に入るんだ！」ファーザー・クリスマスは、トナカイたちに指示《しじ》をとばした。

「光の中に入る……わくわくするねえ！」

オーロラの中を進んでいると、ファーザー・クリスマスは楽しい魔法《まほう》が全身をくすぐるのを感じた。まわりには、緑とむらさきのルミネッセンスしか見えない（ルミネッセンスというのはまわりから受けとったエネルギーを光に変える現象《げんしょう》のことで、これは「魔法《まほう》」と「チョコレート」のつぎにファーザー・クリスマスが好きな言葉だった）。ファーザー・クリスマスはあたたかく幸せな気分になって、なんでもできそうなくらい自信がみなぎるのを感じた。時間だって止められそうだ。

だが、それをやるなら、いそがなければならないのはわかっていた。あたりをつつむ美しい光で、そりの時計を読む。〝夜のはじまり〟に入って数分というところだ。ファーザー・クリスマスは、時計のまん中にある小さなボタンをおした。「止める」と書いてあるボタンだ。

ファーザー・クリスマスは、長い針《はり》が動きを止め、それ以上先に進まなくなったのを確認《かくにん》した。

「そこでじっとしてろよ」針《はり》にそう命じる。

雪が空中で静止している。そりは、白黒の大きな鳥の横を通りすぎた。鳥も空の高いところでつばさを広げたまま、ぴくりともしない。カナダガンだ。時とともにその場に凍《こお》りついている。

ファーザー・クリスマスがプレゼントをすべて配りおわったとき、このガンも、世界も、ふたたび動きだすんだ、何事もなかったようにね。鳥はそのままとびつづける。雪は地上へとおりていく。子どもたちは目をさまし、くつ下の中にプレゼントをみつけるだろう。みんな、希望をとりもどす。

ファーザー・クリスマスは最初の子どもの名をつぶやいた。いちばん最初におとずれた、あの子の名前を。

「アメリア・ウィシャート」

二年前のクリスマスを思いだす。あの子は、あのあとで手紙をくれた。手紙は風に乗って、去年の十二月に「とても高い山」の南側までとんできた。手紙をキャッチする係のピップによれば、ずっと見はっているのだが、それ以上近くまでとんできた手紙は一通もないらしい。アメリアの手紙は、それ以来、いまもファーザー・クリスマスのポケットに入っている。

羅針盤《らしんばん》が動いた。針《はり》が南東を指す。この羅針盤《らしんばん》は、そりが進むべき方向を教えてくれるんだ。ファーザー・クリスマスは右の手《た》づなをひいた。推《すい》

進装置《しんそうち》の画面がまっ赤に光る。速度計は〝めちゃめちゃ速い〟を指している。高度計には〝雲の中〟とあった。ファーザー・クリスマスとトナカイたちは、ロンドンまでの千九百八十二マイルをものすごいスピードでとんでいた。

「ホッホッホー！」ファーザー・クリスマスはただもううれしくて、声をあげて笑いながら、フィンランドからスウェーデン、デンマークとこえていった。下に見える家々には、今夜、あとでおとずれる予定だ。いや、今夜の同じ時間といったほうがいいかもしれない。

ファーザー・クリスマスは、ロンドンのアメリアからはじめると決めていた。そうすれば万事《ばんじ》うまくいく気がしたんだ。それに、アメリアは手紙をくれていた。とても重要な手紙だ。なんとしても、アメリアにこれまでで最高のクリスマスをプレゼントしてあげたかった。

とびながら、ファーザー・クリスマスは、トナカイに話しかけてみることにした。トナカイにはふだんからよく話しかけている。なんたって、エルフヘルムのベストセラー『トナカイ・トレーナーへの道』を書いた本人だからね。

「ちょっとジョークをいってもいいかな？」

トナカイたちは足を速めた。まるで、ジョークから必死ににげようとしているみたいだ。だが、ファーザー・クリスマスは、そんなことにはちっとも気づいていない。

「それじゃ、いくよ。……この世で最強のプレゼントはなんだと思う？　どう？　わからない？

短すぎるマフラーだ。短くて、まけない。どうやっても負けないってわけさ！　わかったかな？

短すぎるマフラーだよ！　ホッホッホー」

ファーザー・クリスマスは下をのぞいた。見えるのは海の波ばかりだ。

「ハロー、海さん！」大きな声であいさつする。それから、べつのジョークを思いついて、クスクス笑った。「波の高いときには、もっと気をつけてあいさつしなくちゃね。ハロー注意報《ちゅういほう》、なんちゃって。……わかる？　波浪注意報《はろうちゅういほう》だよ？　おもしろいだろう？」

トナカイはなんにもいわない。

「もっとききたいかい？　まだあるよ。ピクシーのジョークだけど、きいたことあるかな？　あるピクシーが、頭をエルフの――」

ファーザー・クリスマスは、ふいに口をつぐんだ。なにもかも順調に進んでいる。そりはちゃんとんでいる。トナカイたちは元気に空をかけている。楽しい気分も変わりない。

だけど。

だけど、だけど、だけど！

希望球のようすがおかしい。コンコンとたたいてみた。今度はもっと強くバシンと。だが、どうやら問題が起こっていることにうたがいはない。光が、消えかかっている！

「まさか、またなのか？」

高度計の表示《ひょうじ》が〝雲の下〟まで一気に下がった。

ファーザー・クリスマスはトナカイたちに向かって、声をはりあげた。「もっと高く！　ロンドンはまだ先だ！」

トナカイたちも必死にやっていたが、それ以上高く上がることができないらしい。

「ブリッツェン？　これがせいいっぱいなのか？　これが限界《げんかい》なら、頭を上げてくれ」

ブリッツェンの頭が上がった。

ファーザー・クリスマスは、テレフォンとかいう機械を手にとり、「もしもし？」と呼《よ》びかけた。

「はい」不安そうな声が返ってきた。

トポだ。

「やあ、ファーザー・トポ。ちょっとききたいんだが、エルフヘルムではとくに異常《いじょう》ないかな？」

テレフォンの向こうからトポのせきばらいがきこえた。「異常《いじょう》じゃと？　ないない。平穏《へいおん》ぶじそのものじゃよ。なんでそんなことを？」

「トナカイにちょっと問題があってね。じゅう

ぶんな高さまで上がれないんだよ。それと、希望球もちょっと……その……思わしくない」希望の量が下がる原因《げんいん》にはふたつある。人間界で問題が起こっているか、エルフヘルムで問題が起こっているか。あるいは、その両方だ。

トポが、なにかをごまかすようにせきをした。「こっちは問題ないぞ。仕事をつづけてくれ」

そのとき、前方にロンドンの街の明かりがぼんやり見えてきた。

「わかったよ、ファーザー・トポ」そういっているあいだにも、高度は下がっていく。

トポがいった。「ともかく、気をつけてな」

ファーザー・クリスマスは、あたりを見わたした。つい忘《わす》れていたが、ロンドンはものすごく大きな街だった。月明かりに照らされた教会その他の建物が、どこまでつづいているかわからないほどたくさんあって、そのまん中をテムズ川がくねりながら流れている。おなかがふわっとうきあがったような、くすぐったいような感じがした。見ると、トナカイたちがまた苦しそうにもがいている。

「ハバダッシェリー通りはまだ先だぞ！」

ブリッツェンがふりむき、せっぱつまった目でファーザー・クリスマスを見た。

「おい、トナカイ諸君《しょくん》！　たのむ！　きみたちならやれる！　さあ、とびつづけるんだ！」

ファーザー・クリスマスは高度計に目をやった。表示《ひょうじ》は〝心配なくらい低いけど、まだだいじょうぶ〟だ。それがつぎの瞬間《しゅんかん》、〝いや、ほんというと低すぎるから、あわてたほうがいい〟に変わった。

ファーザー・クリスマスは、どこか着陸できるところはないかさがした。どこか近くじゃないといけない。それに、たいらで広くて、人目につかないところじゃないとこまる。できれば、屋根の上がいい。だが、そんな都合のいい屋根がどこにある？

あった。

見たこともないほど大きな家だ。

窓《まど》が百個《こ》くらいある。どれもたて長の窓《まど》で、気をつけの姿勢《しせい》で立っている兵隊のように、きちんと整列している。兵隊といえば、その家の門の外には、ふさふさの黒いクマの毛皮でできた背高《せいたか》ぼうしをかぶった、ほんものの兵士《へいし》たちが立っていた。ものすごく大きな家だ。エルフヘルムのおもちゃ工房《こうぼう》より大きい。フィンランドじゅうさがしたって、こんなに大きな建物はない。どこをとっても、文句《もんく》のつけようのない家だ。

「よし、トナカイ諸君《しょくん》」ファーザー・クリスマスは声をはりあげた。「着陸態勢《たいせい》に入るぞ。ドナー、ブリッツェン、あの屋根が見えるか？　あそこを目指していけ。ほかの者たちは、ぶじに着くまで勢《いきお》いを落とすなよ」

だが、勢《いきお》いは落ちていく。そりもかたむきはじめた。そのとき、ファーザー・クリスマスはあることに気がついた。背高《せいたか》ぼうしをかぶった兵士《へいし》たちは、さっきのように気をつけの姿勢《しせい》で立ってはいない。いまは、銃《じゅう》をそりのほうに向けている。

バン！

銃声《じゅうせい》がひびいた。一発の弾《たま》がヒュッととびすぎていく。

バン！

もう一発。

そりの横《よこ》っ腹《ぱら》に穴《あな》があいた。

「たいへんだ！　なんてこった！」

これはふたつの点で、こまった事態《じたい》だった。第一に、ファーザー・クリスマスは自分やトナカイたちが銃《じゅう》で撃《う》たれるなんてごめんだった。第二に、兵士《へいし》たちが動いたり銃《じゅう》を撃《う》ったりしているということは、止まったはずの時間がまた動きだしたとしか考えられない。まちがいない。ほら、ロンドンじゅうが動きだしている。馬も馬車も、クリスマス・イブの夜の礼拝《れいはい》に向かう人たちも。

ファーザー・クリスマスは、そりの時計を見た。時間はまだ〝夜のはじまり〟でしかないが、いまは長い針《はり》がカチ、カチ、と時をきざんでいる。「止める」のボタンをおしてみたが、反応《はんのう》はない。ふと見ると、希望球の中から、光が完全に消えていた。

「弱ったぞ」そうつぶやいた瞬間《しゅんかん》、ファーザー・クリスマスを乗せたそりは急降下《きゅうこうか》しはじめた。目標にしていた屋根に目をやる。いまの位置からでは高すぎる。とてもあそこまで上昇《じょうしょう》できそうにはない。それには、もっと魔法《まほう》の力が必要だ。

ファーザー・クリスマスは歌いだした。「♪　ジングルベール、ジングルベール、すずがー鳴るぅー」

バン！

銃弾《じゅうだん》がプレゼントのつまったふくろをつらぬき、とびだしたコインチョコレートが金色の雨となって、ふりそそいだ。

「♪　今日はー、楽しいー、クリスマ……」

ファーザー・クリスマスはぎゅっと目をつぶり、衝撃《しょうげき》にそなえた。

ガシャーン！

だが、石の壁《かべ》に激突《げきとつ》することだけはまぬがれた。トナカイたちのひづめが、大きな窓《まど》をけやぶったんだ。ガラスが割《わ》れ、窓《まど》のさんがくだけ、こまかな破片《はへん》になって、そりの前でとびちった。

「こんちきしょうのマドファングル！」自分が知っているピクシー語でいちばん下品なののしり言葉をさけびながら、ファーザー・クリスマスはトナカイたちにつづいてその窓《まど》からとびこんだ。

バリバリバリ！

トナカイたちはその勢《いきお》いで長方形の部屋の床《ゆか》をすべりながら、もようの入った豪華《ごうか》なじゅうたんに足をふんばってキキーッとブレーキをかけ、からまってだんごになったまま、テーブルに折りかさなるように突《つ》っこんでいった。

ファーザー・クリスマスは、ぽーんとそりからほうりだされた。壁《かべ》に激突《げきとつ》。テーブルの上の大きな花びんがゆれはじめた。はじめはがたがたと、そのうちぐらぐらと、そして、ぐらんぐらんとゆれだして……ついに、落っこちた。ちょうどファーザー・クリスマスの頭の上にね。花びんは粉々《こなごな》に割《わ》れてしまった。

すさまじい悲鳴があがった。でも、悲鳴をあげたのは、ファーザー・クリスマスじゃない。

26 女王陛下《へいか》とアルバート公

「アルバート！」悲鳴の主《ぬし》がさけんだ。

さけんだのは、若《わか》い女だった。たけの長い白い寝間着《ねまき》を着て、すばらしく豪華《ごうか》な天がいつきのベッドの上に身を起こしている。部屋の床《ゆか》には、ファーザー・クリスマスがいままでふんで歩いたことのあるどの敷物《しきもの》より、豪華《ごうか》でふかふかのじゅうたんがしいてあった（ファーザー・クリスマスは、いままでにたくさんの敷物《しきもの》をふんで歩いたことがあるんだ）。その人は、なにか読んでいたらしい。雑誌《ざっし》みたいなものを。でも、ファーザー・クリスマスが興味《きょうみ》を持ったのは、その人が読んでたものではなく、頭にのっけていたものだ。

かんむり。

金に宝石《ほうせき》をちりばめた、目もくらむような王冠《おうかん》。

そんなものをかぶってすわってるんだ。べ、ベ、ベッドの中に。

ヴィクトリア女王だ。

イギリスの女王陛下《へいか》だよ。世界一大きな力を持った女性《じょせい》。ファーザー・クリスマスはその人の

寝室《しんしつ》に、窓《まど》を割《わ》ってとびこんじまったんだ。

「アルバ————————ト！」小がらなのに、声はものすごく大きい。「衛兵《えいへい》を呼《よ》んでちょうだい！　銃《じゅう》を持ってきて！　侵入《しんにゅう》者がいるの！　でぶでひげもじゃのフランス男が、空とぶ魔《ま》界《かい》の馬の力を借りて、おそれ多くもわたくしの寝室《しんしつ》の窓《まど》をこわし、おしいってきたわ。たまげたなんてもんじゃありませんことよ！」

「いやいや、こいつらはトナカイです。それから、わたしはその……フランス人ではありません。どうか説明をさせてください」

背《せ》の高い、やせた男がひとり、入ってきた。子どもっぽい顔。うすい口ひげは、まるでわたでできているみたいだ。しましまのパジャマすがたで、その手にはライフルがある。男はファーザー・クリスマスに銃口《じゅうこう》を向けた。

「も、もうだいじょうぶだよ、子ヒツジちゃん。こ、こ、こいつはわたしにまかせてくれたまえ」

「アルバート、そいつの頭をぶっとばして！　たまには男らしいとこを見せてちょうだい！」

とすると、この男は女王のお婿《むこ》さんのアルバート公のようだ。ファーザー・クリスマスは、気がついた。アルバート公の手がふるえている。銃《じゅう》もだ。

「おききください、両陛下《へいか》。こんなことになって、たいへん申しわけありません。いま、かたづけますから」

「気づかいにはおよばぬ。かたづけなら、召《め》し使《つか》いがいたす」アルバート公がこたえた。

ヴィクトリア女王は、むっとした顔でアルバート公を見た。「アルバート！　なにいってんの？　こんなときに気取らなくても。そんな……そんな、いかにも王族ですって態度《たいど》……」

「でもハニー、じっさい王族なんだから」

「相手は侵入《しんにゅう》者よ。フランス人にちがいないわ」

「いや、一応《いちおう》フィンランド人です。エルフの世界に足を突《つ》っこんではおりますが、それはあとからのことでして」ファーザー・クリスマスは、もう一度女王のかんちがいを正した。

ヴィクトリア女王は夫をにらみつけた。怒《いか》りでほおがまっ赤になっている。「あなたがノルウェーからとりよせたあのばかみたいな木に安っぽいかざりをちゃらちゃらつけてるあいだに、このひげもじゃのけだものが魔界《まかい》の馬といっしょにとびこんできて、わたくしをさらおうとしたのよ！」

これにはファーザー・クリスマスも、かちんときた。実の父親は子どもをさらったことがあるにしても、ファーザー・クリスマス自身はけっして人さらいなんかじゃない。

「陛下《へいか》をさらおうだなんて、めっそうもない」

ファーザー・クリスマスがそういったとき、ブリッツェンはちょうどもよおしたらしく、遠慮《えんりょ》なくそこでやってしまった。クリーム色のふかふかのじゅうたんの上でだよ。こんもりした茶色いものから、ほかほか湯気《ゆげ》がたっている。

「うそでしょう」女王は泣き声になった。「魔界《まかい》の馬がわたくしのじゅうたんの上でふんをしたわ！」

ファーザー・クリスマスはブリッツェンに目をやって、ため息をついた。

「まことに申しわけございません」

「アルバート、撃《う》って。そのひげ男を撃《う》ちなさい。それから、そいつの連れてきたけがらわしい魔界《まかい》の馬どもも、みんな撃《う》ち殺しちゃって！」

ライフルは、アルバート公の手の中でがたがたふるえている。「わかった。わかったよ。やってやる。やれるさ。そうだろう？」

「もちろんよ、ダーリン。あなたならやれるわ」女王の口調《くちょう》がちょっとやさしくなった。「がんばって、ドイツからいらしたわたくしのいとしい王子さま。あいつのぶくぶく太ったおなかに一発ぶちこんでやるのよ。でも、あのおなかじゃ、弾《たま》がはねかえっちゃうかもしれないわね。ねらうのは顔にして」

「しかし、まずいんじゃないかな、ほら、ここでそんなことをするのは」

ヴィクトリア女王はまたむっとした。「いいわ。だったら、レーツェン男爵《だんしゃく》を呼《よ》びます……男《だん》爵《しゃく》！　男爵《だんしゃく》————っ！」

アルバート公は、降参《こうさん》だという顔をした。「ドラゴン女か。かんべんしてくれよ！」

あらわれたのは、ものすごく大がらな年配の女だった。ドイツ連邦《れんぽう》のハノーファー王国の出身で、女王が子どものころから教育係をつとめてきた人だ。女性《じょせい》だけど、男爵《だんしゃく》の称号《しょうごう》を持っている。広い肩《かた》はば、太い腕《うで》、あごにはひげのようなものがはえていた。着ているのは黒いドレスで、スズメバチでもかみつぶしたような顔をしている。

「どうなさいました、陛下《へいか》？」男爵《だんしゃく》は、ドイツなまりの英語できいた。

「侵入者《しんにゅう》がいるの。早く撃《う》たないと。アルバート！　いますぐその銃《じゅう》を男爵《だんしゃく》にわたしてちょうだい」

だが、男爵《だんしゃく》に銃《じゅう》など必要なかった。ずんずん歩いていって、ファーザー・クリスマスの鼻をぎゅっとつまんだ。そして、ねじった。ぐいっとおした。こんな痛《いた》みははじめてだ。ファーザー・クリスマスは鼻をおさえて、うしろにひっくりかえった。

男爵《だんしゃく》は女王のほうに向きなおると、こういった。「そのむかし、陛下《へいか》の教育係につく前の話ですが、路地裏《ろじうら》のけんか勝負ではちょっとしたものでしたのよ。相手の女の子たちからは〝ハノーファーの恐怖《きょうふ》〟って呼《よ》ばれてました」

ファーザー・クリスマスは、まさに恐怖《きょうふ》におののきながら、男爵《だんしゃく》を見つめていた。男爵《だんしゃく》がファーザー・クリスマスの上にかがみこみ、上着とズボンをつかんで持ちあげる。そしてそのまま、ふりまわしはじめた。アルバート公は思わず目をおおった。

「男爵《だんしゃく》、こてんぱんにやっちゃって！」女王は興奮《こうふん》して、パチパチ手をたたいた。「窓《まど》からほうりだすのよ！」

レーツェン男爵《だんしゃく》がまるでコマのようにどんどんスピードを上げながら回るのを見て、トナカイたちもふるえあがった。男爵《だんしゃく》はすさまじいおたけびをあげ、手をはなした。ファーザー・クリスマスは今夜二度めにぽーんと宙《ちゅう》をとんで、少し前に入ってきたのと同じ窓《まど》から外に出ていった。

「アウフ・ヴィーダーゼン（さようなら）。フランスにお帰り、人さらいのブタやろう」男爵《だんしゃく》の大声には、ブタが鼻を鳴らすような笑いも少しまじっていた。

27
ダッシャーのお手柄《てがら》

ファーザー・クリスマスは、ずしっと重いクリスマス・プディングを投げたようにぴゅーんととんで、地面に向かって落ちていった。いや、待て。あの影《かげ》はなんだ？　ファーザー・クリスマスを追うように、さっと空をかけていくものがある。

ダッシャーだ！　速さではだれにも負けたことのないトナカイ。ダッシャーは急降下《きゅうこうか》して、ファーザー・クリスマスが地面にぶつかる寸前《すんぜん》に、その下にもぐりこんだ。

バン！

兵士《へいし》たちがまた発砲《はっぽう》をはじめたので、ダッシャーはファーザー・クリスマスを背中《せなか》に乗せ、女王の寝室《しんしつ》にもどった。すると今度はヴィクトリア女王自身があの大きなライフルをかまえて、ファーザー・クリスマスにぴたっとねらいをつけている。

「どうなってるの？」女王がきいた。

ファーザー・クリスマスはライフルを見つめたまま、ききかえした。「なにがでしょう？」

「空とぶ魔界《まかい》の馬よ。なんで、そいつらはとべるの？」

女王がトナカイを魔界《まかい》の馬と呼《よ》ぶたび、ファーザー・クリスマスは気が気じゃなかった。トナカイはデリケートな動物だ。プランサーなんか、とくにね。それにトナカイは悪口をいわれるのがきらいなんだ。

「トナカイです、陛下《へいか》。馬でもないし、魔界《まかい》ともいっさい関係ございません。まことに特別な生きものでして。空をとべるのは魔法《まほう》のおかげです。魔法《まほう》の力が大気中にただよっているのです。なぜって、クリスマスですから。しかし、その力が少しばかり弱かったようで。それで、こちらの窓《まど》に突《つ》っこんでしまったしだいです。うまく飛行できなくなったものですから……」

「で、おまえはいったい何者？」

「ファーザー・クリスマスと申します！」

「ファーザー・クリスマス？　だれよ、それ。きいたことないわね」

「わたしはあるよ、プラムちゃん」アルバート公は、口から出る言葉がこわれやすい磁器《じき》ででもできているみたいに、おそるおそるいった。「ヘンリックからきいたんだ。おぼえてるかな？

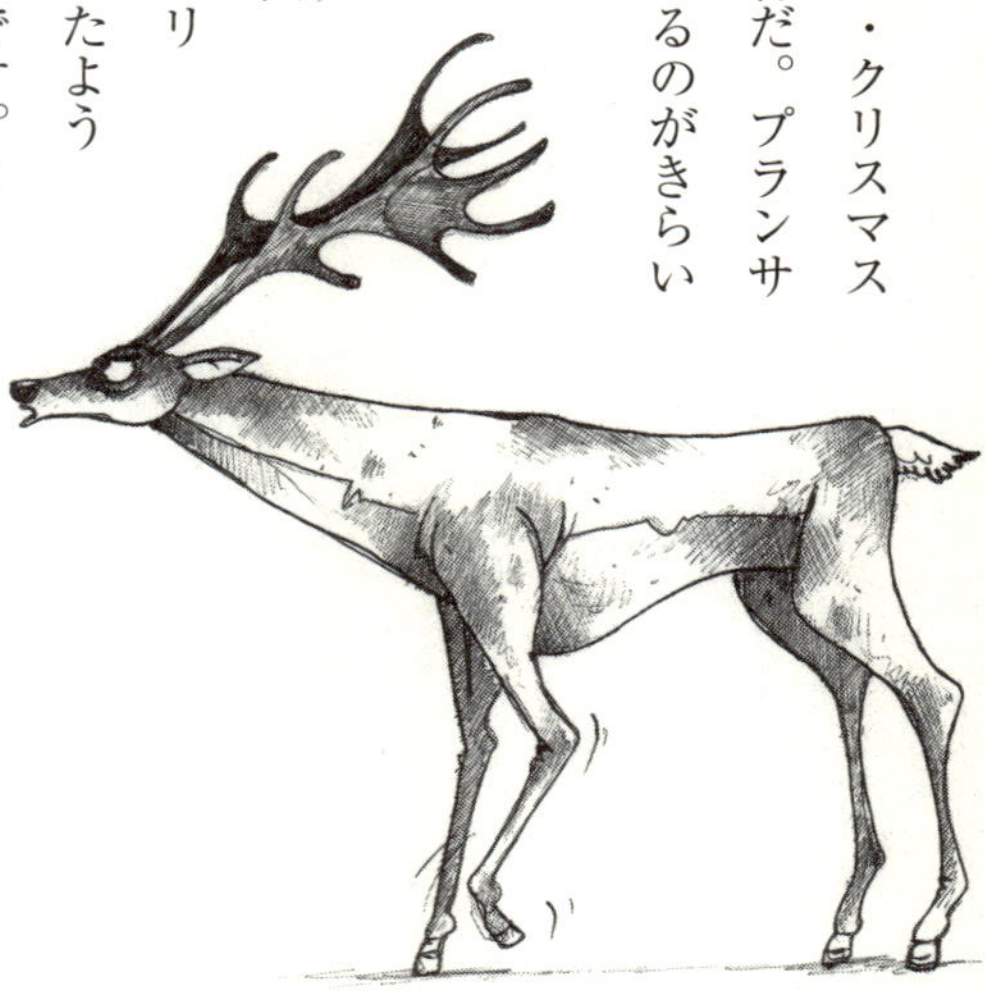

わたしの友だちだよ。ほら、クリスマス・ツリーにする木を送ってくれたノルウェー人だ。おとしのクリスマス・イブに世界じゅうを回って、子どもたちみんなにプレゼントを配ったというのが、ファーザー・クリスマスだよ」

「ああ、それね。その件《けん》なら、きいたことがあるわ。ほんと、気持ちの悪い話ですこと！　他人《ひと》の寝室《しんしつ》にこそこそしのびこむなんて」

ファーザー・クリスマスは、ぶるぶると首をふった。「こそこそなんて、とんでもない。わたしは時間を止めてるんです。つまり、こういうことなんですよ。魔法《まほう》をつかって、人々に希望をあたえる、すると、その希望がまた魔法《まほう》の力を生む」

これをきくと、女王のきげんは悪くなった。女王の怒《おこ》った顔は、人類史上《しじょう》最もきげんの悪い怒《おこ》り顔といってもよかった。

「そのために窓《まど》を割《わ》って、バッキンガム宮殿《きゅうでん》に侵入《しんにゅう》したっていうの？　わたくしたち、ここにひっこしてきたばかりなのよ。自分がなにをしたか、見てごらんなさい」

アルバート公が手をあげた。

「なんですの？」

「いま提案《ていあん》しようと思ってたとこだけど、寝室《しんしつ》ならほかに二百五十二もあるじゃないか、ふわふわほっぺちゃん」

「それとこれとはべつですわ。男爵《だんしゃく》、この人に一発お願い」

男爵《だんしゃく》は、気《き》の毒《どく》なアルバート公のほっぺたをピシャッと平手で打った。

「事故《じこ》だったんです。ほんとに申しわけございません」ファーザー・クリスマスは窓《まど》のことをあやまった。

表にいた兵士がふたり、ようやく寝室《しんしつ》に到着《とうちゃく》した。階段《かいだん》をかけあがったので、少し息を切らしている。「ごぶじですか、陛下《へいか》！」

女王は衛兵《えいへい》たちにうなずくと、もうひとつ、ファーザー・クリスマスに質問《しつもん》した。「自分がだれに口をきいてるのか、わかってるんでしょうね？」

「はい。あなたさまはイギリスの女王陛下《へいか》で」

「そう。正確《せいかく》にいえば、グレートブリテンおよびアイルランド連合王国の女王であり、広く世界各地にわたる大英帝国《だいえいていこく》の君主でもあるのよ。すなわち、わたくしは全世界において最も重要な人物といっても過言《かごん》ではないわけです」

「侵入者《しんにゅう》を始末いたしましょうか？」衛兵《えいへい》たちがたずねた。

「ファーザー・クリスマスを殺すのはまずいと思うよ」アルバート公が口をはさんだ。

「あなたはだまってて」女王は夫をしかりつけると、するどい目でファーザー・クリスマスをにらみつけた。

「おまえがそのファーザー・クリスマスだと、どうやって証明《しょうめい》する？」

「トナカイが空をとんでいたでしょう？　あれが魔法《まほう》の証拠《しょうこ》です」

「たしかにちょっとふしぎだとは思うけど、ふしぎなものなら世の中にいっぱいあるわ。魚とか、おへそとか。下々《しもじも》のこともよ。だけどまあ、撃《う》つのはやめにしておいたほうがいいかもね」

ファーザー・クリスマスは大喜びした。「ああ、ありがとうございます。ほんとにホッとしました」

「ちがうわ。銃殺《じゅうさつ》はやめて、絞首刑《こうしゅけい》にするという話よ」

ファーザー・クリスマスは息が止まりそうになった。なにか手立てを考えなくては。そこで、目をつぶり、深く、深く考えこんだ。ファーザー・クリスマスは、夢《ゆめ》を見ているような感じになった。そこにいたのは、悲しそうなようすの八歳《さい》の女の子だ。女の子の顔立ちは、ヴィクトリア女王によく似《に》ている。そこはとてもすてきな部屋で、わくわくするようなものがいっぱいあった。ゆらゆらゆれる木馬、コマ、ままごとのティーセット、百体もの人形。だけど女の子は、髪《かみ》をおだんごに結《ゆ》った女にどなられている。レーツェン男爵《だんしゃく》だ。いまよりだいぶ若《わか》い。「お母さまに会いたい」女の子はべそをかきながら、男爵《だんしゃく》にうったえている。「お母さまはどこ?」

「わがままにもほどがありますよ、ヴィクトリアさま!」男爵《だんしゃく》が大声でしかりつけた。「わたくしには、あなたさまをりっぱなレディにお育てする義務《ぎむ》があるのです! あなたさまはいずれ女王となられる身なのですからね!」

「わたし、女王になんかなりたくないわ!」

「そんなことをおっしゃってはいけません。わがままいうと、クリスマスにひとつもプレゼントをもらえなくなりますよ」

「クリスマスに願いごとができるとしたら、いいたいことはひとつだけよ。わたしは女王にはなりたくない。ぜったい、ぜったい、なりたくないの!」

ファーザー・クリスマスは目をあけて、いま心の中できいたばかりの言葉をくりかえした。

「陛下《へいか》は小さいころ、こうおっしゃいましたね。クリスマスに願いごとができるとしたら、いいたいことはひとつだけ。わたしは女王にはなりたくない。ぜったい、ぜったい、なりたくない」

ヴィクトリア女王は、とてもとても悲しい顔になった。とても、とても、とても悲しい顔だ。

いや、もっと悲しい顔かも。

「どうしてそれを?」

「ファーザー・クリスマスですから」

女王は銃《じゅう》をおろし、そっと手をふって、衛兵《えいへい》とレーツェン男爵《だんしゃく》に下がるよう合図した。三人が部屋を出ていったあと、女王はしばらく物思いにふけり、そのあいだにブリッツェンは高級なカーテンをむしゃむしゃかじりはじめた。

「わたくしは、あんまり幸せな子どもじゃなかったの。だれもかもが、わたくしのふるまいはこうあるべきって、期待をしてて。だって、将来《しょうらい》は女王になると決まっていたんですもの。たいへんなプレッシャーですのよ、重要人物になることをみんなから期待されるというのは。おわかりいただけるかしら?」

その気持ちなら、ファーザー・クリスマスも知っている。

「わかります。よーくわかりますとも」

「おもちゃはたくさん持ってたけど、魔法《まほう》はどこにもなかった」

ファーザー・クリスマスは、どうにかして女王を力づけたいと思い、「ジングル・ベル」を歌いだした。

「いきなり、なんなの?」女王はびっくりしてたずねた。

「『ジングル・ベル』をおきかせしております」

「どういうわけで?」

「陛下《へいか》を元気づけてさしあげようかと」

ヴィクトリア女王は、とつぜん笑いだした。アルバート公は心配顔だ。「ねえハニー、あそこで魔界《まかい》の馬がカーテンを食べてるよ」

「魔界《まかい》の馬じゃありませんことよ」女王がいった。「あれはトナカイというものです」

女王はファーザー・クリスマスのほうを向いて、にこっと笑った。ファーザー・クリスマスも笑顔《えがお》を返した。

28 女王の印《いん》

ヴィクトリア女王は、ファーザー・クリスマスにわびをいった。心から悪いことをしたと思っているようだ。

「子どもたちに魔法《まほう》をとどける――なんてすばらしいことかしら」

「ただ、こまったことに……」ファーザー・クリスマスはいった。「こまったことに、いま、その魔法《まほう》が魔法《まほう》のようではなくなっています」こんなふうに、とファーザー・クリスマスは割《わ》れた窓《まど》と風にはためくカーテンを指した。

「去年は、大気中から魔法《まほう》がすっかり消えていました。それで、クリスマスにはなにも起こらなかった。しかし、今年はなんとしても起こらねばならないのです……」

ファーザー・クリスマスは、ため息をついて、つづけた。

「子どものころ、わたしはなにも持っていませんでした。いや、カブでつくった人形がひとつありました。それと、そりがひとつ。でも、こんないいものじゃありません」

大きな赤いそりを指したファーザー・クリスマスは、希望球の中でちらちらと小さな光がまたたいているのに気がついた。

女王がまた口をひらいた。「わたくしも子どものころに魔法《まほう》を信じられたらよかったわ。りくつでは説明のつかないことがあるとわかっていたら。なにかふしぎな体験ができていたら。そしたら、すべてが変わっていたはず。わたくしの毎日にはふしぎなことなどなにもなかったし、あるはずもなかったのよ。わたくしのすることは一から十まで前もって決められていて、なにもかもがロンドンの霧《きり》みたいにたいくつだった」

女王は寝間着《ねまき》すがたのまま優雅《ゆうが》に部屋を横切っていった。そして、焼《や》き栗《ぐり》のような赤茶色をしたアンティークの小さなテーブルにつくと、紙になにか書きはじめた。書きおわると、その紙にろうをたらし、上からはんこをおした。紙の上に赤いろうが広がり、王冠《おうかん》の絵柄《えがら》の印《いん》がおされている。

「王室の印《いん》です」女王がほこらしげにいった。「これをどうぞ。もし、なにかこまったことになったら、この書きつけをお見せなさい。そうすれば、これを書いたのがわたくし自身だということがすぐわかりますから」

ファーザー・クリスマスは、書きつけを見た。長い文面じゃない。書いてあるのはこれだけだ。

「何人《なにびと》であれ、この書状《しょじょう》を持つ者に便宜《べんぎ》をはかるべし。女王ヴィクトリア」

つまり、この書きつけを持っている者に対しては、だれもが親切にしなければならないという

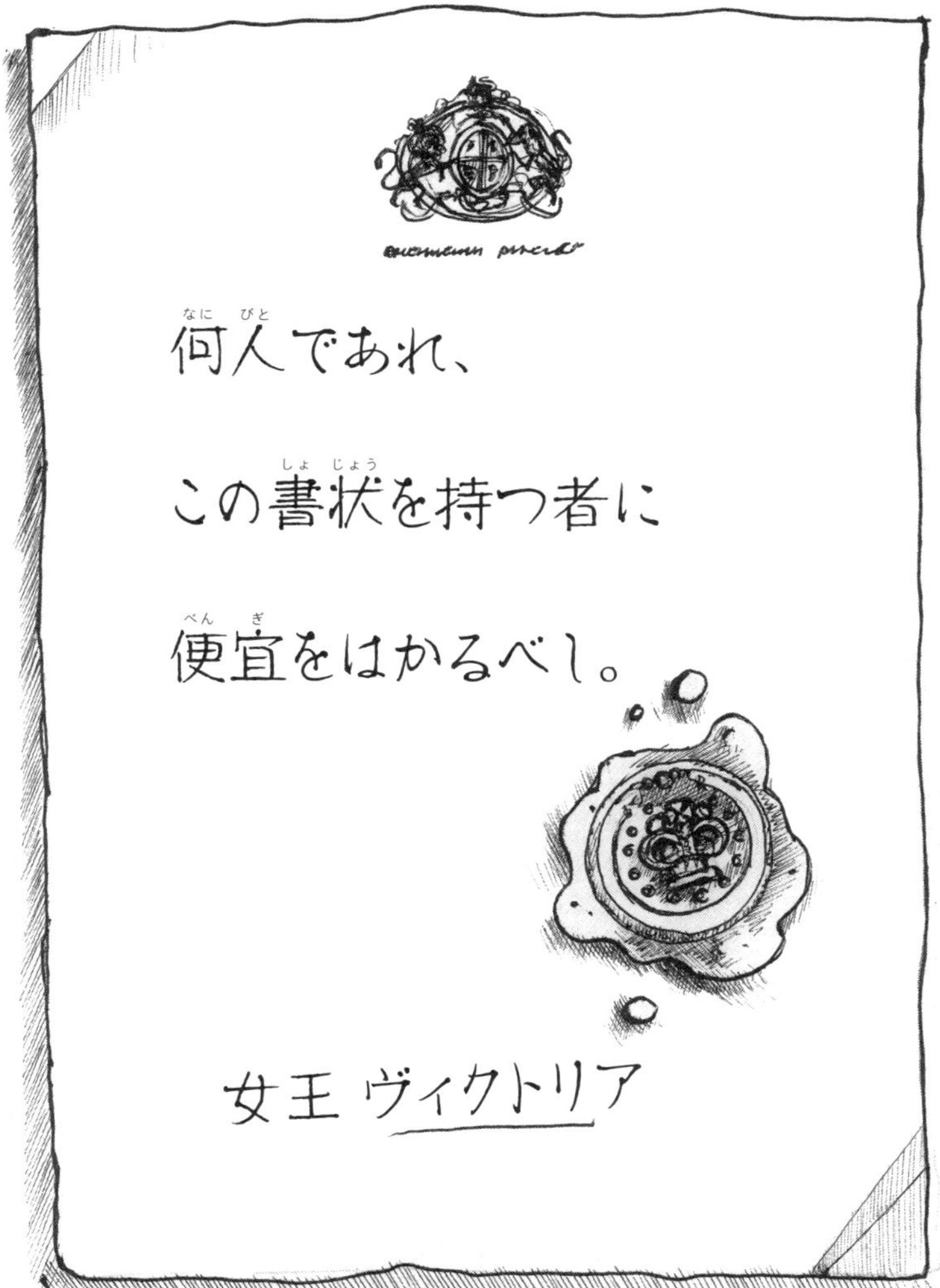
何人《なにびと》であれ、

この書状《しょじょう》を持つ者に

便宜《べんぎ》をはかるべし。

女王 ヴィクトリア

意味だ。ファーザー・クリスマスはおなかのあたりがじんわりあったかくなるのを感じた。

「もったいないことです。とうとい身分のおかたとお近づきになるというのは、ありがたいものですね」

女王は「そうね」といって、小さく笑った。

「陛下《へいか》はクリスマスになにをお望みですか？」

女王はしばらく考えてから、こういった。「インドがいいかしら」

「インド？」ファーザー・クリスマスは、ぎょうてんした。「インドはちょっと大きすぎるんじゃないかと思いますが。それに、国をクリスマス・プレゼントにするというのはいかがなものかと……」

「いいわ。インドはどっちみち、わたくしのものになるでしょうから。それはまちがいないもの。じゃ、ティーポットをいただけたら、うれしいわ」

「たしか、ひとつあったと思いますよ」

ファーザー・クリスマスは底なしぶくろのほうに歩いていくと、腕《うで》を突《つ》っこみ、女王にふさわしいティーポットを、と願った。白地に美しい青でヤナギの木が描《か》かれているのがいい。手のひらに、ティーポットのつるんとした取っ手があたるのを感じた。ひんやりした磁器《じき》の手ざわりだ。

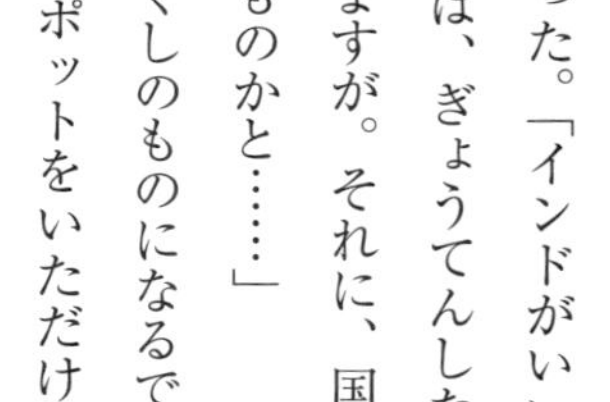

ファーザー・クリスマスはふくろから腕《うで》をぬいた。

「それよ!」女王が声をはずませた。「こういうのがほしかったの」

ファーザー・クリスマスはうなずくと、「まだたくさんのプレゼントを配らねばなりませんので」といって、そりに乗りこみ、手《た》づなをとった。

「だけど、また墜落《ついらく》したら、どうなさるの?」女王はほんとにちょっと心配してくれているようだ。

ファーザー・クリスマスは希望球に目をやった。その中に、いまはほんの少し希望が見える。たぶん、ヴィクトリア女王と会ったことで、ふたたび空をとべるだけの希望がもどったんだ。時計の「止める」のボタンをおしてみた。よし。うまくいった。

まあまあ、だけど。

女王の動きが止まった。壁《かべ》にかかった油絵のようにぴくりともしない。だが、また動きだした。ものすごく、ゆっくりと。

「よし、トナカイ諸君《しょくん》。時間の動きはゆっくりになった。だが、止まったわけじゃない。すぐ出発したほうがいい。わたしたちが空にいるのをだれにも気づかれないくらい速くとべることを、そして、みんなの動きがそれくらいおそいことを祈《いの》ろう」

トナカイたちは走りだした。割《わ》れた窓《まど》からとびだし、ロンドンの空へ。少しふらついてはいるが、だいじょうぶだ。教会や家々、それにセントポール大聖堂《だいせいどう》のタマネギみたいなドーム屋根の上をぶじにかけぬけ、信じられないくらいスローな動きでとんでいるハトたちのそばを通りすぎ、ハバダッシェリー通り九十九番地のタイル張《ば》りの屋根におりたった。

下の通りをひと組の男女が腕《うで》を組んで歩いている。一見、ふたりは動いていないように見える。だが、そうじゃない。男はパイプをゆらしている。そのパイプをものすごーくゆっくりした動きで口からはずした。そのとき、プランサーが屋根におりようとしてちょっとバランスをくずし、タイルで足をすべらせた。タイルが一枚《まい》はずれ、ものすごくゆっくりと屋根の上をすべりはじめた。

そりの中にいたファーザー・クリスマスは、前に手をのばし、「止める」のボタンをつづけざまにおした。だが、タイルは止まらない。

「なんてこった」

時間は止まってなくてはならなかった——完全に止まっていないと。止まったり動いたりしていてもだめだし、進みかたがゆっくりになるだけでもだめだ。これから二億二千七百八十九万二千九百五十一人の子どもたちにプレゼントを配らないといけないんだから。たいへんな数だ。だから、そうさ。時間は止まってなきゃならない。

ファーザー・クリスマスは知らなかったが（でも、もうすぐ知ることになる）、問題の原因の少なくとも一部は、このえんとつの下にあった。ファーザー・クリスマスはえんとつの上に立ち、願いの力によってやすやすと中に入りこんだ。そして、おりていくとちゅうで、気がついた。えんとつのてっぺんに近いあたりのすすの上に、指のあとがついている。小さな指。たぶん、子どもだ。

ふむ……。ファーザー・クリスマスは考えた。小さな胸《むね》のざわめきは、なにかとてつもなく大きな不安へとふくらみはじめていた。

29

ひげをはやした女の子

なにかおかしい。

ベッドを見る前から、そんな気がした。

ファーザー・クリスマスはベッドを見た。

そして、ぎょっとした。

アメリアが大きくなっている。

たしか、いまは十歳《さい》のはずだ。八歳《さい》と十歳《さい》ではずいぶんちがうのは、わかっている。だが、アメリアはベッドからはみだしそうなサイズになっていた。おなかまわりもファーザー・クリスマスに負けないくらい大きい。しかも、かぜをひいたブタのようないびきをかいている。

部屋の中を見まわしてみる。

二年前と、とくに変わったようすはない。

じめじめした壁《かべ》に壁紙《かべがみ》はなく、ペンキがはげかかっている。天井《てんじょう》からぽたぽた水がたれているのは、屋根からの雨もりだ。あの猫《ねこ》はどこだろう？　この前ここに来たとき、ベッドの上に黒い猫《ねこ》がねていたが、いまは猫《ねこ》がいるようすもなければ、気配もにおいも感じられない。

アメリアのベッドのわきには、ビンがひとつあった。

ウイスキーのボトルだ。

このごろじゃ、十歳《さい》の女の子がウイスキーを飲むんだろうか？

そのとき、窓《まど》の外になにかが見えた。小さな影《かげ》がさっと、ごくふつうの速さで落ちていき、地面にぶつかってガシャン！と音をたてた。

月明かりで、地面に屋根のタイルの破片《はへん》がちらばっているのが見える。さっきそこにいたカップルのすがたはどこにもない。空からは雪が舞《ま》いおりている。

足もとの床《ゆか》がきしんだ。

アメリアがベッドの上に起きあがった。その顔には、ファーザー・クリスマスのと同じくらいもしゃもしゃで、ファーザー・ヴォドルのと同じくらい黒くてごわごわのりっぱなひげがはえている。どう見ても四十九歳《さい》くらいだ。

「きみはアメリアじゃないな」

「おれの部屋でなにしてやがる？」男がどなった。がらがら声で、見た目は（においも）海賊《かいぞく》のようだ。男はウイスキーの空《あ》きビンを手にとると、ファーザー・クリスマスの頭めがけて投げつけてきた。とっさにかがんでよけると、ボトルは壁《かべ》にあたって割《わ》れた。

「なんてこった」ファーザー・クリスマスは底なしぶくろに腕《うで》を突《つ》っこみ、なにかこの男の好きそうなものはないか、さがした。とりだしたのは眼帯《がんたい》だ。

「きっと気に入るよ。これをつけたら、もっと海賊《かいぞく》らしくなる」

ところが、眼帯《がんたい》はお気に召《め》さなかったらしい。「おれは海賊《かいぞく》のまねなんかしたくもねえ。おまえさんはちがうようだがな。まっ赤っ赤の大男の海賊《かいぞく》だ」

そこで、もう一度ふくろに手を突《つ》っこみ、コインチョコレートを数枚《まい》つかんで出した。

「わたしはファーザー・クリスマス。どろぼうなんかじゃありませんよ。これをどうぞ」

「コインか?」

「チョコレートでできてます。エルフの手による最高級のチョコですよ」

「チョコでできてるって? そりゃグッドアイデアだな!」男はコインにかぶりついた。

「包み紙をはがさないと」

「ああ、そのようだな」

「びっくりさせて申しわけありませんでした。アメリアのお父さんですか?」

「アメリアって、だれだ?」

「ここに住んでる子です。たしか、ここに住んでたはずですが」

男は考えこんだ。

「おれがここにひっこしてきて一年になるが、たしか近所のやつらがいってたな。その前に住んでた女が死んだって……女には娘《むすめ》がひとりいたらしいが、その子がどうなったかはきいてない」

ファーザー・クリスマスは、がく然とした。アメリアからの手紙を思いだし、気持ちがしずむのがわかった。クリスマス前にアメリアが送ってきた手紙。なにひとつはたせなかった、あのクリスマスの前に。

「そうですか。わかりました。どうもありがとう。わたしはこれで失礼します」

ファーザー・クリスマスが玄関《げんかん》ではなく暖炉《だんろ》に向かうのを見て、男はおどろいた。

「どうやってそこから出る気だ？」

「魔法《まほう》ですよ。では、メリー・クリスマス」

そういうと、ファーザー・クリスマスはえんとつの中に消えた。どう見ても、おとなが通りぬけるにはせますぎるのに。

しかし、出口までできたところで、体がわずかにつっかえてしまった。えんとつのてっぺんから、頭だけが突《つ》きでている。巨人《きょじん》の手につかまれでもしたみたいな感じだ。

「こりゃ、ちょっとこまったぞ」

屋根で待っていたトナカイたちは、そのようすをじっと見つめている。コメットは笑っていた。鼻の穴《あな》からぽっぽっと、息が白い雲になって上がっている。

「コメット、笑い事じゃないよ」

ブリッツェンは、つのにつかまれるよう、そうっと頭を下げてくれた。ファーザー・クリスマスが二本のつのをぐっとつかむと、ブリッツェンはゆっくりあとずさりをはじめた。

ポン！

コルクせんがぬけるように、ファーザー・クリスマスは勢《いきお》いよくえんとつをとびだした。だけど、両手でしっかりつのにつかまっていたおかげで、遠くにはとばされずにすんだ。一回大きく宙《ちゅう》がえりをし、うまいことブリッツェンの背中《せなか》に着地したんだ。

「たすかったよ、ブリッツェン。きみの友情《ゆうじょう》は変わらないね」

ファーザー・クリスマスは、コメットにちらりとうらめしげな目を向けた。

それから、ブリッツェンの背《せ》をおりると、足もとに気をつけながら屋根の上を歩いて、そりにもどった。

30 ファーザー・クリスマスの決意

さてと。

話はひじょうに複雑《ふくざつ》だ。

魔法《まほう》の働くしくみのことさ。

オーロラ、時間を止めること、空をとぶこと、などなどなど。

そこには、ものすごくいろんなものが関係してる。たぶん、すごく、すごく、すごく、たくさんのことが。

ぜんぶをこまかく説明しようと思ったら、たいへんな数の本を書かなきゃならないだろう。きっと、七千と四百六十二冊《さつ》は必要だ。できればきちんと書いてあげたいとこだけど、そんなことしていたら指がもげちゃうかもしれないし、腹《はら》ぺこになって死んじゃいそうだ。

それに魔法《まほう》ってやつは、あんまりくわしく説明しようとすると、どっかにとんでっちゃうものなんだ。きれいなチョウをみつけてもっとよく見たいと思っても、近づいたとたんにチョウはとびたち、すがたも見えなくなってしまう。それと同じだよ。

(チョウのたとえがよくわからないという人は、もう一回読んでくれたまえ。ぜったいわかるから)。

だけど、ひとつだけいえることがある。こういうことさ。ファーザー・クリスマスは混乱《こんらん》していた。

エルフヘルムでなにかが起こっているのはわかっていた。トポはかくしているが、なにかある。もうひとつわかっているのは、アメリア・ウィシャートが行方《ゆくえ》不明だということだ。

アメリアは大事な子どもだった。なんたって、最初の子どもだからね。はじめてプレゼントを配ったあのクリスマスに、いちばん強い希望の光を燃《も》やしていた子なんだから。希望はたいせつだ。魔法《まほう》を生むためにいちばん重要な力だ。だけど、その希望自体が、一種の複雑《ふくざつ》な魔法《まほう》でもある。

アメリアは魔法《まほう》を信じていて、ただその気持ちだけで、じゅうぶんな魔法《まほう》の力を生みだしてくれた。そのころはまだ世界じゅうの子どものだれひとり、ファーザー・クリスマスのことを知らなかったのにだよ。なのに、アメリアは信じていたんだ。ファーザー・クリスマスをじゃない。可能性《かのうせい》をさ。地球上の子どもたちすべてにおもちゃを配るというようなことが、ほんとに起こるかもしれないという可能性《かのうせい》を。

「よし」

ファーザー・クリスマスは、屋根の上でトナカイたちに説明した。

「いいかい。わたしは、クリスマスの計画をやりとげることは可能《かのう》だと思ってる。だが、そのためには、あの子をみつけなきゃならない。このロンドンのどこかにいるはずだ。だから……わたしはさがしにいく！」

31 人間の街で

トナカイが屋根の上にいるのを見たら、人はちょっと変に思うだろう。時間がふつうのスピードで流れだせば、見られる危険《きけん》も高い。そこでファーザー・クリスマスは、ふらふらとぶトナカイたちを、街の中心部からはなれたハックニーと呼《よ》ばれる村の、雪をかぶったイチゴ畑まで連れていった。

「ではトナカイ諸君《しょくん》、いたずらはするなよ！　長くはかからない。というか、かけられないからね」

そして、ファーザー・クリスマスはロンドンの街にもどっていった。なんだかふしぎな感じがする。ひとつには、ひどく味気《あじけ》なく、暗い。

こんなまっ赤な服に身をつつみ、まっ赤なぼうしまでかぶっている者は、ほかにひとりもいなかった。目に入るのは黒いぼうしばかりで、たまにクリスマスの礼拝《れいはい》から帰る女たちがかぶる白いボンネットを見かけるくらいだ。人々の着ている服の色も暗い。ファーザー・クリスマスはぼうしをぬいで、ポケットにしまった。

トナカイやそりも見えない。ジンジャーブレッドのかおりもしない。ただ、けむりとほこりと馬ふんのにおいがするだけだ。

「魔法《まほう》のない世界は、わびしいものだな」ファーザー・クリスマスはひとりごとをいった。

変な感じがするのは、時間がまた動いたり止まったりしはじめたからでもある。地球全体がこわれかけの大きな機械で、がたつきながらやっと動いているみたいだ。もちろん、時間はぴたっと止まったまま動かないでいてほしかった。そうすれば、ぶじアメリアをみつけだし、そのうえでおもちゃをぜんぶ配りおえられる可能性《かのうせい》が高くなる。ファーザー・クリスマスはハバダッシェリー通り近くの教会の前を通った。教会の時計はもう真夜中を三十分もすぎている。エルフ時間なら、〝めちゃめちゃおそい〟だ。

この時間にはもう人影《ひとかげ》もまばらだった。ベンチにおばあさんがひとり腰《こし》かけていた。歯がなく、目は白くにごっていて、肩《かた》にショールをかけている。おばあさんはハトにえさをやっているところだった。ハトは空中で動きを止めている。と思ったら、動きだした。そして、また止まった。

ファーザー・クリスマスはおばあさんが動きを止めているあいだに歩いていって、となりに腰《こし》をおろした。時間が動きだすと、おばあさんはファーザー・クリスマスのほうにぐいと顔を近づけ、タマネギくさい息をはきながら「おやま、こんばんは。いい男だねえ!」とあいさつした。

ファーザー・クリスマスもあいさつを返し、おばあさんにアメリアという女の子を知らないかとたずねた。おばあさんはきいたことがないといい、ハトにもたずねてくれたが、ハトもそんな子は知らないとこたえた。

暗い晩《ばん》で、ロンドン名物の霧《きり》も深い。おかげで、時間が動いているときでも、ものが見えたり見えなくなったりする。酒場《さかば》を出て、ふらつく足で家路につきながらクリスマス・ソングを歌っている男たち。ポケットをネズミでいっぱいにしたネズミ捕《と》りの男。歩いていくと、道の先にクリスマス・マーケットが見えてきた。どこの屋台ももうからっぽで、人がいるのはひとつきり。焼《や》き栗売《ぐり》りだ。ファーザー・クリスマスは焼《や》き栗《ぐり》のカートに近づいていった。

「栗《くり》ですかい？」焼《や》き栗売《ぐり》りのおばあさんが声をかけた。ほっそりした顔で、色とりどりの毛糸であんだショールを頭からかぶっている。おばあさんはショールの上から頭をかいた。「ファージング硬貨《こうか》三枚《まい》で入れほうだいにするかい？」

ファーザー・クリスマスはコインチョコレートを三枚《まい》出した。おばあさんはそれをしげしげと見ている。

「チョコレートですよ」

おばあさんは包み紙をむいて、チョコレートを口に入れた。そして目をとじ、しばらくなにもいわなかった。チョコレートを心ゆくまで味わっていたんだ。

「ああ、なんてうまいチョコだろう」

「そうでしょう。それに、これはお金でもあるんですよ」

おばあさんは、まさかという顔で笑った。「お金って、どこのだい？」

「北のほうです」

おばあさんはちょっと考えて、いった。「マンチェスターかね？」

「いいえ。もっとずっと遠くで……いや、気にしないでください。じつは、栗《くり》を買いにきたわけじゃないんです。女の子をさがしてましてね。名前は、アメリア・ウィシャート。その子は……えっと……ちょっとつきあいのあるお宅《たく》の娘《むすめ》さんなんですが、行方《ゆくえ》がわからなくなってしまって。黒猫《くろねこ》を連れてます」

「そうさね……路上暮《ぐ》らしをしてるかもしれねえな。運がよけりゃの話だが」

「運がよけりゃ？　路上暮《ぐ》らしが？」

ファーザー・クリスマスは、子どものころカルロッタおばさんに三カ月間、家の外でねかされたことを思いだした。北のはてを目指す旅の途中《とちゅう》で、どうしたら少しでも体の熱をうばわれずにねむることができるかと、さんざん苦労したことも。外でねむったいくつもの夜の記憶《きおく》が、いまも悪夢《あくむ》となってあらわれることがある。

「もう死んでるってこともあるだろうねえ。その子はいくつだい？」

「十歳《さい》です」

「ああ、十歳《さい》なら長生きだね。ここらじゃ、そんなにもたねえよ。事故《じこ》でなくても死んでるかもなあ」

「十歳《さい》で⁉」

「死ぬよりむごい目にあう子だっている。ここはそういうとこさ」

ファーザー・クリスマスはもう混乱《こんらん》しまくっていた。不安もいっそう大きくなった。

「ほんとに？　死ぬよりむごいことって、いったいなんですか？」

それでなくても色の悪いおばあさんの顔から（顔色はかなり悪かった）、さーっと血《ち》の気《け》がひいた。くしゃみをがまんしているように鼻をひくひくさせたが、くしゃみは出ない。見ひらいた目は恐怖《きょうふ》におののいている。

「救貧院《きゅうひんいん》さ」

ファーザー・クリスマスは顔をしかめた。「なんです、その救貧院《きゅうひんいん》ってのは？」

「おそろしいとこだよ。おそろしい。おそろしい」おばあさんは、「おそろしい」という言葉をしばらくいいつづけた。「貧乏人《びんぼうにん》が連れてかれるのさ。あたしもいたことがあるんだ。やつら、さもええことしてるようなふりしてさ。でも、そうじゃねえんだ。そうじゃねえ。そうじゃねえ……。あたしゃ、なんとかそっから出ることができた。それにゃ、何年もかかったよ。だけど、そんな運のええ者ばかりじゃねえ」

「アメリアがいるとしたら、どこの救貧《きゅうひん》院《いん》でしょう？」

「いっぱいあるからねえ。オールド・ケント、グレイスチャーチ、ブレッド、スミス、クリーパー、アルハローズ、ダウゲート、セントメアリー・ル・ボウ、ジョーンズ……」

おばあさんがあんまりたくさんの名前をあげるもんだから、ファーザー・クリスマスはいったいどこからはじめたらいいか、わからなかった。

「だが、その子がそのどこにもいねえことを祈《いの》りなされ」

「わかりました。そう祈《いの》るとしましょう」

そのとき、通りをわたる太陽のように、ひとつの

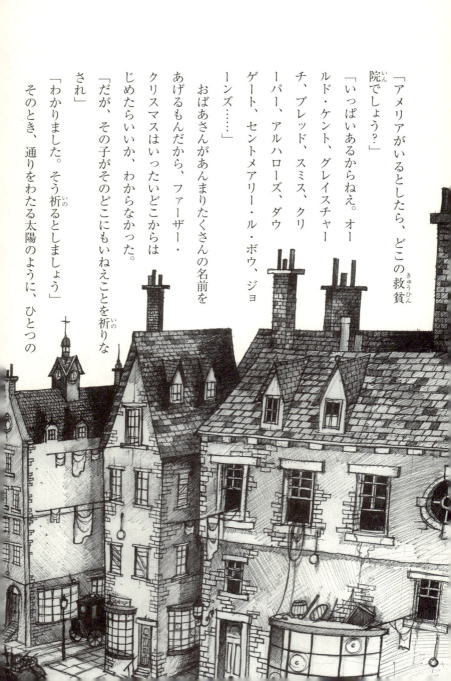

記憶《きおく》がおばあさんの顔をよぎるのが見えた。

「ちょいと、だんな、その子は黒猫《くろねこ》を連れてるといったかい？」

「ええ。しっぽの先だけ白い猫《ねこ》です」

焼《や》き栗《ぐり》売りはパンッと手を打ちあわせた。

「待っとくれよ。ああ、そうさね。そういやあ、猫《ねこ》を連れた女の子がいたね。ちょうど一年前の話だよ。あたしんちにとめてほしいって、たのまれてね。かわいそうだが、ことわったんだよ。あたしゃその、猫《ねこ》が苦手で。それに、うちは……そうなんだよ、そんなすきまもねえのさ。ピクシーだってかんたんにゃ入れねえくらいだもんでね」

「そんなことはないでしょうが……それより、その子がどこにいったか心あたりは？」

「救貧院《きゅうひんいん》に入れられるっておびえてたよ」

「かわいそうに」

「だからさ、セントポール大聖堂《だいせいどう》のほうにいきなって教えたんだよ。ブロードハートさんをたずねていきなって。若《わか》いころ、こまってたときにあたしも世話になったんだ。ところで、あたしゃ、ベッシーっていうんだ。ベッシー・スミスだよ」

ベッシーは、ファーザー・クリスマスが自己紹介《じこしょうかい》するのを待っているらしい。だが、ファーザー・クリスマスは名のらなかった。

「もうひとつ教えてください。いまちょっと魔法《まほう》……いや、方向がわからなくなって……セントポールはどっちでしたっけ？」

そこでおばあさんの動きが止まった。

なにもかもが動きを止めている。焼けた栗《くり》からあがる湯気《ゆげ》も。

「どうもありがとう」

きこえないのはわかっていたが、ファーザー・クリスマスはお礼をいい、止まったきりのおばあさんの指がさしている方向に、足早に歩きだした。時間がふたたび流れだす前に、大聖堂《だいせいどう》までいきたかったんだ。

32
猫《ねこ》

大聖堂《だいせいどう》の前で、ファーザー・クリスマスはブロードハートさんらしき人がいないかと、きょろきょろ見まわした。その時間、あたりはおばあさんだらけで、それがいっせいに動きだしていた。人間はじっさい、おばあさんしかいない。あとはハトだけだ。

ベンチに腰《こし》の大きく曲がったおばあさんがすわっていた。

「ブロードハートさんですか?」

おばあさんはとまどった顔で目をまんまるにして、「いえ、あたしゃハトですよ」とこたえた。

「いや、どう見ても人間でしょう」

ファーザー・クリスマスがいうと、おばあさんは笑いころげ、ほんとにベンチからころげおちてしまった。そこへ一羽のハトがおりてきて、おばあさんの顔にとまった。

べつのおばあさんが近づいてきた。クルミのようにしわしわの顔をしている。「ジェイニーのこたあ、ほっときな。シェリー酒でよっぱらってんだよ。ほら、クリスマスだからね」

「あなたがブロードハートさん?」

「いいや。ブロードハートさんなら、刑務所《けいむしょ》だよ。あの人は女の子たちをつかってぬすみを働いてたんだけどね、クリスマス・プディングをとろうとして、みんなつかまっちまったのさ」

ファーザー・クリスマスはうなずいた。頭の中にふっと不安がうかんだが、いそいでそれをふりはらった。アメリアがどろぼうなんかするはずがない。

「アメリアという女の子をさがしてます。アメリア・ウィシャートです」

「さあ、わからんね」

おばあさんの「わからん、いい」という言葉をまねするように、教会の鐘《かね》がカランカランと鳴りだした。地面にひっくりかえっていたおばあさんがまた笑いだし、おばあさんの顔からハトがとびたった。


ファーザー・クリスマスは歩きだし、川のそばの木のベンチに腰《こし》をおろした。さざなみは、いままた止まった時間のなかで、宙《ちゅう》にういたままの雪が水面《みなも》に落ちてとけるのを待っている。

アメリアは一年も前にいなくなったんだ。どこにいるか見当もつかなかった。一年！　それが希望の失われた理由じゃないか？　トロルがおそってきたりしたのも、そのせいだったのかもしれない！　オーロラが消えてしまったのも……。

ファーザー・クリスマスは目をとじ、考えようとした。感覚がうまく働かない。しかたなく目をあけ、また川をながめた。美しい。

前にトポはこういっていた。

魔法《まほう》ならどこにでもある。やりかたさえ知ってれば、それに気づくことができる。

「ここに魔法《まほう》がある」ファーザー・クリスマスはつぶやいた。

魔法《まほう》のあるところには希望がある。ファーザー・クリスマスは川面《かわも》のさざなみを見つめた。動きだした波は、年寄《としよ》りの皮膚《ひふ》によったしわのようだ。ファーザー・クリスマスは祈《いの》った。だれか自分をアメリアのもとに連れていってくれますようにと。すると、風の音にまじって、なにかがきこえた。

ニャオ。

猫《ねこ》だ！　ファーザー・クリスマスのとなり、ベンチの上に猫《ねこ》がいる。黒猫《くろねこ》だ。見たこともないほどにまっ黒な猫《ねこ》。まるで、夜から生まれでたように黒い。

ただ、しっぽの先にちょっとだけ、白いところがある。

「待てよ」この猫《ねこ》とはたしか、二年前のクリスマスにも会っている。プレゼントを配る途中《とちゅう》でのことだ。「おまえには見おぼえがあるぞ」

だがいま、時は動いており、猫《ねこ》もじっとしていてはくれなかった。

キャプテン・スートはベンチからとびおりると、しっぽの先をぴんと空に向け、川とは反対の方向へとことこ歩きだした。大聖堂《だいせいどう》からもはなれていく。
ファーザー・クリスマスは、そのあとを追った。

33
ダウティー通り四十八番地

黒猫《くろねこ》がやっと足を止めたのは、ちょっと大きな通りの、ちょっとしゃれた感じの家の、ちょっとしゃれたドアの前だった。通りはひっそりしていて、ひと組の男女が見えるだけだ。男の頭にはシルクハット、くるんとカールさせたひげに雪がついている。女のほうは地面につきそうなくらいすその長いきらびやかなドレスを着ている。おしりがうしろに一マイルも突《つ》きでているように見えるデザインのやつだ。もしかしたら、ほんとにおしりが一マイルも突《つ》きでてるのかもしれないけど。

このあたりは、同じロンドンでもハバダッシェリー通りとはまったくちがうおもむきだ。なにもかも高級で、おだやかな感じがただよっている。まるで、おだやかさを手に入れるにはお金が必要だとでもいうみたいだ。どの家も広くて、背《せ》が高い。この通りの建物は道から少しはなれた場所に切りはなされたように立っていて、玄関《げんかん》ドアは小さな橋をわたった先にある。まるで、道と建物がけんかして、それきり縁《えん》を切っちゃったみたいだ。さっきの男女が、ファーザー・クリスマスの服装《ふくそう》を見て、しのび笑いをもらした。ふたりとも、どこかのクリスマス・パーティーでシェリー酒をしこたま飲んできたにちがいない。

「あの人のかっこう、二年前にプレゼントを配ってまわったっていう、陽気な赤い男みたいね」女がいった。「ねえライオネル、あの男の名前はなんていったかしら？　キング・クリスマス？　ミスター・エントツ？　それとも、おなかタプタプおじさん？　ファーザー・プディングかしら？」

男は高笑いした。高笑いってのは独特《どくとく》の笑いかたで、ヴィクトリア女王時代のロンドンの上流階級ではやっていたものだ。ふつうの人間の笑いと馬のいななきをまぜたような感じがしないでもない。

「いやはや、ペトロネラ。きみはじょうだんがうまいね」男がいった。

ファーザー・クリスマスは、人間が笑っているのを見るのが好きだった。相手が自分のことを笑っている場合でもだ。そこで、「メリー・クリスマス」とあいさつした。ふたりも笑って「メリー・クリスマス」といおうとしたが、そのときまた時間が進むのがゆっくりになったので、むしろこんなふうにきこえた。「メェリィィィク……リ……ス……マァァァァァス……」

そのとき、猫《ねこ》がものすごくゆっくりニャオと鳴いた。「入れて」といっているようだ。猫《ねこ》は、クリスマスのリースがかかった、黒い色のしゃれたドアを見あげている。ドアには住所が書かれていた。ダウティー通り四十八番地。地上三階建てで、二階の大きな窓《まど》のむこうに男がひとり、

こんな時間につくえでなにか書きものをしているのが見える。男はファーザー・クリスマスと猫《ねこ》に気づくと、ものすごくスローな動きで立ちあがり、どこかへ消えていった。雪がまたふつうの速度でふりはじめ、思ったとおり、すぐにさっきの男がドアをあけた。
「お入り、キャプテン・スート」男は猫《ねこ》にそういって、ドアを大きくひらいてやった。猫《ねこ》がドアの向こうに消えていく。
うんと背《せ》の低い男だ。人間にしてはだよ。エルフとくらべれば、倍以上の背《せ》たけだ。あごにちょぼちょぼと黒いひげをはやし、むらさきのベストにたてじまのズボンというかっこうだ。手にはペンを持っている。そのすがたは、このどんより暗い街にめずらしく、はなやかに見えた。水たまりに落ちた一輪の花のようだ。男はするどい目でファーザー・クリスマスをじろじろと見た。男の足に、スートが頭をすりつけている。

「猫《ねこ》の愛にまさるおくりものはない」男は赤い服を着た見しらぬ人物に語りかけた。両手を動かし、ひとつひとつがひじょうに重要な言葉であるかのように、まるで舞台《ぶたい》にでも立っているかのように、もったいぶって。

ファーザー・クリスマスはにっこりうなずいた。この男も男の着ているベストも気に入った。「トナカイの愛もじつにすばらしいものですよ」

「ふむ、トナカイのことはよく知らないが、あなたを信じましょう。それじゃ、メリー・クリスマス」

男がドアをしめようとするのを見て、ファーザー・クリスマスはずばりきいてみることにした。

「人をさがしてるんです。アメリア・ウィシャートという子です。その猫《ねこ》は、その子のものだったはずなんですが」

ドアがふたたび大きくひらいた。男は興味《きょうみ》をそそられたようだ。

「そんなことをおたずねになるあなたは？　よりにもよって、クリスマスの深夜一時に」

「その子のご家族と親しい者です」

「そして、トナカイとも親しい？」

「わたしはみんなと親しくなりたいと思っています」

「お名前は？　わたしは、チャールズ・ディケンズです」

「ええ、あなたがどなたかはぞんじておりますとも」

「でしょうな」

「あなたの本をプレゼントにさせていただいてますよ」ファーザー・クリスマスは、自分をたすけてくれるのはきっとこの男だと感じたが、信用できない相手に手を貸《か》そうと思う人間はいないだろうし、信用してもらいたければまず真実を話すべきだろう。そこで、ほかの人にきかれないよう、戸口に近づいて、こういった。「わたしは、ファーザー・クリスマスです」

ディケンズは苦笑いした。「わたしの書く小説は作り話かもしれませんが、かといって、作り話を頭から信じるわけではありませんよ」

ファーザー・クリスマスはいっしょうけんめい、この家の子どもたちのことを思いだそうとした。それには数秒かかったが、その記憶《きおく》がまだ頭のどこかにしまわれていることはわかっていた。

「ええと……チャーリーはコインチョコレートを気に入ってくれたかな？　ケイトはわたしのあげたペンを喜《よろこ》んでました？　ちっちゃなウォルターはおもちゃの兵隊で遊んでますか？」

「そんなことをなぜ知ってるんです？」

「さっきわたしのいったことが、ほんとうだからですよ。こんな夜中にすみません。それもクリスマスに。しかし、とても大事な用件《ようけん》なんです。じつは、時間を止めるのに必要なだけの魔法《まほう》が大気中にないんです。もたもたしてたらそれだけ、朝までにすべてのプレゼントを配りきるのはむずかしくなるでしょう。それに、魔法《まほう》なしにそりをとばすのはたいへん危険《きけん》なことです。トナカイは鳥じゃない。じゅうぶんな量の魔法《まほう》があたりにないと、空から落ちるしかありません。だから、魔法《まほう》を回復《かいふく》しないと。それはつまり、もっと希望が必要だということなのです」

ファーザー・クリスマスはつづけた。

「前にやっぱり希望が不足していたとき、強い希望の力で魔法《まほう》を呼《よ》びさましてくれた子どもがいました。アメリアという女の子でしてね。その子の起こした魔法《まほう》が、わたしをエルフヘルムからとびたたせてくれたんです。エルフヘルムというのは、エルフが住んでいるところです」

ディケンズは信じられないというように頭をふって、笑った。「エルフですって？　笑ってすみません。しかし、どうやらあなたの頭の中は、フルーツケーキにまぜたフルーツのようにごちゃごちゃになってるごようすで。今夜はクリスマス・イブとはいえ、ホット・ワインをどれだけお召しあがりになったんですか？」

だが、ファーザー・クリスマスは説明をつづけた。「いいですか。二年前は、すべて計画どおりに進めることができました。しかし、ぎ、り、ぎ、り、だったんです。大気中には、それがぎりぎりできるだけの魔法《まほう》しかありませんでした。ぎりぎり足りるくらいの希望しかなかった。だから、わたしはまず、いちばん強く希望をいだいている子どものもとへ向かったんです。魔法《まほう》をだれより強く信じてた子です。その子のおかげで、わたしもトナカイたちも進むことができました。すべてはその子の力だといってもいい。あれほど希望に満ちた子どもを、わたしは知りません。あの子の希望は全世界の希望にも匹敵《ひってき》する。だがいま、希望は失われてしまいました」

ディケンズはハンカチをそっと目におしあてている。「じつに悲しい話だ。しかし、まだ信じることはできません。なにしろ時間を止め……」

時間を止めるなんて。

そういいたかったのだろう。だが、最後までいうことはできなかった。なぜって、また時間が止まってしまったからね。信じてもらうには絶好《ぜっこう》のチャンスだ。ファーザー・クリスマスは、ふわふわの白いふちかざりのついた赤いぼうしを急いでポケットから出し、ディケンズの頭にかぶせた。

それから大きく五歩うしろにさがって道のまん中に立ち、また時間が流れだすのを待った。

よし、動きだした。

ディケンズは、ファーザー・クリスマスが一瞬《いっしゅん》でそこまで移動《いどう》したのを見て、あっけにとられた。「これはたまげた。どうやってそこまでいったんです?」

まだ気がついていないようなので、ファーザー・クリスマスはディケンズの頭の上のぼうしを指さして、こういった。

「すてきなぼうしですね」

ディケンズはおどろきのあまり、持っていたペンを落としてしまった。魚のように口をぱくぱくさせている。そして、ようやく理解《りかい》したようだ。

「なんということだ! なんとすばらしい魔法《まほう》。ほんとにファーザー・クリスマスなんですね。じつにおどろくべきことだ。ほんとに、こんなにすばらしいことはない」ディケンズは手をさしだした。「わたしと同じくらいの有名人に会えるとは、まことにうれしいかぎりです」

「しかし、たのみますよ」ファーザー・クリスマスは握手《あくしゅ》しながらいった。「このことはだれにもいわないでください」

「もちろんですとも。さあ、どうぞ中へ」

ファーザー・クリスマスは、それから十分ほどディケンズ家の応接間《おうせつま》ですごした。明かりはいまにも消えそうなろうそく一本なのでかなり暗くはあったが、とてもいい部屋だったし、ホッ

ト・ワインもあった。ワインはまだあたたかい。

アメリアはクリーパー救貧院《きゅうひんいん》に入れられたことがわかった。「ロンドンでも最悪の救貧院《きゅうひんいん》ですよ」と、ディケンズはいった。

「たすけにいかないと」

「なんですって？　いますぐにですか？」

「もちろんですとも。クリスマスを救《すく》うには、今夜じゃないとだめなんです。またもやクリスマスをだいなしにするわけにはいきませんからね。二年つづけてそんなことになれば、希望はひとかけらもなくなってしまう」そこで気がついた。この十分間、時間は一度も止まっていない。

「なんとしてもいかないと。子どもたちが目ざめるまで、あと五時間しかない」

「でも、待ってください。それには作戦が必要でしょう。それと、変装《へんそう》も。魔法《まほう》がつかえないとすれば、ちょいとえんとつから失礼し、あの子を連れてまたえんとつから退散《たいさん》って具合にもいかんでしょう？　それに、あなたはあの子をどうする気です？　どこへいくおつもりですか？　そもそも、あの子がもうあそこにいないってこともありうる」

考えなきゃならないことはたくさんあった。いろんな問題がファーザー・クリスマスの頭の中をホタルのようにとびかっている。

「こりゃどう考えたって不可能《ふかのう》ってものですよ」ディケンズはいった。

「そんなものは世の中にありませんよ」

ファーザー・クリスマスのひざにキャプテン・スートがとびのった。

ディケンズは笑った。「いや、ありますよ。不可能《ふかのう》なものなんて、いくらでもある。たとえば、なにもアイデアがうかばないのに小説を書くとか」笑いは、やがてため息になった。「絶望的《ぜつぼうてき》だ」

ファーザー・クリスマスは顔をしかめた。「絶望《ぜつぼう》に不可能《ふかのう》。どちらもものすごく悪い言葉だ」

「この五週間というもの、わたしは毎日二階のつくえで新しい小説のアイデアをねってるんですが、頭の中はからっぽ。なにもうかばない。だんだん、ふさぎの虫にとりつかれてしまってね。この前書いた小説はじつに評判《ひょうばん》がよかったんだが、もうこの先ひとつも書けないんじゃないかと、不安でしょうがないんです。いまのわたしの心には、三月のテムズ川のように深い霧《きり》がかかってる。つぎになにを書けばいいか、まったく思いつかないんですよ」

ファーザー・クリスマスはにっこり笑った。

「クリスマス！　クリスマスの話を書くんですよ！」

「ですが、一冊《さつ》の物語を書くには何カ月もかかるんですよ。どうすれば、たとえば春のおとずれも近い三月に、クリスマスの話を書く気になれます？」

「ディケンズさん、クリスマスというのはただの日づけじゃないんですよ。気持ちの問題です」

夜の窓《まど》のように、作家の目に光がともるのが見えた。

「クリスマスの物語か。たしかに悪くない！」

「ほら、不可能《ふかのう》なものなどない」

ディケンズはワインをひと口すすった。

「わかりました。いい考えがあります。視察員《しさついん》のふりをするんですよ。ほら、救貧院《きゅうひんいん》にはぬきうちで視察《しさつ》が入ることがあるでしょう。たいていは相手がまったく予期していないときをねらって。たとえば夜間とか。クリスマスとか。だけど、変装《へんそう》が必要だ。わたしがお手伝いしましょう。着るものをお貸《か》しします」

そこで、ファーザー・クリスマスは、ディケンズの服の中からいちばんゆったりした黒のズボンを借りた。それでもきゅうくつで、ボタンをとめようとしたら、ブチッとはじけとんで、ディケンズの目を直撃《ちょくげき》してしまった。

それを見て、スートは笑い声をたてたんだが、猫《ねこ》の笑い声だから、人間たちはそれに気づかなかった。

「ベルトをお貸《か》しします。それと、いちばんサイズの大きいコートも。そうすれば、ごくふつうの人らしく見えますよ。少なくとも服装《ふくそう》だけはね」

「ふむ。どうもありがとう、ディケンズさん。そろそろいきます。アメリアをみつけだし、夜明けまでに二億二千七百八十九万二千九百五十一人の子どもたちにプレゼントを配らねばなりませんから」

「そりゃたいへんな数ですね。わたしの本の販売部数《はんばい》くらいあるじゃないですか。幸運をお祈《いの》りしますよ。ぶじ、アメリアをみつけられますように。できたら、あの子にこれをわたしていただけませんか？」ディケンズはファーザー・クリスマスに『オリバー・ツイスト』のサイン本をさしだした。「それから、来年また世界を回られるときには、うちによっていただけませんかね？」

「喜《よろこ》んで」

それからファーザー・クリスマスは、しっぽの先だけ白い黒猫《くろねこ》に目を落とした。ディケンズのスリッパのあいだから、こちらを見あげている。そういえば、考えなきゃならないことがもうひとつあった。

34
ぬきうち視察《しさつ》

ファーザー・クリスマスは、クリーパー救貧院《きゅうひんいん》のぶきみな木のとびらをノックした。お城の入り口のように大きなとびらだ。しばらくして、男がひとり出てきた。守衛《しゅえい》のホブルだ。背骨《せぼね》が大きく曲がっているので、立っていてもエルフほどの高さしかない。しかし、腕《うで》は太いし、手も大きくて力がありそうだ。

ホブルはファーザー・クリスマスを見あげた。その顔ははるか遠くにある。

「なにか？」

しばらく沈黙《ちんもく》がつづいた。ファーザー・クリスマスは、相手がまだなにかいうだろうと思って、待っていたんだ。だが、ホブルはなにもいわない。

「わたしは、えー……」ファーザー・クリスマスは、いい名前を考えてくるのを忘《わす》れたことに気がついた。「ドリムウィックと申します。視察《しさつ》です」

ホブルは、ファーザー・クリスマスのでっぷりしたおなかときゅうくつそうなズボンを、まじまじとみつめた。

「サツ？　警察《けいさつ》の人間にゃあ見えませんぜ」

「そうですか？　じゃあ、いったいどう見えるんです？」

ホブルは考えた。「人間の顔したでっかいプディング？」

「いや、わたしはプディングじゃありません。それに、警《けい》察《さつ》でもありませんよ。視察員《しさついん》です。こちらの救貧院《きゅうひんいん》に視《し》察《さつ》にまいりました」

「クリーパーさんは視察《しさつ》のことなんざ、なんにもいってませんでしたぜ」

「これはぬきうちの視察《しさつ》ですからね」

「そうですかい。しかし、申しわけないが、ドラマチックさん……」

「ドリムウィックです」

「お入れするわけにゃあいきませんぜ」

「ふむ、あなたはたいへん大きなまちがいをおかそうとしていらっしゃいますぞ。わたしの視察《しさつ》をことわったことでこの救貧院《きゅうひんいん》をしめることになれば、クリーパー氏はあなたのせいだとお考えになるでしょうが、それでもよろしいと?」

ホブルの顔色が変わった。「わかりやした。どうぞ中へ、ノロマピッグさん。しかし、運がよかったですな。ちょうどクリーパーさんがおいでのときで」

ファーザー・クリスマスの顔がホブル以上に青ざめた。「なんですと? クリーパー氏がここに? こんな夜中にですか? しかもクリスマス・イブに?」

「へえ。それというのも、二年前のクリスマス・イブに悪党《あくとう》がこの救貧院《きゅうひんいん》にしのびこんで、おもちゃやら菓子《かし》やらでガキどもをたぶらかそうとしたからで。そいつを二度と入れないよう、クリーパーさんはお帰りにもならず、見はってなさるんでさ」

ファーザー・クリスマスは、かろうじて冷静をよそおった。「ほう……そりゃけっこうですな。おもちゃやお菓子《かし》。じつにけっこう」

そういうわけで、ファーザー・クリスマスは、視察《しさつ》のまねごとをする前にクリーパーに会うはめになった。クリーパーがファーザー・クリスマスの前に立った。骨《ほね》ばった長い指でステッキのてっぺんをトントンたたいている。ファーザー・クリスマスはたいていだれのことでも好きになれるんだが、クリーパーを好きになるのはむずかしそうだと思った。

「では……」そういったきり、クリーパーはしばらくなにもいわなかった。そのひとことが宙《ちゅう》にうかんだきり、クリーパーの息と同じく、いやなにおいを放っている。「ドリムウィックさん……視察《しさつ》員でいらっしゃると。上役《うわやく》はどなたですかな？」

ファーザー・クリスマスは一瞬《いっしゅん》こたえにつまった。そのとき、クリーパーの手に歯型《はがた》がついているのが、目に入った。ピンク色のかみあとの大きさからして、かんだのは子どもだ。

「わたしはイギリス政府直属《ちょくぞく》でして。その……女王陛下《へいか》の」

クリーパーの顔にじわっと笑《え》みが広がった。「それはじつにみょうな話ですな。わたしはかれこれ十年この救貧院《きゅうひんいん》の院長をつとめてましてね。べつのいいかたをすれば、世の中に救貧院《きゅうひんいん》というものができて以来ずっとここをやってきとるのですよ。これはまちがいなく断言《だんげん》できるが、あんたは視察《しさつ》員じゃない。視察《しさつ》員がサイズの合わん服を着ていたり、ワインのにおいをさせてたりするわけがないですからな。おまえはにせものだ。にせ視察《しさつ》員だよ。だから、すでにホブルを警察署《けいさつしょ》に使いにやった。わたしの友人のプライ巡査《じゅんさ》のところにな。じきに巡査《じゅんさ》がやってきて、おまえを逮捕《たいほ》し、なりすましの罪《つみ》で牢屋《ろうや》にぶちこんでくれるはずだ」

こんなに体がすくんだのは、子どものころ以来だ。いままではいつも魔法《まほう》がファーザー・クリスマスを守ってくれていた。しかし、ここ人間界にいて、魔法《まほう》もつかえないとなれば、身を守るすべはなにもない。

「なりすましなんかじゃありません!」

クリーパーが近づいてきた。その顔はくすんで、かさついている。鼻は折れまがり、ねじれている。くちびるの色は黒に近い。はく息は下水のようにくさかった。

「おまえは視察《しさつ》員じゃないし、ドリムウィックというのも、おおかたほんとの名前ではなかろう。ここでロンドンのくずどもを相手にこんな仕事をしとれば、うそのにおいなどかんたんにかぎわけられるのさ」

そんなくさい息をはきながらどうしてにおいがわかるのかと、ファーザー・クリスマスはふしぎに思ったが、それはいわないでおいた。クリーパーが鼻をひくひくさせているのを見ると、だまるしかない。

「そうとも。まちがいない。この部屋には、うそのにおいがただよっておる。だとすれば、おまえはまことに重大な犯罪《はんざい》をおかしていることになるな。女王陛下《へいか》の名をつかって、人をだましにかかるとは。この罪《つみ》は重いぞ。死刑《しけい》にあたいする」

ファーザー・クリスマスは息をのんだ。

「おまえのポケットにヴィクトリア女王がじきじきに書かれた書状《しょじょう》でも入ってなければ、ひじょうにまずい立場に立たされるだろうな！」

ヴィクトリア女王の書状《しょじょう》？　そうだ！　あれがあるじゃないか！　ファーザー・クリスマスはポケットから例の書きつけをとりだし、クリーパーにわたした。クリーパーはそこに書かれた文字と王室の印《いん》を見つめ、じっと、じっと、じ――っと見つめつづけて、それからなんとか笑《え》みをつくると、頭を少しかたむけ、骨《ほね》ばった手をさしだした。

「いやあ、ドリムウィックさん！　お目にかかれて、たいへん光栄です。少々誤解《ごかい》がありましたこと、おわび申しあげます。それで、視察《しさつ》はいつからおはじめになりますか？」

「いますぐに」ファーザー・クリスマスはこたえた。

クリーパーの目が大きくなった。「いま……すぐにですか？」

「ええ」

頭にはもう女王陛下《へいか》の書きつけのことしかなかったので、クリーパーはうなずき、「では、はじめるといたしましょうか」といった。

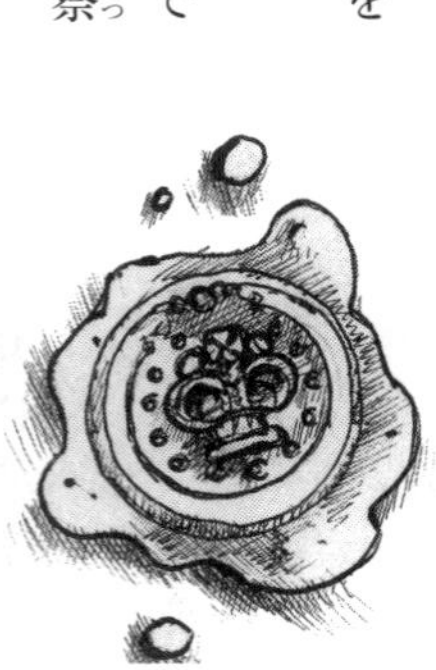

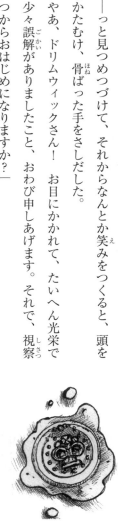

35
うすきみの悪い場所

救貧院《きゅうひんいん》は暗いところだ。昼間でもそうだから、夜ともなれば、影《かげ》でできた建物の中を歩いているみたいだ。ろうかの壁《かべ》から突《つ》きだしたわずかな数のオイルランプが、弱々しい光を放っている。

「ご承知でしょうが、ドリムウィックさん、救貧院《きゅうひんいん》はホテルじゃありません」クリーパーは人《ひと》気《け》のないろうかを案内しながら、いった。「ですから、なるべくみじめたらしくつくられてます」

「みじめたらしくとは、またどうして？」

「ドリムウィックさん、人生とはつらいものです。それを、そうじゃないとかんちがいさせるようなまねをするのは、浅知恵《あさぢえ》ってもんでしょう」

そのとき、なにかがきこえた。物音が……。上の階だ。足音らしい。

「あれはだれです？」

クリーパーは笑《え》みをうかべた。「いえね、二年前のクリスマスにも、夜の夜中に予期せぬ来客がありましてね。ファーザー・クリスマスとかいうやからがどこからか建物内に侵入《しんにゅう》したもので、やつの置いてったプレゼントをひとつ残らず没収《ぼっしゅう》したんですよ。そして今夜も、用心のために、夜勤《やきん》の人間をふやしておるのです。まかない婦《ふ》やばつとして夜勤《やきん》を命じた者のほかに、警備《けいび》の人員も巡回《じゅんかい》させてます」

ファーザー・クリスマスは怒《いか》りに顔を赤くし、くちびるをかんでいいたいことをのみこむと、

「ほかの場所もぐるっと見てまわりたいんだが、かまいませんかな?」ときいた。

「もちろんですとも」

クリーパーがまたならんで歩きだしたので、ファーザー・クリスマスはこうつけくわえた。

「不都合がなければ、わたしひとりで」

クリーパーは反論《はんろん》したかったらしく、くちびるが死にかけのミミズのようにぷるぷる動いたが、ドリムウィックから見せられた女王の書きつけを思いだし、「不都合などございません。どうぞ、どうぞ視察《しさつ》をおつづけください」といった。

これでファーザー・クリスマスは、じゃま者なしに歩きまわれるようになった。二年前の、どうやらむだに終わったらしい訪問《ほうもん》の記憶《きおく》がよみがえり、ろうかや寝室《しんしつ》の配置まではっきり思いだした。歩いているうちに、よぼよぼのおばあさんがモップで床《ゆか》をふいているところに通りかかった。なにをしているのだろう、とファーザー・クリスマスはふしぎに思った。

「あなたもファーザー・クリスマスがこないか、見はってるんですか?」

「いいえ、だんなさま。あたしゃここをぴかぴかにしなきゃならんのです。クリーパーさんの顔

がうつるくらいにね。もう、いく晩《ばん》もこうして働いとるのですよ。悪いことをしたばつです」

「悪いことって？」

「クリーパーさんがお話しなさってるときに、あくびをしたのですよ」

それから、さかさにつるされた男の子の前も通った。天井《てんじょう》を走るパイプにくつひもをむすびつけられている。

「きみはなにをしたんだね？」ファーザー・クリスマスはたずねた。

「くつひもがかたっぽ、ほどけてたんだ。だから、朝までこうしてなきゃならないんだよ」

少しいくと、もっと大きい十代の少年たちがいた。暖炉《だんろ》のそばで、れんがや、するどいナイフや、まっ赤に焼けた火かき棒《ぼう》をにぎっている。暖炉《だんろ》では火がさかんに燃《も》えていた。

「だれだ？」近づくと、少年たちが声をかけてきた。

「わたしはドリムウィック。視察《しさつ》員だ。ここに女王陛下《へいか》の書状《しょじょう》もある」ファーザー・クリスマスは女王がくれた書きつけを見せた。「ききたいんだが、きみたちはここでなにをしてるのかな？」

「クリーパーさんにいわれて、ねずの番をしてるんです」火かき棒《ぼう》を持った子がこたえた。「もしファーザー・クリスマスを見たら、こっから先へは通さず、おしりにこの熱いのをおしつけてやれっていわれてます」

ファーザー・クリスマスは、おどろいて火かき棒《ぼう》を見つめた。

「そうか。じゃ、もしそいつを見かけたら、大声できみたちに知らせるとしよう」

アメリアをみつけるには、寝室《しんしつ》に向かうのがいちばんだということはわかっていた。共同の寝《しん》室《しつ》がならんでいる場所もおぼえている。二年前、プレゼントを置いてきたからね。そのプレゼントは朝食の前に没収《ぼっしゅう》され、子どもたちのだれひとり、手にすることができなかったわけだが。

ファーザー・クリスマスはがらんとした食堂にやってきた。ひどくうすきみの悪い場所だ。すきま風が入る寒い部屋で、どんよりとした壁《かべ》の高いところにいやな感じの窓《まど》がある。そこから夜空にうかぶ暗い雲がわずかに見えた。となりの部屋からカチャカチャいう音がきこえる。だれがいるのかと、ファーザー・クリスマスは足音をしのばせて近づき、そっと中をのぞきこんだ。

そこは調理場で、どろっとした灰色《はいいろ》のものが入った大なべがいくつか、調理台に置かれていた。

オイルランプの光で、まかない婦《ふ》がひとりいるのがわかった。がさがさの茶色い麻布《あさぬの》でつくった服を着ている。この救貧院《きゅうひんいん》で暮《く》らす人たちが着せられる制服《せいふく》だ。まかない婦《ふ》は、こんろにかけた小なべをかきまぜている。

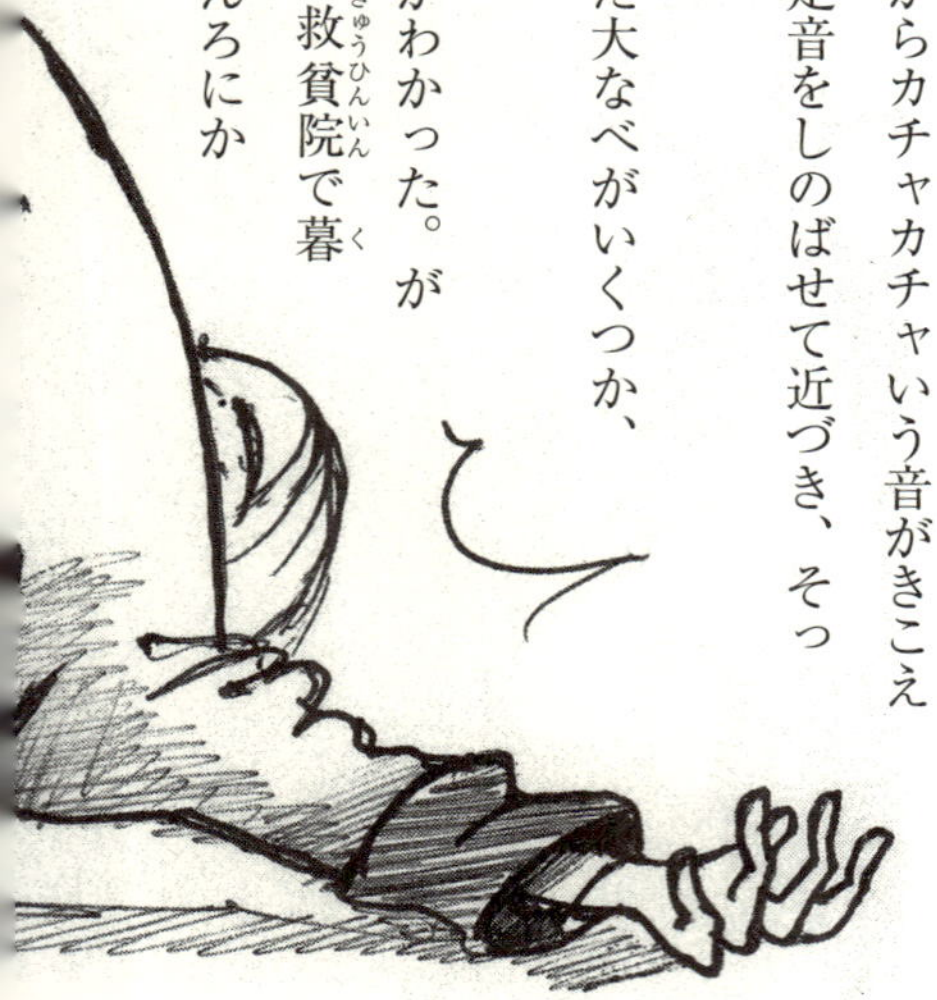

ファーザー・クリスマスは調理場のドアをそっとあけ、中へ入った。

「こんばんは」

まかない婦《ふ》がふりむき、息をのんだ。そして、近くにかかっていたなべをつかむと、ファーザー・クリスマスめがけて、まっすぐに投げた。さいわい、そのなべはかわすことができたが、まかない婦《ふ》はふたつめを投げつけてきて、それがひたいに思いきり命中した。どうして調理場がぐるぐる回ってるんだろう？　そう思ったつぎの瞬間《しゅんかん》、目の前がまっ暗になった。

気がつくと、あおむけにひっくりかえり、天井《てんじょう》からぶらさがった大きなハムを見あげていた。

36
魔法《まほう》を見せる

まかない婦《ふ》が上からのぞきこんだ。リンゴのように赤いほおだ。髪《かみ》の毛をぎゅっとひっつめておだんごにしているせいで、まるい顔がよけいにまるく見えた。その目はきらきらしている。トポが前にいっていた。その人が親切かどうかはすぐわかる、親切は目のきらめきにあらわれるから、と。しかし、まかない婦《ふ》の目のきらめきは、親切というより怒《いか》りのあらわれに思える。

「何者だい？　夜の夜中にきつきつのズボンをはいて、呼《よ》ばれもしないのにこんなとこにしのびこむなんて」

そうたずねる口調《くちょう》には、ほんとのことを話そうとまよわず思わせるなにかがあった。たったいま、なべをとばして自分をノックアウトした相手だが、顔を見れば、信用できる人間だとわかる。

そこで、うちあけた。

「わたしは、ファーザー・クリスマスです」

まかない婦《ふ》は声をたてて笑った。「だったら、あたしはおとぎ話の親切な妖精《ようせい》さんだよ！」

ファーザー・クリスマスは笑《え》みをうかべた。「それはそれは、親切な妖精《ようせい》さん！」

まかない婦《ふ》はいっそう大きな声で笑った。こんな場所で笑い声をきくのは、なかなかいいものだ。

「あんた、ほんとにあたしを妖精《ようせい》だと思ってんのかい？」

「いけませんか？　だって、あなたがそういったんでしょう」

「いやだ、ほんのじょうだんだよ」

今度は、ファーザー・クリスマスも、声をあげて笑った。人間ってやつがどんなにおかしな生きものだか、忘《わす》れてたんだ。

「そうですか。わたしはほんとにファーザー・クリスマスです。でも、だれにもいっちゃいけませんよ」

まかない婦《ふ》はふしぎそうな顔をした。「どうしてあたしには名のったの？」

「さあ。でも、ふざけてるわけじゃありません」

「それならどうして、プレゼントも配らず、夜勤《やきん》のまかない婦《ふ》をのぞき見してたんだい？」

「いろいろ事情《じじょう》がありまして」

そうこたえる顔を見て、まかない婦《ふ》はついこの男を信じたくなった。こんなことははじめてだ。だとしても、まさかファーザー・クリスマスだなんて！　まかない婦《ふ》は、ファーザー・クリスマスはひと晩《ばん》のうちに世界じゅうをとびまわることができる、ときいたことがあった。こんなに太った白ひげのおじいさんにそんなことができるだろうか？

「だったら、魔法《まほう》を見せとくれよ。あたしの名前をあててごらんなさいな」

ファーザー・クリスマスは考えた。おでこにういてきたあざをさする。「しかし……いま、魔《ま》法《ほう》の力が弱まってましてして……だから、ここにくることになったわけで……」

「いいわけはやめて。さ、あててみて」

「ジェニー？」

「いいえ」

「リジー？」

「ちがうわ」

「ローズ？」

「まさか」

「ハティー？　メイベル？　ヴァイオラ？　セドリック？」

「だめだめだめだめ。それに、セドリックは男の名前だよ」

「そうか。そうだったね。いや、申しわけない。つい勢《いきお》いで」

まかない婦《ふ》は顔をしかめた。「だめね。あんたに魔法《まほう》がつかえるとは思えない。石炭のほうがまだ魔力《まりょく》をもってそうに見えるよ。さあさ、もうどっかにいっとくれ。仕事があるんでね。むだ話してるとわかったら、クリーパーさんにどやされちまう。自分がファーザー・クリスマスだといいはる相手となら、なおさらさ。ふたりともお仕置きされるよ」

「あー、クリーパー氏なら、わたしの名をドリムウィックだと思ってます。わたしは、女王陛下《へいか》の命《めい》を受けて、夜間のぬきうち視察《しさつ》にやってきたことになってるんですよ。だが、あなたにはいま、真実をお話ししています。わたしがここにきたのは、ある女の子をさがすためなんです。その子がいないと、クリスマスがだいなしになってしまう……。希望が関係してるんです。二年前、だれより強く希望の火を燃《も》やしていたその子が、わたしにはどうしても必要なんです」

ふと見ると、まかない婦《ふ》の目のきらめきが、さっきまでの怒《いか》りではなく、ちょっと親切のきらめきっぽくなっている。ファーザー・クリスマスは、あまりにも長く人間の世界をはなれていたせいか、なんとなくその目が好きになってしまった。あったかい気持ち。おかしな気分だが、これもひとつの魔法《まほう》だ。そんなふしぎな気分を味わうのは、ほんとにひさしぶりだった。そして、たしかにあたりには魔法《まほう》の力がただよっており、そのおかげで、とてもわかる気のしなかった名前が心にうかび、大きく声に出していっていた。

「メアリー・エセル・ウインターズ！」

まかない婦《ふ》はぽかんとした。「ミドルネームなんて、だれにも教えたことがないのに」

「誕生日《たんじょうび》は一七八三年三月十八日。あなたは、まずい食事をみんなが少しでも食べやすくなるよう、いつもさとうを足してる」

メアリーにはとても信じられなかった。「こんなおかしなことってないよ！」

「子どものころ、いちばん好きだったおもちゃは、ままごとのティーセットだ。持ってた人形の名前はメイジー。おばあさんの名をもらったんだ」

メアリーは、いまは青ざめている。「どうして、そんなことまで……？」

「ちょっとしたドリムウィックですよ」

「そのドリムなんとかって？」

「魔法《まほう》の一種ですよ、メアリー。希望から生まれるんです」

「おかしな人だね」メアリーはいった。「そのハムみたいなおなかを見たらわかるけどね」

ファーザー・クリスマスは天井《てんじょう》からぶらさがった大きなハムのかたまりを見あげた。

「ここの食事はブタのえさみたいなものばかりかと思ってましたが」

「あれはクリーパーさんのハムだよ。クリーパーさんと、門番のホブルと、クリーパーさんのお友だちの巡査《じゅんさ》さんの。ほかにこれをおがめる者なんていないのさ」

そのとき、戸口から声がした。クリーパーだ。「おこまりのことはありませんかな、ドリムウィックさん？」

「ええ、クリーパーさん。まかないのかたに二、三、質問《しつもん》をさせていただいてたんですよ」

「床《ゆか》にねころんで？」うたがわしげな声だ。

メアリーは、ファーザー・クリスマスがクリーパーにほんとのことをいうんじゃないかとおどしている。それがわかったので、ファーザー・クリスマスはこんなふうに説明した。

「すべったんですよ。床《ゆか》があんまりよくみがいてあるんで、たちまちすべって、このとおりです」

クリーパーはこんろのわきに置かれたさとうのふくろをじっと見た。「ミセス・ウインターズ、また食事にさとうを入れてたんじゃあるまいな？」

メアリーは見るからにびくついていた。ほかのみんなといっしょで、クリーパーを前にすると、すくみあがっちまうんだ。

「いや、わたしがさっき教えたんですよ。それにほんのちょっとさとうを足してあげるなら、たいへんりっぱなことだと。それなら、調理場の点数には満点をさしあげようってね」

メアリーはファーザー・クリスマスを見た。その目はほほえんでいて、それがほんとにすてきなほほえみで、ファーザー・クリスマスは体の内側がぴりぴりするような感覚をおぼえた。

37 地下室の女の子

ファーザー・クリスマスは起きあがった。「さて、クリーパーさん、よかったらもう少しこのかたからお話をうかがいたいんだが……」あたりを見まわすと、たなの上のバターが目に入った。「……その、バターについて」

「バターですと?」

「ええ。バターの保存《ほぞん》のしかたにはいろいろ注意が必要ですからね」

「では、外でお待ちしています」クリーパーはいらだっていた。「しかし、この視察《しさつ》にはどれだけ時間がかかる予定ですかな?」

「朝までには終わりますから、ご心配なく」

クリーパーが出ていくとすぐ、メアリーが「どの子です?」とささやいた。

ファーザー・クリスマスはおどろいたが、メアリーが自分を信用してくれたとわかって、喜《よろこ》びに胸《むね》がおどった。

「わたしに手紙をくれた子です。名前はアメリア・ウィシャート。十歳《さい》の女の子で、この救貧《きゅうひん》院《いん》にいるはずなんですが」

メアリーは犬がクーンと鳴くような声をたてた。

「あの子のことを考えると、胸《むね》が痛《いた》みますよ。あんな目にあわされるなんて」

「どうしてもあの子をみつけたい。いろんなことが、あの子にかかってるんです。あの子の未来。わたしの未来。クリスマスの未来のすべても……。あの子の部屋はどこですか?」

「いません」

「え?」

「寝室《しんしつ》にはいないんですよ。にげようとしてね。お仕置き部屋にとじこめられたんです」

「お仕置き部屋?」

「地下にあるんです。あそこじゃ食事もまともにもらえません。そこで床《ゆか》みがきをさせられてるんですよ。ゴシゴシ、ゴシゴシ。シンデレラみたいにね。こっそり食べものを持ってってやりたいとは思うものの、危険《きけん》が大きくて……。いいですか、いまこうしてしゃべってるのも、ほんとは危険《きけん》なことなんです」

「わたしはあの子をにがしてやるつもりです。手を貸《か》していただけませんか」

メアリーはうなずき、調理場を見わたした。「ここに、わなをしかけときます。だから——」

メアリーは口をつぐんだ。クリーパーがもどってきたのだ。

「ドリムウィックさん、調理場の視察《しさつ》はもうじゅうぶんでしょう。庭のほうに移動《いどう》しませんか？

あるいは、収容《しゅうよう》者の寝室《しんしつ》をごらんになられますか？」

「いえ、クリーパーさん。下を見せていただけませんかな？」

「下といいますと？」

「地下室が見たいんですよ。お仕置き部屋がね」

「いや、それはできかねます」

「ほう。女王陛下《へいか》はいかがおぼしめすでしょうねえ。きっとごきげんをそこねることになりますな。視察《しさつ》をこばんだのを理由に、ここを閉鎖《へいさ》させるかも」

女王陛下《へいか》ときいて、クリーパーはまっ青になった。

「地下室ですね。わかりました。ご案内します」

食堂を出て、石の階段《かいだん》をおりながら、ファーザー・クリスマスは、お仕置き部屋にはいまだれかいるのかとたずねた。

「います、子どもがひとり。入所して一年になるんですが、きた当初は手のつけられない子でね。救《すく》いようがなかった。本を読みたいとねだる。ふろが冷たいと文句《もんく》をいう。仕事はのろい。遊び相手の動物をほしがる。母親が恋《こい》しいとぐずる。だが、われわれでしつけなおしているところです」

その言葉に、ファーザー・クリスマスは内心ふるえあがった。「しつけなおしている?」

クリーパーは、ファーザー・クリスマスの先に立ち、窓《まど》のないろうかをあちらへ曲がりこちらへ曲がりして、その部屋の前に着いた。

金属《きんぞく》のドアに小さな四角い窓《まど》がついている。窓《まど》には格子《こうし》がはまっていた。これは牢屋《ろうや》だ。クリーパーが錠前《じょうまえ》にかぎをさしこんだ。

38
みじめなクリスマス

アメリアはもう三時間も床《ゆか》をみがいていた。クリーパーに、朝までに床《ゆか》をみがきあげろといわれたんだ。クリーパーは床《ゆか》みがきにものすごくこだわっている。でも、それ以上にこだわっているのが、アメリアにみじめな思いをさせることだ。アメリアはつくづくと自分の手を見た。手の甲《こう》の関節のところがせっけんで荒《あ》れて、ひりひり痛《いた》む。だが、泣いたってしかたない。いまはただ、なにも感じないようにしようとだけ考えていた。いやなことしか感じないなら、感じることになんの意味があるだろう。

「クリスマスおめでとう」自分にそっといってみる。まったく、お笑いぐさだ！　クリスマスにめでたいことなんかあるもんか。今年のクリスマスも去年のクリスマスも、最低の日だった。まあ、今年のクリスマスはそこまでみじめにはならないはずだ。だって、なにも感じないようにするつもりだから。

「あたしはなにも感じない」アメリアは自分にいいきかせるようにいった。だがそのとき、おそろしいことに、大つぶのなみだがひとつ、自分の目からこぼれて、バケツの中のせっけん水にまっすぐ落ちるのが見えた。

アメリアは手の甲《こう》で両目をごしごしとふいた。そして、二年前のクリスマスのふしぎな朝のことを忘《わす》れようとした。目ざめてみると、ベッドのはしに中身がぎっしりつまったくつ下がぶらさがっていた、あのクリスマスのことを。二度とおとずれることのない幸せの思い出ほど、つらいものはない。

いまは、ファーザー・クリスマスがクリーパーと同じくらい、にくらしく思えた。ファーザー・クリスマスは、魔法《まほう》はほんとうにあると教えてくれた。だが、ほんとうにほしいものをあたえてくれない魔法《まほう》なんて、なんの役にたつ？

かぎがあく音がした。

そして、うしろからききなれた声がした。

「立て、アメリア」クリーパーだ。

もうくたくたで体に力が入らず、動きたくはなかったが、いわれたとおりにした。

「こっちを向け」

ドアのほうを向くと、クリーパーのほかにだれかいるのがわかった。きつきつのズボンにロングコートを着て、雲のような白いひげをはやした人物だ。そのへんてこな男は、アメリアに笑いかけていた。あったかい笑顔《えがお》。クリーパーがいつも見せる笑いとはぜんぜんちがう。それでも、

男にほほえみかえすことはできなかった。笑いかたをまだおぼえているかさえ、自信がない。

「こんばんは」ひげの男はアメリアにやさしく声をかけた。

アメリアはこたえない。

男が顔をしかめた。クリーパーがアメリアをどなりつけたからだ。

「ちゃんとごあいさつしろ、このれいぎ知らずめ！」

アメリアがクリーパーの目を見かえした。水も凍《こお》るようなまなざしだ。だが、クリーパーは水じゃない。血だって流れてないんだろう。きっと骨《ほね》と皮とにくしみだけでできているんだ。だから、アメリアにそんな目で見つめられたって、なんともなかった。

「べつにかまいませんよ」男がいった。

「いえ、ドリムウィックさん、そうはいきません」

「こんばんは」アメリアがいきなり口をひらいた。自分の声をきいて、アメリアはいやになった。かぼそくふるえる「こんばんは」という言葉は、空気にすいこまれるように消えていった。ひげの男は悲しそうな目でアメリアを見つめている。アメリアは、この男も、男のはいているぶかっこうなズボンも気に入った。けど、だからといって信用はできない。この男は、こんな真夜中にクリーパーとなにをやっているんだろう？　しかも、ただの夜じゃない。クリスマス・イブだ。

「『だんなさま』といえ！」クリーパーがまたどなった。「『こんばんは、だんなさま』だ！」

「お願いです」ファーザー・クリスマスはだまっていられなくなった。「お願いだから、そんないいかたはやめてください。まだ子どもです」

クリーパーはまゆをよせ、ひげ男をじろじろ見た。アメリアには、クリーパーの顔にうかんだ表情の意味がわかった。これは、「うたがい」というやつだ。

「ドリムウィックさん。たいへん失礼だが、ファーストネームはなんとおっしゃるのかな？」

ひげ男はたじろいだ。とっさにうかんだのは、親からもらったほんとの名前だけだった。

「ニコラスです」

「ニコラス・ドリムウィック。興味《きょうみ》深いですな。わたしの名前はジェレマイア・クリーパーです。さて、おたがいのファーストネームまで知る仲になったわけですから、ここからはざっくばらんにいきましょう。子どもに必要なのはマナーを知ること、しつけ、それから――」

「幸福。それに笑い。遊び。この三つは、人生をつくるのになくてはならないものだ」ファーザー・クリスマスが口をはさんだ。

「ここは救貧院《きゅうひんいん》ですぞ。あんたいったいどういう視察員《しさつ》なんだ？」

「心のある視察員《しさつ》ですよ」そういうと、ファーザー・クリスマスはクリーパーをきびしい目でにらみつけた。アメリアはファーザー・クリスマスを見つめていた。つかれきって、おなかぺこぺこで、せっけん水をつかった手がちりちりする。だがいま、脳《のう》みそが目ざめ、時計のように動きだした。チクタク、チクタク。

ニコラス。

その名前には、特別なものを感じる。なぜかよく知っているような。いくら記憶《きおく》をたどっても、ニコラスという人物には一度も会ったおぼえはない。それでもふしぎと、この男を知っている気がした。どこでだかは、わからないけれど。

「ところでクリーパーさん、どうしてこの子は寝室《しんしつ》じゃなくて、ここにいるんですか？」

「窓《まど》によじのぼって、外へ出ようとしてたものでね」

「ふむ。正直申しあげて、それはおどろくにあたりませんね」

「にげようとしたんだ。それでここにとじこめたわけですよ。食事もぬきにした。まあ、パンくずと水だけはあたえておるがね」

アメリアは男の――このニコラス・ドリムウィックなる人物の顔が、怒《いか》りでまっ赤になるのに気づいた。

「地下室にかぎをかけてとじこめれば、にげだしたくなくなるとでも？」ひげ男から、言葉がはげしい勢《いきお》いでとびだした。

「この子がどうしたいかなんて、どうでもいい」クリーパーは、はきすてるようにいった。「子どもがなにをしたいかなんて、だれが気にする？　大事なのは、その子がどんなむくいにあたいするかだ。いっておくが、わたしはこの娘《むすめ》を前から知っておる。母親にあまやかされたせいで、まったくお気楽に育っちまった。こいつはれいぎも知らん、いやしいえんとつそうじだ。こいつのやることのけがらわしさは、こいつのそうじするえんとつのきたなさと同じくらいだ。まっ黒いすすにいつもかこまれてると、心までまっ黒になるんだろうて」

これには、アメリアも心底腹《はら》をたてた。えんとつの中をこするブラシのように、怒《いか》りが自分の中をせりあがってくるのを感じた。気楽な暮《く》らしなど送ったことはない。それなのにクリーパーは、アメリアがたとえばヴィクトリア女王の子ども時代のような毎日をすごしてきたみたいないいかたをする。それに、どうしてわざわざ母さんのことを持ちだして、悪くいうのだろう。母さんはここにいないから、いいかえすこともできないというのに！

しかしそのとき、きつきつズボンのドリムウィック氏が、アメリアの目をまっすぐに見ながら、みょうなことを口にした。

「そりゃどうかわかりませんがね、クリーパーさん。わたしはこう考えますよ。あなたはここの経営者《けいえい》なわけですから、もっとキャプテンらしくなさるべきですーと」

まちがいない。アメリアにメッセージを送っているのだ。ドリムウィックは「キャプテン」という言葉に力をこめたうえ、最後を「すーと」とおかしなほどひきのばした。自分はキャプテン・スートを知っているといいたいのだ。

それから、もっとふしぎなことが起こった。動いたのだ。ドリムウィックが。歩いたわけでもジャンプしたわけでもないのに、だれも気づかないうちに位置を移動《いどう》していた。いまは、さっきいた場所から一歩はなれたところに立っている。それだけじゃない。いまの一瞬《いっしゅん》に、なにかが起こった。アメリアは、ひげ男が自分の耳に口をよせ、ささやいたような気がした。「わたしはドリムウィックじゃない。ファーザー・クリスマスだ。きみをここからにがすためにきたんだ」と。

そして、ひげ男が声をはりあげ、ブリッツェンという名のトナカイを呼《よ》んだ気がしていた。

だが、わずか一瞬《いっしゅん》で、そんなことができるだろうか？

「ドリムウィックさん。あんたはまったくおかしな人だ」クリーパーは、かわいた笑いをうかべていった。

「ほんと」アメリアは、自分がこの状況《じょうきょう》に気がついているということを、なんとかファーザー・クリスマスに知らせたいと思った。「キャプテンらしくすべきよ。あたしにもわかった」

アメリアはファーザー・クリスマスをじっと見て、目でメッセージをつたえようとした。あたしをここから出してくれるんでしょ？　ここはおそろしいとこなの。もう一日だっていられない！

そして、ファーザー・クリスマスは、目から気持ちを読みとるのがばつぐんにうまかった。

「さあ、ドリムウィックさん、もうじゅうぶんごらんになったと思いますがね！　どこかべつの場所の視察《しさつ》をされてはどうです？」

クリーパーがそういうのをきいて、アメリアは地下室にとりのこされるのかと、絶望《ぜつぼう》におしつぶされそうになった。そのとき、もうかれはてたと思っていたある感情《かんじょう》が、まだ自分の中にあることに気づいた。

希望。

ここをにげだせるという希望。

もっといい暮《く》らしができるという希望。

キャプテン・スートに会えるという希望。

また幸せになれるという希望。

そのぜんぶがファーザー・クリスマスにつたわった気がした。アメリアに向かってウインクしてくれたからね。クリーパーに気づかれないくらい、一瞬《いっしゅん》のことだ。でも、たしかにウインクした。アメリアにはそれが「いまだ」という合図に見えた。

39 クリーパーのくつひも

ファーザー・クリスマスはクリーパーのくつを指さした。「おや、くつひもがほどけてますよ」

クリーパーは足もとを見て、顔をしかめた。「ありえない。わたしはいつも二重結びにしてるんだ。ほどけたことなど一度もない。だが、あんたのいうとおりだ。ほどけとる……アメリア、くつひもをむすべ！」

アメリアは、少しためらったあと、しゃがんでクリーパーのくつひもをむすんだ。そして、ファーザー・クリスマスがこうすればいいと考えたとおりに、さっと立ちあがって、クリーパーを突《つ》きとばした。ありったけの力をふりしぼって。胸《むね》の中の思いを残らずこめて。クリーパーはうしろにひっくりかえり、アメリアは部屋をとびだした。

「その子を止めろ!!!」クリーパーがさけんだ。さらに、もう一回。びっくりマークがもっとたくさんつくくらい、大きな声でね。「その子を止めろ!!!!!」

アメリアはろうかに出て、階段《かいだん》に向かって走った。クリーパーは立ちあがり、追いかけようとしたが、右足の

くつひもと左足のくつひもがかたくむすびあわされていたもんだから、つんのめって、今度は顔面から床《ゆか》にたおれてしまった。クリーパーの手からかぎたばがとび、サイズの合っていないファーザー・クリスマスのくつのそばに落ちた。

「あの子を！」クリーパーがわめいた。「手のつけられない子だといったろう！　あの子を止めてくれ!!!」

「あなたはここにいてください、クリーパーさん。わたしがつかまえます」ファーザー・クリスマスは腰《こし》をかがめ、かぎたばをひろいあげた。

「なにをしてる？」クリーパーがうめくようにいった。

だが、もうおそい。ファーザー・クリスマスはドアをしめ、かぎを回していた。

「ドリムウィックさん。ドリムウィックさん、いますぐこのドアをあけてくれ。

置いてきぼりをくったクリーパーが、とじこめられ、格子《こうし》のはまった小窓《こまど》からわめきちらした。

「じつをいうと、わたしはドリムウィックじゃありません。ほんとの名前は、ファーザー・クリスマスといいます。お会いできて、うれしかったですよ」

クリーパーは、くやしさから泣きさけぶような声をあげた。「ああああああ！　ホブル！　おい、ホブル！　地下室だ！　わたしをここから出してくれ!!!」

40 脱走《だっそう》だ！

アメリアは走りつづけた。階段《かいだん》をかけあがる。またろうかを走る。救貧院《きゅうひんいん》のスタッフが夜勤《やきん》についていて院内をパトロールしてるのはわかっていたから、あたりにはくまなく目を走らせた。ファーザー・クリスマスは自分の味方だと信じたいが、前に見すてられたことがある。とにかく、ここを出ることだ。共同寝室《しんしつ》の前を走りぬける。止まってはだめだ。

アメリアは食堂までやってきた。ちょうど調理場の前へきたとき——。

「つかまえたよ！　手の焼ける子だね！」シャープがアメリアの腕《うで》をがしっとつかんだ。「仕置き部屋をにげだしてきたね。クリーパーさん！　脱走《だっそう》者をつかまえましたよ。クリーパーさん！」

アメリアは身をよじってのがれようとした。けれど、シャープは腕《うで》の力も強いし、声も大きい。救貧院《きゅうひんいん》の人間を残らずねむりからさまそうとしているみたいだ。

「子どもが脱走《だっそう》しようとしてるよ！　脱走《だっそう》者だ！　みんな起きとくれ！　手を貸《か》してちょうだい！」

アメリアはシャープの手がゆるむのを感じた。ふりかえると、シャープがなべに変わっている。

まかない婦《ふ》のメアリーが、どろっとした液体《えきたい》のいっぱい入ったなべを頭からおっかぶせたのだ。なべはシャープの頭にぴったりのサイズで、肩《かた》まですっぽりはまっていた。だれもありがたがらない灰色《はいいろ》のうすいおかゆがとびちり、ぼたぼたこぼれて、シャープは全身べちょべちょだ。アメリアはつかまれていた手をふりきった。

「こっから出して！」シャープがさけんだ。「いますぐなべをはずしてちょうだい！」

だが、なんといっているかは、だれにもわからない。その声はずるずるもごもごしてて、まったくききとれなかったからね。シャープはふらふらよろけ、あっちこっちにぶつかっている。そのうち、こぼれたおかゆに足をとられ、カーンと大きな音をひびかせて床《ゆか》にひっくりかえった。

「ありがとう、メアリーさん！」

アメリアがいうと、メアリーは首をふった。「礼なんていってるひまはないよ！」足音をきいて、アメリアはふりむいた。とっさににげようとしたが、それはファーザー・クリスマスだった。

「ホブルがクリーパーをお仕置き部屋から出した」ファーザー・クリスマスは、肩《かた》で息をしている。「いそがないと」

メアリーがほほえんだ。「まずいことになる気がしてましたよ。ここでやつらを待って、調理場にさそいこみましょう。準備《じゅんび》はできてます！」

なべをかぶったシャープがたてるさわがしい音をききつけて、ホブルとクリーパーが食堂に向かってくる。ふたりの足音が、雷のようにろうかにこだましている。

ふたりのすがたを確認《かくにん》すると、メアリーとファーザー・クリスマスとアメリアは、調理場にとびこんだ。

「ドアのうしろにかくれて！」

メアリーにしたがい、三人はかくれた。アメリアは、調理場の床《ゆか》がぴっかぴかなのに気がついた。救貧院《きゅうひんいん》の床《ゆか》はいつもきれいだが、それにしてもぴかぴかだ。アメリアは、メアリーの顔をのぞきこんだ。足音はどんどん近づいてくる。

「クリーパーはあたしたちに、なんでもきれいにみがきあげろっていうだろう？　だから、あいつの大好物のバターで床《ゆか》をつるっつるにしてやったのさ」メアリーがいいおわったとたん、おもしろいことが起こった。ほんとにおもしろくて、ファーザー・クリスマスは思わず笑いだした。「ホッホッホー」こんな大声で笑ったのは、ひさしぶりだ。クリーパーとホブルは同時に調理場にたどりついたんだが、そこで止まれずに足をすべらせた。ふたりともどうすることもできないまま、バターをぬった床《ゆか》をつーっと、スケートでもしてるみたいにすべっていく。

「あああああああああ！」クリーパーがさけぶ。

「ああああああああああ！」ホブルがさけぶ。

起きようとしたホブルはしりもちをつき、クリーパーはステッキをささえにやっとのことで立ちあがった。

「待って！」メアリーも笑っている。「こっからがおもしろいんだから」メアリーが手もとのひもをほどくと、ハンドルがくるくる回りはじめた。ヒューッという音とともに、天井《てんじょう》からさがっていた巨大《きょだい》なハムのかたまりが落下。ハムはクリーパーの頭にドサッと着地し、シルクハットをぺしゃんこにしたうえ、またもやクリーパーを床《ゆか》にノックアウトした。クリーパーとホブルはつぶれたクモみたいに、くしゃくしゃにもつれてころがっている。

「いそいで！」メアリーが、アメリアとファーザー・クリスマスにいった。「こっからにげるのよ！」

41 最後の抵抗《ていこう》

いまは食堂にほかの者もいた。シャープはもうなべをかぶってはいなかったが、おかゆをポタポタたらしながら、わめきつづけている。「いますぐあの子をとりおさえて！」

クリーパーやシャープのいうなりに動く収容者《しゅうよう》の一団《いちだん》が、出口をかためていた。

「そっちから出るのはむりだよ」メアリーはアメリアに声をはりあげた。「あんた、えんとつそうじだろ？　きっと、暖炉《だんろ》をつかうのがいちばんだ」

だが、ファーザー・クリスマスは、暖炉《だんろ》に火が燃《も》えていたことや警備《けいび》の少年たちのことを思いだした。「だめだ。火がついてる」

アメリアは走りつづけた。アメリアをとらえ、連れもどそうとつぎつぎにつかみかかる手を、身をよじってふりはらいながら。

クリーパーの声が、いまや食堂じゅうに鳴りひびいている。「その子を止めろ!!!　みんな！その子を止めるんだ！　いますぐ止めろ!!!　止めなきゃならん、ホブルーッ！」

「どうしたらいい？」メアリーが、ファーザー・クリスマスに大声でたずねた。

大さわぎのなか、ファーザー・クリスマスがさけびかえそうとしたとき、なにかかたいものどうしがあたったような、かすかな音をきいた。コトンというような小さな音が、屋根の上からきこえたんだ。

その音がなにか、ファーザー・クリスマスだけは知っていた。だって、いままでに何度となくきいたことのある音だったからね。

それは、トナカイのひづめが屋根におりたつ音だ。

「きたか」ファーザー・クリスマスはつぶやいた。

アメリアは、こんなときスートならどうするだろうと考えた。アメリアは人間より猫《ねこ》のほうがかしこいと思っているからね。少なくとも、にげることにかけては、猫《ねこ》のほうが頭が働く。スートならきっとテーブルにとびのるだろう。そこで、アメリアもそうした。いちばん近い列のテーブルに

とびのり、列のはしまでかけぬけ、テーブルをおりた。

「ガキのすがたが見えねえんです！　人が多すぎる。それに、えんとつん中みたいにまっ暗だもんで」ホブルが、クリーパーにこたえた。

だが、クリーパーの目は、暗いところでも昼間のお日さまの下にいるようによく見える。

「あそこだ！　テーブルの上だ。見ろ！　走ってる。ドアから出ようとしてるぞ」

「ご心配なく、クリーパーさん。あそこのかぎは、かけときやした」

ホブルは大きな鉄のかぎをかかげてみせた。

「よくやった、ホブル。よくやってくれたよ」

アメリアはドアの前までやってきた。だが、かぎがかかっているので、力ずくであけようと、ドアに体当たりをはじめた。

「お願い。あいてよ。あいて……」

食堂にいるだれもが、アメリアがにげるのを止めようとしている。いまはクリーパーも食堂に

いた。アメリアの味方はメアリーとファーザー・クリ――。

アメリアは見た。ファーザー・クリスマスが反対の方向に向かっているのを。広い食堂の反対側にいて、アメリアに背《せ》を向け、立ちさろうとしている。

やっぱりね。

またがっかりさせられた。

どうせそんなことだろうと思っていた。いったいなにを期待していたんだろう？

アメリアは、赤くたぎる溶岩《ようがん》のように怒《いか》りがどっとあふれだすのを感じ、食堂の大きなドアをたたいた。

くやしさを両手のこぶしにこめ、ドアに思いきりたたきつける。

バン、バン、バン。

だが、そんなことしても、なんにもならない。ハムのにおいのする骨《ほね》ばった手が、アメリアの肩《かた》にかかった。「もうにげられんぞ」クリーパーが、悪魔《あくま》のようにくちびるをゆがめて笑った。

バン、バン、バン、バン、バン、バン、バン、バン、バン、バン、バン。

アメリアはあきらめた。

クリーパーが満足げにうなずく。「きさまには、うんと長く仕置き部屋に入ってもらうとしよう」

42 ファーザー・クリスマス、脱出《だっしゅつ》する

食堂はえらいさわぎで、ファーザー・クリスマスは、自分がなにをするつもりかアメリアに説明することができなかった。それで、救貧院《きゅうひんいん》じゅうの人間がアメリアを追いかけ、いや、とらえようとしているのを見たとき、アメリアを助けるには食堂の奥《おく》の通路からこっそりぬけだすのがいちばんだと結論《けつろん》をくだした。通路は中庭にそって走り、パン焼き場に通じていた。そこではまだ火がさかんに燃《も》えていて、少年たちがえんとつの番をしていた。

「どうなってんの？」背《せ》の高い、ネズミのような顔の少年が話しかけてきた。火かき棒《ぼう》をにぎっている子だ。

ファーザー・クリスマスはとっさにこたえた。「ファーザー・クリスマスだ！　食堂にいる。みんなでつかまえようとしてるとこだよ。きみたちも早くいくんだ。でないと、三人ともクリーパーさんに大目玉をくらうことに……」

少年たちは顔を見あわせた。うなずきあい、顔色を変える。それから、食堂にとんでいった。

ファーザー・クリスマスは思わずクククと笑い、そのひょうしにズボンのボタンがまたひとつ

はじけた。そのとき、あらたな問題に気がついた。暖炉《だんろ》の火がごうごう燃《も》えている。これでは、やけどせずにえんとつをのぼるのはむりだ。

しかし、よく見ると、きらきら光るひとすじの液体《えきたい》が炎《ほのお》の上にふりそそいでいる。液体《えきたい》はふりつづけ、しだいに火は小さくなった。

ファーザー・クリスマスは、ジューッと音をたてる石炭と、上からふってくる黄色い液体《えきたい》を見つ

めた。まちがいない。トナカイのおしっこだ。この色からして、どうやらブリッツェンのものらしい。

それは大きな暖炉《だんろ》で、そういえばえんとつも大きかった。魔法《まほう》の力をたいしてつかわなくても、のぼっていけるだろう。ファーザー・クリスマスは体をかがめて暖炉《だんろ》の中に入り、まだあたたかい、しめった石炭の上に立って、えんとつの壁《かべ》のぬれているところにはなるべくさわらないよう気をつけながら、目をとじた。考えることをやめ、ただ願い、信じる。自分はいま、友だちのトナカイといっしょに屋根の上に立っているんだってね。すると、つぎの瞬間《しゅんかん》、たしかにそうなっていた。しかも、ブリッツェンだけじゃない。八頭のトナカイがそろっている。ぴかぴかの赤いそりもある。

「ありがとう、諸君《しょくん》」ファーザー・クリスマスはそりに乗りこんだ。希望球をのぞくと、前より明るく光っている。「よし、いくぞ。やらなきゃならないことがある」

クリーパーにつかまったアメリアは、メアリーが食堂のテーブルのあいだを走ってくるのに気がついた。自分のほうに。ホブルとクリーパーのほうに。メアリーは、手に持ったなべをぶんぶんふりまわしている。なべの回るスピードは、どんどん上がっていく。

「ホブル、あいつを止めろ！」クリーパーがどなった。

そこで、ホブルはいわれたとおり、メアリーの行く手をふさいだ。

「おなべの達人のお通りだよ！」メアリーはさけぶと、なべを持った腕《うで》をうしろにひき、ぐるんとみごとな円をえがいて、ふりあげた。なべが顔に命中し、ホブルがうしろにふっとぶ。メアリーはクリーパーの前に立った。

「なべをおろせ、ミセス・ウインターズ」

「ミスですよ。ミス・ウインターズ。あたしは独身《どくしん》だ。結婚《けっこん》したいと思う相手と出あわなかったもんでね」

クリーパーが、メアリーのうしろにそっと回りこんだネズミ顔の少年にあごで合図する。少年はメアリーにつかみかかり、手からなべをうばいとろうとした。

「あんたの食事にさとうなんか入れてやるんじゃなかったよ、ピーター……」

「自分が重大な罪《つみ》をおかしてることはわかっとるだろうな、ミス・ウインターズ」クリーパーがいった。「なべによる暴行《ぼうこう》。その前には床《ゆか》にバターをぬり、巨大《きょだい》なハムでわたしを殺そうとした」

「それじゃ、犯罪《はんざい》についてはよくごぞんじのようですね、クリーパーさん」メアリーはなべをピーターの手からもぎとり、はずみでピーターは床《ゆか》にひっくりかえった。「この場所そのものがひとつの罪《つみ》だ。こんなふうにみんなをとじこめておくなんて、まちがいさ。もうあんたの下では働かないよ」

「わたしは人々を路上暮《ぐ》らしから救《すく》ってやってるんだ」

「自分の思いどおりにできるのが楽しいだけだろ」

「あんたなんか人間じゃない」クリーパーの手をなんとかふりほどこうと身をよじりながら、アメリアもいった。

「ああ、楽しいさ」クリーパーがどなった。「社会のごみをかたづけて世の中をきれいにしたり、街の治安を守ったり、マナーを教えたり、れいぎを……いや、ともかくメアリー、おまえは警察《けいさつ》に連行されるだろう。アメリア、おまえはわたしのものだ。法的にな。わたしの所有物だ。ここにいる子どももみんながそうなのだよ。わたしは一生をささげて、おまえたちの日々の暮《く》らしがこのうえなくみじめなものになるよう、つとめてやろう」

「くたばっちまえ」アメリアがいった。アメリアは、これほどだれかを、なにかを、にくいと思ったことはなかった。それで足を上げ、ありったけの力をこめて、クリーパーの足をふんづけた。

「あああああ！」クリーパーは悲鳴をあげると、アメリアの腕《うで》にぐっとつめをくいこませ、そのまま引きずっていこうとした。

が、そのとき――。

ドアのほうから物音がした。もちろん、音をたてたのはアメリアじゃない。アメリアはクリーパーにつかまれているし、反対のほうを向いている。だが、クリーパーにもたしかにきこえた。

「いまのはなんだ？」

バーン！

また音がした。

なにかがドアにぶつかったのはまちがいない。それも、中からじゃない。外からだ。

43 トナカイの救助隊《きゅうじょたい》

「だれだ？」クリーパーがたずねた。返事はない。そこでクリーパーは、アメリアをひきずったまま、ドアの前へいった。

これがまちがいだった。ちょうどそのとき、なにかとがったものが木製《もくせい》のドアを突《つ》きやぶって、クリーパーの耳の上あたりにゴツンとあたったんだからね。クリーパーはくらくらとなってたおれこみ、アメリアの手もステッキもはなしてしまった。

「ありゃなんだい？」メアリーがきいた。

「木だ」と、ホブルはいった。「動く木だ」

クリーパーは起きようともがいている。「木じゃあない、このばか者。あれはつのだ！」

そこで勢《いきお》いよくドアがひらいた。戸口に、赤い服を着て赤いぼうしをかぶったファーザー・クリスマスが立っている。うしろにはそりをひいたトナカイたちがいた。

食堂にいた人々はそろって息をのんだ。クリーパーはステッキをつき、よろよろと立ちあがった。

「ファーザー・クリスマスだ」ひとりの子どもが小さく声をもらした。その言葉が、かぜがうつるようにあたりに伝染《でんせん》していく。

「アメリア！」赤い服の男が呼《よ》んだ。「さあ、もう一度魔法《まほう》を信じるときだ」

希望球が明るくかがやく。アメリアはそりに向かって走りだした。ファーザー・クリスマスは数歩さがって、そりの時計を確認《かくにん》した。針《はり》はエルフ時間の〝夜のまんまん中〟、人間の世界での午前三時を指している。

もちろん、アメリアにはききたいことが山のようにあった。だが、いまはそのひとつだってきいているひまはない。アメリアにはわかった。目の前にあるそりが、いままであれこれ考えてきた魔法《まほう》のなぞのすべてに対するこたえだと。そして、そりにかけより、乗りこんだ。

「そいつを止めろ！」クリーパーは足をもつらせながら、アメリアのあとを追った。

「時計のとこにあるボタンをおしてくれ」ファーザー・クリスマスはアメリアにいうと、メアリーをさがしに食堂にもどった。「早くおすんだ！」

だが、アメリアにはどれのことかわからず、〝魔法飛行《まほう》〟のボタンをおしてしまった。そりが床《ゆか》をはなれ、ふらふらとうきあがる。クリーパーはステッキをひっかけ、そりをひきもどそうとした。

「それじゃない！」ファーザー・クリスマスがさけんだ。「〝止める〟と書いてあるやつだ！」

食堂は大混乱《だいこんらん》だった。ファーザー・クリスマスのまわりにどっと人がおしよせ、かがむひまもなく、熱い火かき棒《ぼう》が頭の上にふりおろされた。が、それがとつぜん止まった。ファーザー・クリスマスの鼻先一ミリというところで、ぴたりと動きを止めている。それだけでなく、食堂の中のすべてが静止していた。

ファーザー・クリスマスは火かき棒《ぼう》の下をくぐり、生きた彫像《ちょうぞう》となった人々のあいだをぬって、メアリーのもとにたどりついた。メアリーは、時間が止まったとき、ふたたびホブルをなぐろうと、なべをぶんまわしているところだったらしい。ファーザー・クリスマスはメアリーを持ちあげた。

ほんとさ。動きを止めた、バラ色のほおのまかない婦《ふ》を床《ゆか》から持ちあげ、カーペットでも運ぶように肩《かた》にかついで、歩きだしたんだ。そして、そのまま食堂を出て、そりのうしろにメアリーをどんと乗せた。メアリーはそりに乗せられたその瞬間《しゅんかん》からまた動きだした。足もとからだんだん上に向かって、船の上につりあげられた魚のようにぴくぴくしはじめ、やがて全身が動きだした。なべをにぎった腕《うで》も、止まる前の勢《いきお》いそのままにぶんと動いて、またしてもファーザー・クリスマスの頭になべを命中させた。

メアリーはゆっくりと、自分がいまいる場所に気がついた。それと、自分がなぐった相手にも。

「いやだ、ごめんなさい。これがくせになっちまったみたいだね」メアリーはそういって、そりの中を見まわした。

「まあ、こりゃまた、なんてすてきなんだろう」

「そうでしょう」

ファーザー・クリスマスがいった。

「さあ、こんなところとはおさらばです」

44 スート！

「まだ信じてるかい？」ファーザー・クリスマスがアメリアにたずねた。その真剣《しんけん》なまなざしから、これはとても重要な質問《しつもん》だとアメリアにはわかった。

「信じるって、なにを？」

「世の中には……」ファーザー・クリスマスはちょっとためらって、こうつづけた。「不可能《ふかのう》なこともあると」

この瞬間《しゅんかん》――救貧院《きゅうひんいん》の、そして時間の流れの外に出て、ぴかぴかの赤いそりで宙《ちゅう》にうかび、ファーザー・クリスマスのとなりにすわっている、いまこの瞬間《しゅんかん》にも、アメリアが思う真実のこたえはひとつしかなかった。「ええ」そのとき、アメリアはダッシュボードの上の小さなガラス球に気がついた。「不可能《ふかのう》なことだってあると思うわ」その言葉をいいおわるのも待たず、まるで小さな宇宙《うちゅう》が生まれでるように、ガラス球の中の緑やむらさきの光がみるみるかがやきを増し、アメリアは一瞬《いっしゅん》その光景に目をうばわれた。

ふいに、ある思いがわきおこった。スートに会いたい。すると、そう願うのとほぼ同時に、横に置いてあったふくろが動いた。そして、小さく小さく「ニャオ」と声がした。

「ディケンズさんのところによってきたんだよ」とファーザー・クリスマスが説明しているあいだに、ふわふわの毛皮を着た親友が体をくねらせ、底なしぶくろからはいだしてきた。

「キャプテン・スート！」

アメリアを見た猫《ねこ》は金色の目をきらっと光らせ、ぴょんととんでアメリアの肩《かた》に前足をかけると、クリームでもなめるように、ぺろぺろ顔をなめはじめた。

「顔はやめてっていったはずよ！」アメリアは声をたてて笑った。猫《ねこ》がのどを鳴らすゴロゴロという音が、アメリアの胸《むね》にあたたかくつたわってくる。「あんたは犬じゃないんだから！」

アメリアは目をとじ、スートのふわふわの頭にキスすると、あたたかい毛のにおいをすいこんだ。いまは、この世のどんなことも可能《かのう》だと、心の底から信じられる。またそんな気持ちになれたのがうれしかった。たぶん、最高の気分だ。

45 クリーパーの指

そりがロンドンのどの建物よりも高くぐんぐんと舞《ま》いあがると、メアリーは目をまんまるにした。

「まあ、すごい。クリスマスさん、いったいどこへ向かってんですか?」

「クリスマスを救《すく》いにいくんですよ」

そう、まさにそうだった。

時間を止めたままにして、世界じゅうの子どもたちにおもちゃを配るんだ。ファーザー・クリスマスは、トナカイをさらに空高くのぼらせた。アメリアとスートが下をのぞくと、救貧院《きゅうひんいん》や時間の凍《こお》りついた人々がどんどん、どんどん小さくなっていく。そのとき、アメリアはあるものをみつけて、あっととびすさった。

骨《ほね》ばった長い指の手がふたつ、そりにしがみついている。そっと顔を出してみると、クリーパーの頭が目に入った。だが、指先以外はぜんぶそりの外に出ているので、クリーパーもやはり動きを完全に止めている。少しのあいだ、アメリアはクリーパーを見つめていた。この男がアメリアに、これまで生きてきたなかでいちばんみじめな一年を送らせたのだ。その顔は怒《おこ》っているように見えるが、ふたつの目は恐怖《きょうふ》にかっと見ひらかれている（人をいじめて喜《よろこ》ぶやつらはみんなそうだが、クリーパーも心の奥底《おくそこ》ではとてもおくびょうな人間だった）。アメリアは、メアリーとファーザー・クリスマスがトナカイの話にすっかり夢中《むちゅう》になっているのを見ると、ある決意をした。そして、かろうじてそりをつかみ、もぞもぞ動いている指を一本、また一本とはずしていき、クリーパーをテムズ川の上空半マイルほどのところにうかせたまま、置きざりにした。

空中で動きを止めているクリーパーを見ると、アメリアは笑いださずにはいられなかった。笑い声にふりむいたファーザー・クリスマスは、宙《ちゅう》でかたまっているクリーパーを見て、ぎょっとした。「なんてこった」アメリアを見ると、肩《かた》をすくめてにっこりしている。その指のちょっと下には、〝止めるのをやめる〟と書かれたボタンがある。

「まあ、いいだろう」

アメリアはボタンをおした。そして、クリーパーが悲鳴をあげ、腕《うで》をばたつかせながら落ちていき、バシャーンと水しぶきをあげてテムズ川に消えるのを、胸《むね》のすく思いでながめた。

スートがそりから顔を出して、ニャオニャオ鳴いた。「ざまあみろ」って、いったのさ。「おまえにしっぽをふまれたひいじいさんのトムのかたきだ」ってね。

スートがなにをいっているのか、アメリアには知りようもなかったが、スートをなで、頭にキスしてやった。スートはざらざらした舌《した》でアメリアの顔をなめた。

世界じゅうの子どもにおもちゃを配る旅に向かいながら、ファーザー・クリスマスはトナカイたちを紹介《しょうかい》した。

「……で、二列めの左がコメット。ほら、背中《せなか》に白いすじがあるやつです……黒っぽい毛なみはヴィクセンといって、よくわからないやつでしてね。わたしにもわからない……あれがプランサー。あいつはちょっと手にあまることがある……そっちがダッシャーで、そりのスピードをキープしてくれます……キューピッドとダンサーは恋人《こいびと》どうしといってもいい……先頭がドナーです。感覚がするどいから、安心してまかせられる。ナビゲーターとしても最高です……そして、ブリッツェン。トイレのしつけはいまひとつですが、力は一番で、そう……友だちにするなら、これほどすばらしいトナカイはいません……やつとはじつに長いつきあいになるんですよ」

「こんな寒空をとぶときは、友だちといっしょがなによりでしょうね」メアリーがいった。

「ええ、しかし、たまにはだれか人間といっしょにいたいと思うこともあります」

これをきいたメアリーのほおが、ほんのりピンクにそまった。「じゃ、そうしましょ！」

「よし」ファーザー・クリスマスは、メアリーのとなりでシートに深くすわりなおした。「では、世界を見にいくとしましょうか？」

「喜んで。コーンウォール州なんか、いいですねえ。前からいってみたいと思ってたんです」

「ホッホッホー！　コーンウォールよりずうっと遠くまでいくんですよ」

46
ヴォドルからの知らせ

トポはテレフォンのそばをはなれ、おもちゃ工房《こうぼう》をはなれ、五分走って、村の大集会所までいった。ノーシュとリトル・ミムについての最新情報《じょうほう》を知りたかったんだ。小さくてぶあつい木のとびらをあける前から、音楽とにぎやかな声がきこえてきた。中では、ザ・スレイ・ベルズの陽気な演奏《えんそう》に合わせ、シナモンとジンジャーブレッドのにおいを胸《むね》いっぱいにすいこみながら、エルフヘルムの全住人がスピクル・ダンスをおどっているらしい。

曲は、アップテンポにアレンジした「きみの恋人《こいびと》はジンジャーブレッドのかおり（そうだよ、そのとおり）」で、みんなにこにこして手をたたき、腰《こし》をくいくいひねりながらおどっている。いや、いいや、みんなじゃない。ハンドラムは、小さな赤いいすにただしょんぼりとすわっていた。

「工房《こうぼう》の中はぜんぶさがしてくれましたか？」ハンドラムは、となりに腰《こし》をおろしたトポにたずねた。

トポはふたりのうしろの長テーブルに目をやった。その上には、クリスマスのごちそうがずらりとならんでいる。ジンジャーブレッド、プラムスープ、ジャム入りのペストリー、コインチョ

コレート、ラッカのパイ。ミムがいまここでごちそうを楽しんでいないことが、トポには悲しかった。

「ああ。エルフたちにすみからすみまでさがさせた。どうもふたりでどこかへ出かけたようじゃ」

「そこがわからないんですよ。リトル・ミムは、おもちゃ工房《こうぼう》にいくのをほんとに楽しみにしてたんです。ノーシュだって、クリスマスが大好きなのに」

トポは、ハンドラムの手が心配のあまりふるえているのに気がついた。

「う、うちにはいなかった」声もふるえている。「トナカイの広野《ひろの》にも。買い物でもない。スケートでもない。ここにもいない……ファーザー・クリスマスに連絡《れんらく》したほうがよくないですか?」ハンドラムはうつむき、チュニックのそで口をいじっている。

そうきかれるんじゃないかと、トポは予感していた。ファーザー・クリスマスなら、そりもトナカイも持っているし、空からふたりをさがすことができる。それに、このごろのファーザー・クリスマスは、エルフヘルムじゅうを合わせたよりも大きなドリムウィックの力をそなえていたからね。しかし、この件《けん》をファーザー・クリスマスにつたえたら、クリスマスそのものがまた危《き》険《けん》にさらされることになるのも、トポにはわかっていた。

「わしは……」

そのとき、黒ひげのヴォドルが人ごみの中をぬって、あらし雲のように近づいてくるのが見えた。トポたちのほうへまっすぐ向かってくる。さしせまった顔だ。これ以上さしせまった顔をしようとするなら、おでこに「さしせまってます」と書くよりほかない。

「どうした、ファーザー・ヴォドル？」

「ノーシュのことだ」ヴォドルは心配そうにいった。それ自体、心配なことだ。だって、ヴォドルが心配そうにしてるなんて、五十一年ぶりだったからね。「わたしのオフィスに置き手紙があった。トロル谷へいったらしい」

ハンドラムの口が大きくあいた。「な、な、なんですって？　ど、ど、どうしてそんな？」

ヴォドルは肩《かた》をすくめた。「クリスマスの記事にトロルのことを書きたかったんだろう。かなりの野心家だからねえ。ボトムのあとがまをねらってるのさ。ボトムはおびえきって家からも出られん状態《じょうたい》だからな。きみの奥《おく》さんは、トナカイ担当《たんとう》ではものたりなかったらしいね」

ハンドラムは泣きだし、いっそうがたがたふるえだした。

「まあまあ」ヴォドルがなだめた。「もしノーシュがじっさいトロル谷にいったのだとしても、ほんとにおぞましい死なんてものをむかえる確率《かくりつ》は、たったの八十八パーセントだ」

「ああ、どうしよう」ハンドラムがあわれな声を出した。同じ言葉をこれで二十八回もいっている。「リトル・ミムもいっしょだと思いますか？　ああ、なんてこった。まるで悪夢《あくむ》だ！　いったいどうすればいいんでしょうか？」

「リトル・ミムだと？」ヴォドルは心配そうに目を見ひらいた。「息子《むすこ》のことまではわからん」

ザ・スレイ・ベルズが新曲を演奏《えんそう》しはじめた。いま、そり学校でトレーニングを受けている新入りの赤鼻のトナカイの歌だ。にぎやかに音が鳴るなか、トポは手立てを考えようとしたが、トポより先にヴォドルがこう提案《ていあん》した。「ファーザー・クリスマスだ。きみの家族を救《すく》えるのは、やつしかおらんよ、ハンドラム」

「じゃが、クリスマスはどうなる？」トポがいった。

「クリスマスか！　あんた本気で、かわいいひいひいひいひいひい孫娘《まごむすめ》とその息子《むすこ》の命よりクリスマスのほうが大事だと思っとるのかね？」

「いや、そうはいっておらんとも」

「だろうな。だったら、やつのそりに連絡《れんらく》するがいい」

そのとき、マザー・ブレールがヴォドルをダンスフロアにひっぱっていき、トポはその場にとりのこされた。ハンドラムの期待のこもった視線《しせん》を感じながら。

47 アメリア、怒《いか》る

風に髪《かみ》をなびかせながら、アメリアは世界に目をうばわれていた。手はスートをなでている。さっきからひとことも発していないのは、なにも考えていないからじゃなく、あまりにもたくさんのことを考えていたからだ。心は風のように速く動いていた。いろんな感情《かんじょう》がごっちゃになってうずをまき、めちゃめちゃに吹《ふ》きあれている。ほっとした気持ち、幸せな気持ち、悲しみ、感謝《かんしゃ》、なげき、恐怖《きょうふ》、おどろき、怒《いか》り。しかしいま、いちばん強く感じるのは、ホームシックに似た感情だった。あたりまえだけど、救貧院《きゅうひんいん》が恋《こい》しいわけじゃない。ハバダッシェリー通り九十九番地の家にもどりたいわけでもなかった。そこにはもうべつの人が住んでいるだろうってことは、わかっていたからね。それに、もしだれも住んでいなかったとしても、あそこはもうただの家でしかない。アメリアが恋《こい》しいのは、場所ではなく、ある時間だ。だから、ホームシックじゃなく、タイムシックといったほうがいいかもしれないね。アメリアはもっと小さかったころにもどりたかった。七歳《さい》か、六歳《さい》か、五歳《さい》か、四歳《さい》か。まだ世の中のことをあまり知らなかったころに。それに、恋《こい》しかったんだ。なにより母さんのことが。

ファーザー・クリスマスが、希望球を指さした。

「これがこんなにかがやいてるのは、きみのおかげでもあるんだよ」

そりはプロイセン王国上空をとんでいた。いまのドイツにあたるあたりだ。

「きみがまた魔法《まほう》を信じてくれるようになったからだ。知ってるだろう? きみはわたしがプレゼントをとどけた最初の子どもだ。きみがだれより強い希望を心に宿した子だったからだ。きみはどんなことも可能《かのう》だと信じていた。それはめったにないことなんだ。いくら子どもだからといってもね。そしていま、きみは信じる気持ちをとりもどしてくれた。いいかい、魔法《まほう》を信じる気持ちが強ければ、ときにはたったひとりの子どもの力で、宇宙《うちゅう》のバランスをとりもどすこともできるんだ。希望はドリムウィックを生む。エルフの魔法《まほう》の基本《きほん》はそういうしくみなんだよ」

「あなたはどうして魔法《まほう》がつかえるようになったの?」アメリアがたずねた。

ファーザー・クリスマスはアメリアの目をみつめた。その目は、好奇心《こうきしん》で小さな星のようにきらめいている。

「わたしは……わたしは死にかけたんだ。希望も失ってた。エルフたちは、わたしを死から救《すく》うためにドリムウィックをつかうしかなかったんだよ。その結果、わたしに魔法《まほう》の力がふきこまれた。エルフの村も見えるようになった。そのときたちまち魔法《まほう》を信じられるようになったからさ。いまのきみと同じだ……わたしは〝とても高い山〟で死ぬところだったが、あらたなチャンスをあたえられたんだ」

いったとたんに、しまったと思った。アメリアの両目にみるみる大つぶのなみだがうかんだからね。ファーザー・クリスマスは、アメリアが悲しんでいると思ったんだ。

でも、ほんというと、アメリアは怒《おこ》っていた。怒《いか》りは火山から吹《ふ》きだす溶岩《ようがん》のようにわきあがり、一気に爆発《ばくはつ》した。

「だったらどうして、母さんにそのドリムウィックをつかってくれなかったの？　どうしてたすけてくれなかったのよ？　プレゼントなんかどうだっていい！　あたしの望みはひとつだけだった！　それだけを必死に願ってたのよ！　なのに、あんたはかなえてくれなかった！」

メアリーは、アメリアをなだめようと肩《かた》に手を置き、こういった。

「アメリア、きいとくれ。あんたはむごい目にあってきた。まさに悲劇《ひげき》さ。でもねえ、それはクリスマスさんのせいじゃないんだよ」

アメリアは少し落ちつきをとりもどした。メアリーが正しいことは、心のどこかでわかっている。ただ、感情《かんじょう》を自分の中におしこめておくことができなかったんだ。

「アメリア、すまなかった」ファーザー・クリスマスがいった。「きみの手紙は受けとったよ。だが、わたしがドリムウィックをつかってもらったのは、山のむこう側にいたときだ。オーロラのむこうにいたんだよ。そこはもう人間の世界じゃなかった……それに、去年のクリスマスは、きみのところにとんでくることができなかったんだ。トロルにおそわれたし、魔法《まほう》の力も弱まっていて……」

「ごめんなさい。あたし、ただ……ただ、母さんに会いたくて」

「むりもないよ」メアリーは、アメリアに同情《どうじょう》して泣きだした。悲しかったことをいっぺんに思いだしたおかげで、アメリアは頭が重くなってきた。それで、メアリーの肩《かた》にもたれかかった。「だけど、ふしぎでならないの。大好きな人がいて、相手も自分のことを愛してくれてるのに、その人がとつぜんいなくなってしまう。そしたら、その気持ちはどこへいくの？」

ファーザー・クリスマスは、そのことを考えてみた。井戸に落ちて死んだ母親のことを考えた。もう何十年も前、自分がアメリアとそう変わらない年のころに死んだ、父親のことも。アメリアの顔を見たが、すぐには言葉が出なかった。アメリアに申しわけなくてならない。去年のクリスマス、きみのところにいこうとしたけどできなかったと、説明したかった。いくらつかいたいと思っても魔法《まほう》はなんにでもつかえるわけじゃない、それでも、魔法《まほう》には人生をもっともっと幸せにする力があるんだということを、つたえたかった。だが、いまはそのときじゃない。そこで、べつのことをいった。

「人の愛情《あいじょう》は、けっして消えることはない」ファーザー・クリスマスはやさしく語りかけた。「たとえ、その人が亡《な》くなったあとでもね。わたしたちには思い出がある。そうだろう、アメリア？　愛が死ぬことはない。だれかを愛し、愛されたなら、その愛はいつまでも残り、わたしたちを守ってくれる。愛は命より大きなものだ。命とともに消えたりはしない。わたしたちの中に存在《そんざい》しつづける。その人も、わたしたちの中で生きつづける。心の中でね」

アメリアは、なにもいわなかった。口をひらけば、わっと泣きだしそうだった。だから、しばらくのあいだ、静かにすわっていた。やがて気持ちもやすらぎ、そこでふと、希望球に目がとまった。

「どうして光が消えたの？」アメリアがきいた。

ほんとうだ。希望球は、さっきまでのかがやきを失っている。いまは、小さなむらさきの光がかすかに見えるだけだ。時計はまたチクタクと進んでいる。ダッシュボードを見つめるうち、バラ色だったファーザー・クリスマスのほおが、雪のように白く変わった。

急いでテレフォンをとる。

「もしもし、ファーザー・トポ。わけがわからない。アメリアは救出《きゅうしゅつ》した。なのに、希望球が明るくならないんだ」

トポがため息をついた。これから悪いニュースをつたえようというときのため息だ。そして、たしかにそれは悪いニュースだった。

「じつは、ノーシュのことなんじゃが……」

48
トロル谷

ノーシュは月明かりのもと、トロル谷の岩だらけの斜面《しゃめん》をそろそろとおりていた。ヤギの骨《ほね》をまたぎ、ゆるんだ岩をさけて、足音をしのばせ慎重《しんちょう》に雪の中を歩く。ときおり巨《きょ》大《だい》な四本指の足あとをみつけて、ぶるっと体をふるわせた。

ノーシュには計画があった。

じつにシンプルな計画だ。

それは、トロル族の最高指導《しどう》者、ウルグラに会うことだった。そのことを思いだして、ノーシュはごくっとつばを飲んだ。だが、ウルグラの話がきければ、『デイリー・スノー新聞』に過去《かこ》最高の記事を書くことができる。それにヴォドルは、トロルだって本気でエルフを殺すつもりはない、と断言《だんげん》していたじゃないか。しかし、ノーシュの頭にあのときのことがうかんだ。寝室《しんしつ》にいきなり巨大《きょだい》な手があらわれ、ハンドラムをつかんだあのときのことだ。たしかに、ハンドラムはいまもぴんぴんしている。とはいえ、いま考えても、あのときノーシュがせっけんを持っていなかったら、なにかとてもおそろしいことが起こったにちがいない。

ウルグラは女のトロルで、体の大きなユーバートロルから小型《こがた》のウンタートロルまで、トロル族のすべてを支配《しはい》している。指導《しどう》者に選ばれたのは、体がいちばん大きいからだ。トロルの社会では、そういう決まりになっている。大きければ大きいほど位が上がり、焼いたヤギ肉の分け前もそのぶんふえるんだ。ウルグラが谷の西側の、いちばん大きな丘《おか》にあいたほら穴《あな》に住んでいることはわかっていた。そのことは『完全版《ばん》トロルペディア』に書いてあるからね。ノーシュはジャーナリストの勉強をしていたころ、この事典を四十九回も読んだんだよ。

ひたすら歩いていくと、オレンジ色の明るい光が見えた。

火だ。谷のまん中で、たき火が燃《も》えている。ウルグラの住むほら穴《あな》のほうへいこうと思ったら、それをさけて、回りこまなきゃならない。たき火のそばにはトロルが何人もいたからね。大きさはさまざま。ウンタートロルもユーバートロルもいた。トロルたちの長い影《かげ》が、雪のつもったあたりの丘《おか》にうつってゆれている。

大きなビン（ノーシュより大きい）からトロルビールを飲みながら、焼いた山ヤギを食べている。ヤギ革《がわ》をあらくぬいあわせた服を着てさわいでいるが、クリスマスだからってわけじゃない。トロルってやつは、いつだってさわがしいんだ。歌っているのは、むかしからつたわるトロルの名曲、「岩は最高の友だち」だ。

トロル族はあまりかしこいやつらじゃないから、そっと近づいてタニマヌケイチゴのしげみの

かげにかくれるのは、そうむずかしいことじゃなかった。歌がやむと、ノーシュはトロルたちの話に耳をかたむけた。

「去年のクリスマスのことをおぼえてっか?」いちばん小さいトロルがきいた。目がひとつしかない。村をおそったウンタートロルのひとりだ。

「ああ、ドスン。エルフヘルムをたたきつぶしてやったなあ! でも、なんであんなことしたんだっけ?」

「そりゃ、ウルグラの命令だからさ」ひとつ目のトロルがこたえた。

「ああ。だが、なんのためよ?」

「知らねえ」

「そんで、おれたちゃ、ここでなにやってんだ?」

「待ってんのさ」

「なにを?」

「なにかをさ」

待つ? ノーシュは、ふいにものすごくいやな感じにおそわれた。チーズだと思って近づいたら、それがわなだったと気づいたときのネズミみたいな気持ちだ。トロルたちはいったいだれを待っていたんだろう?

ノーシュははっとした。こんなところへきたのは、とんでもないまちがいだった。いったいなにを考えていたんだろう？　しかし、トロルたちの話がどこへ向かっているのかを思うと不安でたまらず、しげみのかげに身をかがめ、耳をそばだてた。トロルの声は、そこらじゅうにあいた岩穴《いわあな》のように、ごつごつしている。

つぎの瞬間《しゅんかん》、ノーシュはさらなる不安にかられた。トロルたちとはべつの声がきこえたのだ。小さな、高い声。ノーシュが世界じゅうでいちばんよく知っている声だ。

「お母ちゃん！」

リトル・ミムだ。

49
トロルのこぶし

ふりむくと、谷のまん中にリトル・ミムが立っていた。色あざやかなチュニックを着たミムは、おどろくほど小さく見えた。ミムは小首をかしげ、抱《だ》っこしてというように両手を広げている。

「お母ちゃん、ぼく、お母ちゃんを追っかけてきたんだよ！　お母ちゃんの足あとを見ながら、ここまできたの！」

まよっているひまはなかった。ノーシュは走っていって、息子《むすこ》を抱《だ》きあげた――が、ノーシュがミムを地面からすくいあげるのと同時に、だれかが地面からノーシュをすくいあげた。ノーシュとミムのふたりを。そして、さーっと上まで持ちあげたんだ。

三秒後、ノーシュは見たこともないほど大きな顔を見つめていた。それは、鼻毛がもじゃもじゃはえたユーバートロルで、いぼだらけの顔には目が三つもあった。まん中の目はおでこについているが、おでこのまん中よりずれている。だいぶ左よりで、ちっちゃな子どもがねんどでトロル人形をこしらえようとして、ちょっと失敗したみたいに見える。

「ごめんなさい、お母ちゃん」ミムの泣き声がした。トロルの手の中ににぎられて、あたりは暗

い。

ノーシュはミムの髪《かみ》をなでた。「悪いのはお母ちゃんよ。こんなとこにくるんじゃなかったわ。でも、だいじょうぶだからね」

だいじょうぶ？

自分でも、こんなばかげたなぐさめはきいたことがないと思った。地面から百メートルも持ちあげられて、トロルの手の中でにぎりつぶされそうになっているんだからね。これじゃ、たすかりっこない。

それでも、ノーシュは希望を持とうと思い、トロルに手をふってみた。

「あやしい者じゃないわ。あたしたち、ちょっとクリスマスの夜の散歩に出たんだけど、道にまよっちゃって……」

トロルはノーシュを見つめている。それはサマンサという女のトロルだった。鼻にむらさき色のいぼが、ツリーにかざるクリスマスボールみたいにぴかぴか光っている。サマンサのうしろに、ほかのトロルも集まってきた。五人いる。いや、頭のふたつあるやつをふたりと数えるなら、六人だ。そのうちの、ひとつ目のトロルが口をひらいた。さっき、ドスンと呼《よ》ばれていたやつだ。

「おれたちが待ってたのは、こいつだ」

ノーシュは正直に話すことにした。「お願い。きいて。あたしは新聞記者なの……『デイリー・スノー新聞』の記者よ、トナカイ担当《たんとう》の。ちょっと調べたいことがあって、ここにきたの。いえ、じつをいうと、ただの調査《ちょうさ》ってわけじゃないんだけど……つまり、あたしとしては……とにかく、トナカイ担当《たんとう》ってのに満足できなくて、だからね、今回あなたたちトロルの記事を代理で書くようにいわれて、やってみよう思ったのよ。去年のクリスマスのできごとについての記事よ。あたしの入手した情報《じょうほう》によると、悪いのはあなたたちじゃない。あなたたちも、ほんとは平和をとっても愛する種族だものね。あれはただ、おはなし妖精《ようせい》たちが……」

そのとき、ノーシュは自分の頭上でなにかがはばたいているのに気がついた。四枚《まい》の羽のあるピクシー、おはなし妖精《ようせい》だ。おはなし妖精《ようせい》はトロルの耳もとにおりていき、ひそひそささやきかけた。なにをいったかはわからないが、いい話ではなさそうだ。

「あんた、あたいたちを殺しにきたんだね」サマンサはそういって、ノーシュたちをさっきより強くにぎった。

「ちがうわ。そんなわけないでしょう！」ノーシュはさけんだ。「よく見て。あたしとこの子にどうやってトロルが殺せるっていうの？　考えてもみてよ」

「考えるってのは好きじゃねえんだ」ドスンが頭をぽりぽりかいた。「頭が痛《いた》くなっちまうからよお」

「お母ちゃん！　ぼくこわい！」ミムはべそをかいている。

ノーシュはなんとか息子《むすこ》をなだめようとしたが、ヤギのにおいのするがさがさのトロルの手にこう強くにぎられていては、それもかなりむずかしい。

そこで、両方のポケットに手を突《つ》っこみ、万が一のために持ってきたせっけんをさがした。あった！　せっけんはつかんだが、サマンサのこぶしの中はひじを曲げるスペースもない。そこで、腕《うで》をもぞもぞ動かしてなんとかせっけんをひっぱりだすと、トロルの手のひらに力いっぱいこすりつけた。こすられたところはジュージュー焼けて火ぶくれができ、けむりがたちはじめた。

「うわあああああぐわああああぐおおおおおおおおおおお！」

苦しみもがくトロルの悲鳴はすさまじかった。ノーシュもミムもこんなにでかい声はきいたことがない。それはまるで雷《かみなり》のように、谷にとどろきわたった。サマンサがにぎった手をぶんぶんふりまわす。ノーシュとミムは悲鳴をあげた。そして、おそろしさのあまり、ノーシュはついせっけんを強くにぎりしめてしまった。せっけんは、つるんとノーシュの手をすりぬけ、トロルの指のすきまからとびだした。ノーシュは、せっけんがはるか下へと落ちていき、ポスッという小さな音とともに地面の雪の中に消えるのを見おくるしかなかった。

「ああもう、こんちきしょうのマドファングル！」ノーシュは自分をののしった。

ところで、小さなせっけんがまだ空中にあるとき、同じく宙《ちゅう》をとんでいるものがあった。なにかはよくわからない。朝の最初の光が地平線にうっすら見えかけてはいたけれど、まだ空は暗かったからね。

最初にそれに気がついたのは、ノーシュだった。生きものだ。なにかをひっぱって進んでくる。どこにいたって、ノーシュがそれを見まちがえることはない。ファーザー・クリスマスが乗ったそりだ。

ノーシュはミムをぎゅっと抱《だ》いて、ふたりでトロルの指のすきまから外をのぞいた。そりが空にうかんでいる。ファーザー・クリスマスのほかにもうふたり、だれかが乗っているのがわかった。人間だ。おとなの女の人と女の子。だが、それはいま、どうでもいい。大事なのは、ファーザー・クリスマスがそこにいるということだ。

「お母ちゃん、たすかったね！　見て！　ファーザー・クリスマスがきてくれたよ！」ミムがかん高い声を出した。

「うまくいきますように」ノーシュは、ミムを抱《だ》きしめたままいった。

空の上でファーザー・クリスマスはそりの速度をゆるめた。ちょうどトロルたちの頭の上だ。

「ふたりをはなしてやってくれ」ファーザー・クリスマスがたのんだ。「ふたりとも、おとなしいエルフだ。危険《きけん》はない。ふたりを自由にしてくれないか。それからちょっと話をしよう」

いまはさっきよりも多くのトロルが谷に出てきていた。みんな体がみにくくゆがみ、はだは灰《はい》色《いろ》でぼこぼこだ。目がひとつの者、ふたつの者、それに、三つの者もいる。頭がふたつついているやつもいた。まわりのトロルにくらべてひどく小型《こがた》のやつもいたが、まだ夜もあけやらぬなかで見るトロルたちの顔は、どれもとてつもなくおそろしかった。

トロル谷のいちばん大きな丘《おか》にあいたほら穴《あな》から、ちょっとした地震《じしん》のように足音をひびかせてあらわれたのは、ウルグラと夫のジョーだった。ウルグラはとんでもなく大きくて、その巨体《きょたい》は月もかくすほどだ。髪《かみ》の毛はぼさぼさにさかだって、大風にふかれる木の枝《えだ》のよう。ウルグラが口をひらくと、三本の歯がぜんぶ見えた。一本一本がくさった灰色《はいいろ》のドアのような形と大きさをしている。

べつのおはなし妖精《ようせい》もやってきて、ウルグラになにか耳打ちしはじめた。

そのあいだにファーザー・クリスマスは、トロルからじゅうぶんはなれた位置にそりをおろした。

「いいか」ファーザー・クリスマスは、先頭のブリッツェンとドナーにこういった。「これはとても大事なたのみだ。メアリーとアメリアをエルフヘルムに連れてもどってくれ……なるべく目立たないようにな。北北西から回りこむんだ」

「あなたはどうなさるんです？」メアリーが心配そうに目を大きくしてきいた。

ファーザー・クリスマスは、よいしょとそりからおりた。「わたしですか？　トロルとのもめ事を解決《かいけつ》してきます」

「わたしとひきかえに、ふたりを解放《かいほう》してやってくれ」ファーザー・クリスマスは、歩いていって、ウルグラの巨体《きょたい》の前に立った。ウルグラのはだはごつごつ、でこぼこしていて、谷の両側にある雪をかぶった岩々のようだ。ウルグラはげっぷをした。オエッとくるようなにおいがおそってきた。くさったヤギ肉のにおいだ。

「どうしてこの親子を食べようとするんだ？」ファーザー・クリスマスはたずねた。「エルフなんて、小さくて骨《ほね》ばっかりじゃないか。わたしのりっぱなおなかを見たまえ。わたしを食べたほうがずっといいだろう？」

「サマンサ、エルフをはなしてやんな」ウルグラの低い声がとどろいた。まるで、山がしゃべったようだ（山がしゃべる気になったとすれば、だけどね）。おはなし妖精《ようせい》がまたウルグラの耳になにかささやいた。

そのとき、ノーシュとミムはサマンサの手がいきなりふりおろされるのを感じ、つぎの瞬間《しゅんかん》、ぽーんと宙《ちゅう》にほうりだされた。ふたりはぎゅっと手をにぎりあい、谷からとびだして、ピクシーたちの住む森木立《もりこだち》の丘《おか》をとびこえた。そして、真実の妖精《ようせい》の家からそう遠くない斜面《しゃめん》のやわらかい雪の上に落っこちた。ふたりは斜面《しゃめん》をころがりはじめ、どんどん、どんどんころがって、しまいにふたつの大きな雪玉になった。顔だけがその雪玉からぴょこんと突《つ》きだしている。

「お母ちゃん、ぼく、はきそう」ミムが体をふるわせた。そして、いったとおりになった（そこのとこをくわしく話すのはやめておこう。ただ、ミムの口から出たものは、ものすごくきれいなむらさき色だったよ)。

体についた雪がくずれて落ちるのと同時に、小さな家のドアがあいて、真実の妖精《ようせい》がとびだしてきた。

「また会ったわね」ノーシュが息を切らしながら、雪玉の残りから体をひきぬいた。「お願いだから、力を貸《か》して……ファーザー・クリスマスがピンチなの」

50

クリスマスのごちそう

ファーザー・クリスマスはウルグラのほら穴《あな》のまん中で、大きな岩の上にねかされていた。ウルグラはひとつ目のドスンに、こいつをおさえとけと命令している。ドスンはファーザー・クリスマスのおなかに手を置き、いわれたとおりおさえつけた。その手は、岩のように重い。

ほら穴《あな》は広々としていた。天井《てんじょう》も高い。ウルグラとジョーがらくに立ちあがって、ファーザー・クリスマスを見おろせるくらいだ。もっと小さいべつのウンタートロル（背《せ》たけはファーザー・クリスマスの三倍しかない）が、ファーザー・クリスマスにハーブと岩塩《がんえん》をふりかけた。

「クリスマス・ディナーだね」ウルグラがいった。「ファーザー・クリスマスとは大ごちそうだ。小さいが、さぞかしうまかろうよ。いいクリスマスだ。うれしいね。ドスン、火をおこしな」

「ウルグラ、きいてくれ」ファーザー・クリスマスは起きあがろうとしたが、ドスンの力にはかなわない。魔法《まほう》もつかえなかった。たぶんもう、あたりの空気から魔法《まほう》がすっかり消えちまったんだろう。ごくかんたんな自然の法則《ほうそく》だ。こうなると、おなかの上のでかくて重い手をどうにかするなんて、とうていむりな話だ。気づくと、背中《せなか》の下の石が熱くなってきていた。ほら穴《あな》の壁《かべ》

岩《がん》塩《えん》

には、暗い影《かげ》とぞっとするようなオレンジ色の光がちらちらゆれている。これはただの石じゃない。か、ま、どだ。ファーザー・クリスマスは生きたまま料理されようとしていた。

「なにがあった？ わけがわからないよ。きみも平和条約《じょうやく》に調印したろう？ すべてのトロルとエルフが仲よく暮《く》らすと決めたじゃないか。あの平和条約《じょうやく》には、みんなが調印した。美女妖《よう》精《せい》のフルドラたちも、ピクシー族も、トムテグッブも、百マイルも遠くに住んでるあのイースターバニーも。いったいなにが気に入らない？ 去年のクリスマスにエルフヘルムをおそったのはなぜだ？ どうしていま、またこんなことをする？ なあ、今日はクリスマスじゃないか。心おだやかにしておたがいを思いやり、親切にするときだ」

そこでふと、ファーザー・クリスマスは子どものころのことを思いだした。エルフヘルムの牢《ろう》屋《や》にとらわれていた、あのときのことだ。ファーザー・クリスマスは、自分の命を守ろうとして、セバスティアンという名のウンタートロルを死なせてしまったんだ。

「セバスティアンのことか？」

だが、それとは関係なかった。「あいつのことなんか、だれが気にするかよ」ウルグラのうしろのほうで、セバスティアンの弟のオラスが鼻をほじりながらいった。「うっとうしいやつだったからなあ」

「じゃあ、ヒューリップの件《けん》か？ エルフ議会の代表としていずれつたえようと思っていたが、ヒューリップの栽培《さいばい》なら、すでにかたく禁《きん》じたよ」（ヒューリップというのはとても危険《きけん》な植物で、うっかり口に入れたら、トロルだって頭がふっとんじまう。でもこのときトロルに料理されかかってたファーザー・クリスマスは、あれを禁止《きんし》しなきゃよかったかなと後悔《こうかい》していた）。「なあ、わけをきかせてくれ。去年のこともだよ。どうして村をおそったりしたんだ？」

「おれたちトロルのことはほっといてもらいてえな」ジョーがねむたそうな声でいった。夢《ゆめ》のつづきでも見ているみたいだ。「エルフにこのあたりをうろついてもらいたくねえんだ。おまえのようなやつにも、こんりんざいきてほしくねえ」

「わたしのようなやつ？」

「ニーンゲンだ。おまえがニーンゲンの国に何度もいけば、やつらもここにくるようになる」

「人間はきみたちが思ってるほど悪い連中じゃない。それに、人間はトロルのことなんか知らないんだ」ファーザー・クリスマスは、いまは何時だろうと考え、もうしばらくで目をさまし、からっぽのくつ下をみつけることになる子どもたちのことを考えた。ここからにげないと。もう赤い服が熱でこげはじめている。

「あたしらは、よそ者がきらいなんだよ」ウルグラがいった。

そのときファーザー・クリスマスは、ほら穴《あな》を何百というおはなし妖精《ようせい》がとびかかっていることに気がついた。妖精《ようせい》たちの羽は、炎《ほのお》をうつしてオレンジ色にかがやいている。着ているものも、きらきら光っていた。妖精《ようせい》たちは口もとに両手をそえ、トロル全員の耳にささやきかけている。

「あいつを信じるな」

「あいつは悪い人間だ」

ファーザー・クリスマスにもだんだん状況《じょうきょう》がのみこめてきた。「ピクシーはどうなんだ？　ピクシーなら歓迎《かんげい》というわけか？」

「そんなこたあないよ」ウルグラがつっけんどんにこたえた。

「だが、見ろ！　そこらじゅうにピクシーがいるぞ！」

トロルたちはあたりを見まわした。ファーザー・クリスマスのいうとおりだ。ほんとに、そこらじゅうにおはなし妖精《ようせい》がいる。トロルたちはいまはじめてそのことに気づいたらしい。おはなし妖精《ようせい》は繊細《せんさい》でもの静かな生きものだし、なるべくすがたを見られないよう気をつけていたからね。

「ほんとだね」ウルグラは、おどろいて口をあけたまま、妖精《ようせい》たちを見つめた。

「あいつらがきみたちの耳にあれこれふきこんでたんだ……きみたちにうそを信じこませたんだよ……催眠術《さいみんじゅつ》をかけたんだ」

これをきいたトロルたちはみんな、むかっときたようだ。ふたつ頭のトロルの頭のひとつは、そうとう怒《おこ》っていて、「トロルはばかじゃねえぞ。おれたちにゃ、たんと知恵《ちえ》があるんだ。トロルに脳《のう》みそがねえみたいにいうとは、どういうこった?」

ファーザー・クリスマスはもう熱くてたまらなくなってきた。背中《せなか》が服と同じくらいまっ赤になっている気がする。ファーザー・クリスマスの上にかがみこんでいるドスンさえ、暑さにやられていた。玉のような汗《あせ》がいぼだらけのおでこからしたたり、空中で石ころに変わって、ファーザー・クリスマスのおなかに落ちてはずんだ。

「わたしは事実をいっただけだ。おはなし妖精《ようせい》は、よそ者をおそれるよう、きみたちをそそのかしてる……きみたちはあやつられてるんだ。いま、ここで起こってるのはそういうことだよ」

「ここでいまなにが起こってるかってぃやあ、おまえを始末しようとしてるのさ」ウルグラがいった。「ほら、あたしらはあんたを待ってたんだよ……エルフとエルフのこぞうを待ってたわけじゃない」

「でも、どうしてわたしがくるとわかったんだ?」ファーザー・クリスマスの顔は赤く焼けた石炭のように熱くなっている。

この質問《しつもん》には、ウルグラもすっかりまごついたようだった。「そりゃ……とにかく、わかったんだよ。ほら、おまえたち、もっとまきをくべな。よーく焼くんだよ」

そのとき、なにかがきこえた。音がしたんだ。耳ざわりなトロルの息の音とパチパチ火のはぜる音のほかに。

ほら穴《あな》のどこかべつの場所からだ。足音らしい。かなり近い。ウルグラもその音に気がついた。

「なんだろうね？」

ドスンにもその音はきこえ、きたならしい太い指をひとつきりしかない目に突《つ》っこんで、目玉をぬきとった。小さくポンと音がしたよ。ドスンは腕《うで》をいっぱいにのばして、目玉を高くかかげ、ほら穴《あな》のすみずみまで調べた。

「ニーンゲンの娘《むすめ》っ子だ」ドスンがいった。

「なんてこった……アメリア」ファーザー・クリスマスは思わず声をもらした。

かわいそうに、ばかな子だ。

51
ほら穴《あな》に走る割《わ》れ目

ドスンは目玉をもとにもどした。ドスンのもう一方の手はいま、ファーザー・クリスマスの首を乱暴《らんぼう》におさえこんでいる。熱さはもう、たえがたいほどになっていた。

ほどなく、毛むくじゃらのウンタートロルが、じたばたもがくアメリアをつかんですがたをあらわした。アメリアはぎゃあぎゃあわめいている。ドスンはなにごとかとふりむき、そのひょうしに、熱で汗《あせ》だくのファーザー・クリスマスの首をつかんでいた手がちょっとばかりゆるんだ。

「アメリア！」ファーザー・クリスマスは、声をしぼりだした。「こんなところでなにをしてる？」

毛むくじゃらのウンタートロルは、えものをつかまえて喜《よろこ》んでいた。「ランチのあとのクリスマス・プディングが手に入ったぜ」

「たすけにきたの。あたしもたすけてもらったから」アメリアは早口にいった。「あなたには借りがある」

「借りなんて、なんにもなかったのに」

アメリアは首をふった。ふると、頭が痛《いた》かった。ウンタートロルに髪《かみ》をつかまれていたからね。

このウンタートロルは名前をセオドアといって、歯はぐらぐらの大きな茶色いのが一本あるきりだった。だが、アメリアはひるまなかった。これまでさんざんこわい目にあってきたおかげで、もうこわいものなんかなくなっていたんだ。

「ううん。あれはあなたのせいじゃなかった。それとは関係なく、あたし、怒《おこ》ってたの。だって、悲しいことがいっぱいあったから。でも、楽しいことだってあるわよね。魔法《まほう》だって。あなたはひとついいことをしてくれた。すごいこともいっぱいしてる。おととしのクリスマス、プレゼントをあけるとき、あたしとってても幸せだった。とっても、とっても、とっても幸せな気持ちだったわ。プレゼントをもらったからじゃないの。プレゼントをとどけてくれた魔法《まほう》がうれしかったの。魔法《まほう》がほんとにあるってわかったから。あなたのおかげで、世界は前よりすてきな場所になった。いまここであたしたちがどうなっても、あなたのせいじゃない。あなたはいい人よ、ファーザー・クリスマス。あなたはいいことをしてくれた」

「つまんねえ」ジョーがいった。トロルはみんなそうなんだが、ジョーもしめっぽい話をきくと、体がむずむずしてくるんだ。ジョーは耳の穴《あな》をぐりぐりやって、出てきた耳あかをじっと見た。

「こいつら、殺しちまおう、ウルグラ。おれたちでひとりずつだ。さあ、やるぞ」

いまアメリアのいったことを考えていたファーザー・クリスマスは、ふと、ほら穴《あな》の外に目をやった。なにかが見える。光のようなものだ。アルバート公のクリスマス・ツリーのかざりみたいに色とりどりの光。緑、ピンク、むらさき、青。じっと見つめるうちに、体の奥《おく》がじんわりあったまるのを感じた。なじみのある、あの感じ。あったかいシロップをそそぎこまれているような。それは、いまファーザー・クリスマスの下で燃《も》えている炎《ほのお》とは関係なかった。ドリムウィックと魔法《まほう》の感覚だ。

アメリアは、人間の子がどんなにやさしく、強く、ゆうかんになれるかを、身をもってしめしてくれた。そのおかげでファーザー・クリスマスは、自分がプレゼントをどうしてもとどけてやらねばならない、あのすばらしい子どもたちみんなのことを思いだした。世界を希望で満たすのにひと役買ったのは、アメリアのやさしさだ。命をかけてまで、ファーザー・クリスマスをたすけにこずにはいられなかったやさしさ。魔法《まほう》を生みだしたのは、そのやさしさだ。

いま、どれくらいだろう？　ファーザー・クリスマスは、魔法《まほう》の強さをはかろうとした。

アメリアの髪《かみ》の毛をつかんでいるウンタートロルのいぼだらけの左手を見つめ、その手がアメリアをいじめるのをやめてくれるよう願う。すると、トロルはとつぜんアメリアをはなし、そのままこぶしをふりあげて、ほら穴《あな》の天井《てんじょう》を思いきりなぐりつけた。天井《てんじょう》に一本のひびが走る。つづいて、何本ものひびがあらわれた。

「なにやってんだい、セオドア」ウルグラは腹《はら》をたてた。腹《はら》をたてたもんだから、ウルグラもボカッとこぶしをほら穴《あな》の壁《かべ》にめりこませ、おかげでさらに何本ものひび割《わ》れができた（トロル族

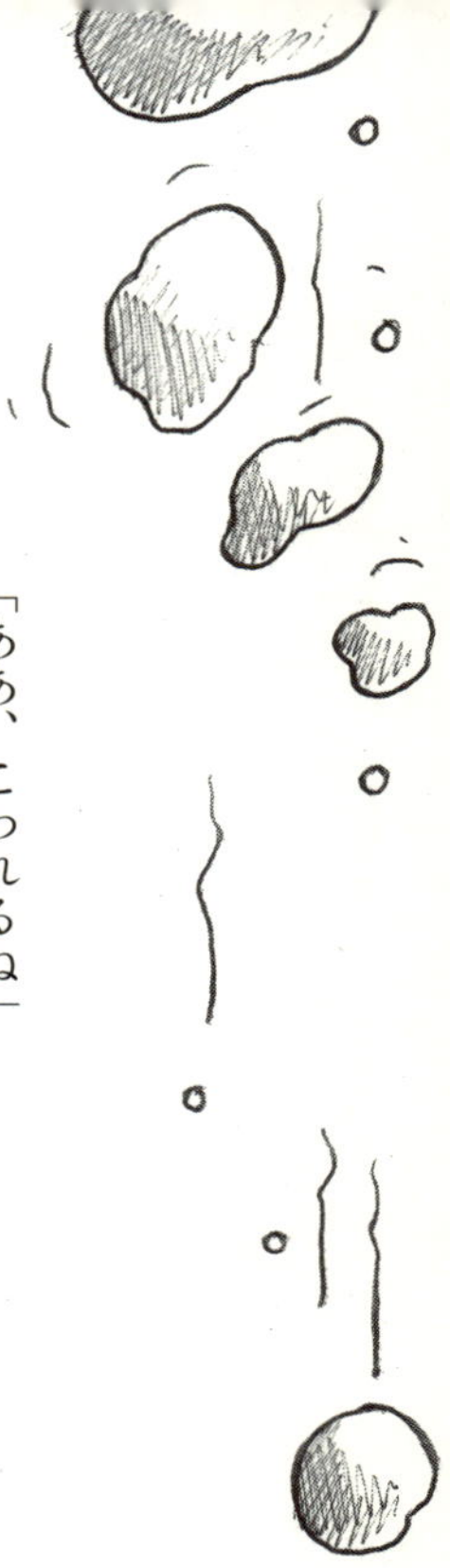

は怒《いか》りをおさえることができないので有名なんだ)。

「おれたちのほら穴《あな》がこわれるぞ」

「ああ、こわれるね」

「早くここから出ましょ」アメリアがいった。「でないと——」

でないとどうなるかをいう前に、ほら穴《あな》の天井《てんじょう》がぼろぼろくずれはじめ、大きな岩がアメリアの頭に向かってふってきた。アメリアはすんでのところでとびのき、岩は雷《かみなり》のような音をひびかせて、床《ゆか》に落ちた。

そこでだれかの声がした。トロルの声でも、アメリアのでも、ファーザー・クリスマスのでもない。ほら穴《あな》の外にいるだれかだ。

「ファーザー・クリスマス？　あたしです」

ああ、まさか。メアリーだ。

いまはすがたも見える。メアリーは、手に持っていた石をドスンの頭めがけて投げつけた。石はバシッと命中し、くすんだ緑色をしたトロルの血がしたたって、熱くやけたかまどの石の上でジュージューと音をたてた。ドスンはファーザー・クリスマスをはなし、足をふみならした。そのせいで、ほら穴《あな》にまたあらたなひび割《わ》れが走った。

ファーザー・クリスマスはころげるように焼けた石の上からおりた。「あち！　あち！　あち！」そのとき、ドサッと大きな音がした。落ちてきた岩が頭にあたったらしく、メアリーが床《ゆか》にぐったりたおれていた。

ファーザー・クリスマスは、悲しみが岩のように激《はげ》しくふりかかるのを感じた。「メアリー？　メアリー？　きこえますか？　メアリー？」

トロルたちは天井《てんじょう》を手でおさえ、ほら穴《あな》がくずれるのをふせごうとした。

「メアリーをたすけて。あなたならできる」アメリアは、信じる思いが胸《むね》にわきあがるのを感じた。その気持ちはファーザー・クリスマスのたすけになるはずだ。いまはアメリアにもわかる。世界のど

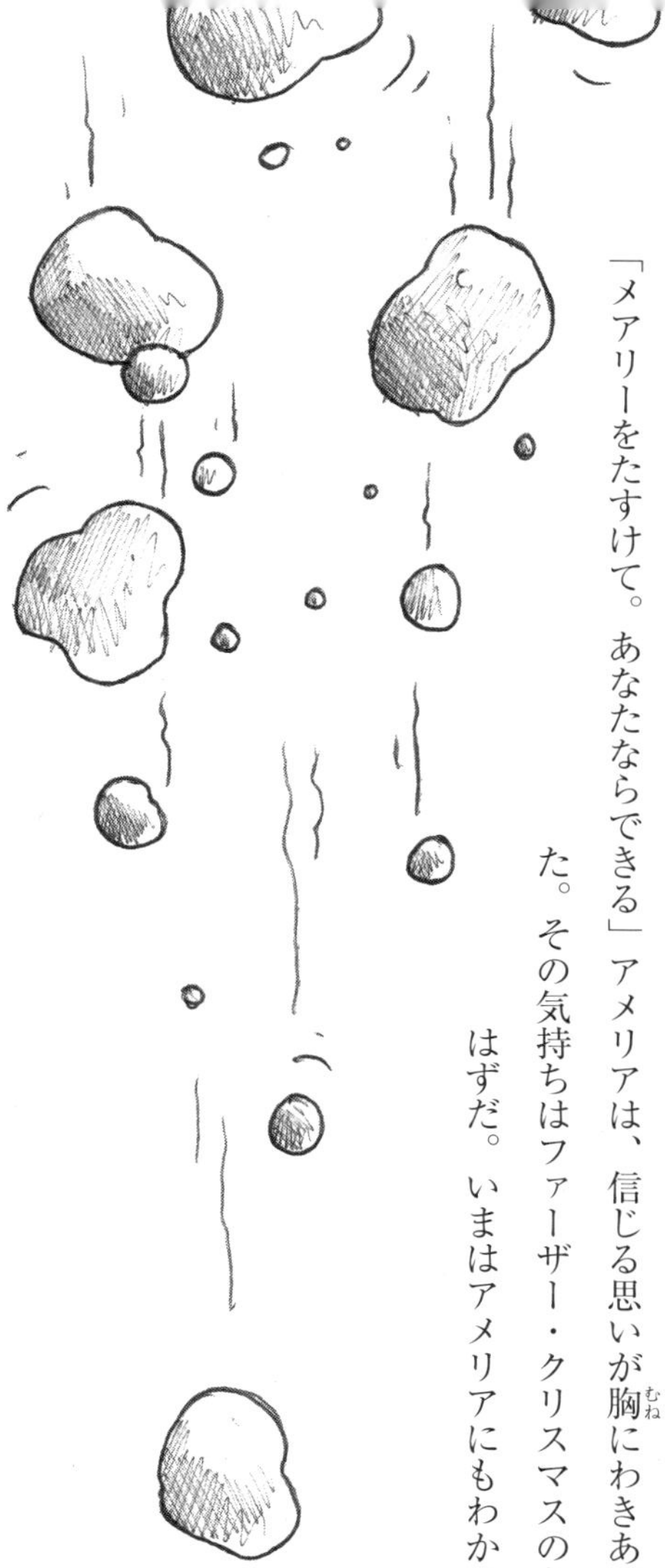

ここにでもものすごく大きな魔法《まほう》の力がひそんでいるということが。必要なのは信じて願うこと、ただそれだけなのだ。

「あなたならたすけられる。たすけなきゃだめなの」

52
ドリムウィック

ファーザー・クリスマスは、ほら穴《あな》を見まわした。もう時間がない。

時間がない。

時間が……。

ファーザー・クリスマスはアメリアの顔を見た。ほら穴《あな》がくずれそうになっているというのに、その顔にはふたたび希望が見える。ひび割《わ》れから光がさしこんできた。ほら穴《あな》の中はいま、やわらかな緑色にかがやき、その光が穴《あな》全体を照らしている。トロルも、おはなし妖精《ようせい》たちも、岩壁《がんぺき》も、すべてが魔法《まほう》の光につつまれている。光は、みんなに出口を教えていた。

同じ光が、アメリアのひとみの中でもきらめいている。美しく、ふしぎな緑色の光が。それは希望の色だ。クリスマスの色だ。ファーザー・クリスマスには、はっきりわかっていた。魔法《まほう》がつかえるようになったのは、アメリアのおかげだ――アメリアとメアリーの。ふたりがたすけにきてくれたから。クリスマスをいっしょに守ろうとしてくれたから。魔法《まほう》を回復《かいふく》させるのに必要なのは、それだけだった。そりも、しゃれた時計や装置《そうち》もいらない。ほかのだれかを思いやること、ただそれだけでよかったんだ。だから、ファーザー・クリスマスは目をとじた。そして、願った。いままで願ったどんなことよりも強く。時間よ、止まれ——と。

目をあけると、アメリアはぴくりともせずに立っていた。アメリアだけじゃない。なにもかもだ。すべてが動きを止めている。天井《てんじょう》からふりかかる石や岩も空中に静止していた。

時間が止まったのだ。

永遠《えいえん》ともいえるこの一瞬《いっしゅん》に、ファーザー・クリスマスはメアリーのそばへいってひざをつき、顔をのぞきこんだ。命の火が消えかかっている。だが、ファーザー・クリスマスは願った。メアリーの目には善良《ぜんりょう》な心があらわれていたから。ファーザー・クリスマスはひたいにキスして、いった。「メアリー、あなたを愛しています」そんな言葉を口にしたのは、生まれてはじめてだった。

声に出していってみると、ほんとにそうなんだと気がついた。ファーザー・クリスマスはメアリーを愛していた。時間の流れの外にいるいま、ふたりが今夜出会ったばかりだということは、たいした問題じゃない。ファーザー・クリスマスは、メアリーの過去《かこ》やふたりの未来のすべてを知っているような気がした。いつまでもメアリーといっしょにいたい。ふたりの結婚式《けっこんしき》も思いうかべた。でも、それはごくふつうのありふれた願いじゃない。そこには魔法《まほう》が働いていた。ドリムウィックが。そう、ドリムウィックだよ。心の奥《おく》から自然とわきあがる希望の魔法《まほう》。その魔法《まほう》は善良《ぜんりょう》な心を見きわめ、消えかけた命をよみがえらせるんだ。

メアリーの目がかすかに動いた。ほんの少し。カーテンのむこうでゆれる影《かげ》くらいに。

「メアリー？　メアリー？」

その目が大きくひらき、きらきらかがやきながら、ファーザー・クリスマスを見あげた。息をふきかえしたんだ。

「メアリー」言葉が自然に口からこぼれた。「あなたを愛してます」

「あたしもです」メアリーがこたえた。メアリーの中にあるすべての真実と希望と愛と魔法《まほう》から出た言葉だ。ファーザー・クリスマスにとって、この言葉ほどうれしいプレゼントはなかった。

このときになって、メアリーは空中にうかんだ大小の岩に気づいて、おびえた表情《ひょうじょう》をした。

「なぜ、アメリアは石像《せきぞう》みたいにじっとしてるの？」

「わたしたちは時間の流れの外にいるんです。止めた時間をまた動かして、アメリアをここから連れださないと……。あの光のさしてくるほうを目指すといい。あの光がみちびいてくれます。さあ、いって。先にいくんです」

だが、メアリーは首をふった。「あなたのそばをはなれません。長いこと待って、ようやく運命の人と出会えたってのに、その人をトロルのほら穴《あな》に置いてくなんて、できるもんですか！」

ファーザー・クリスマスはトロルたちに目をやった。ほとんどのトロルが、どうにかしてほら穴《あな》の天井《てんじょう》をささえようとしている。ドスンだけは、落ちてきた岩にあたって、ぐったりと床《ゆか》にたおれていた。あたりをよく見ようとしたのか、その手にはまた目玉がにぎられている。

時間をふたたび動かす前に、ファーザー・クリスマスは岩によじのぼり、ドスンの手から目玉をとった。そして、それをドスンの足もとに置いた。

「これで、こいつにもたすかるチャンスはある」

ファーザー・クリスマスが魔法《まほう》をとくと、時間はまた流れはじめた。

「アメリア、早く！　こっちだ！　光のほうに向かえ！」

そうさけんで自分も走りだそうとしたものの、おなかのあたりにうしろめたさが広がるのを感じた。今日はクリスマスだというのに、たくさんの命を雪の下に失わせようとしているんだからね。うしろめたさがおなかにぐっとのしかかってきた。ファーザー・クリスマスのでっぷり太ったおなかいっぱいにだ。だって、クリスマスじゃないか。クリスマスなんだよ。みんなに親切にするときだ。たとえ相手がトロルでもね。そこで、ファーザー・クリスマスは足を止め、ふりかえって、トロルたちにいった。

「とてもたすからないぞ。ここは完全にくずれる。きみたちも光のさすほうににげるんだ。そうすれば、外に出られる。さあ、早く！　ああ、そうだ。ドスン、きみの目玉は足のそばにあるぞ！」

トロルたちはとまどった顔をした。やつらが殺そうとしてたファーザー・クリスマスが、自分たちを救《すく》おうとしてくれてるんだからね。

ファーザー・クリスマスとメアリーとアメリアは、全力で走った。落ちてくる岩や石をよけ、悪名高いロンドンのスモッグよりもひどい土ぼこりをくぐりぬけて、ようやくほら穴《あな》の外に出ると、谷のきれいな空気にひと息ついた。ほら穴《あな》がくずれさるのとほぼ同時に、大きなトロルも小さなトロルもみんな、がれきの中をはうようにして、ほこりにむせながら谷に出てきた。トロルたちは小さな山脈《さんみゃく》のようにかたまって、ファーザー・クリスマスたちの前に立った。

「たすけてくれたんだね」ウルグラが、せきこみながらいった。そこらじゅうのほこりが、雲のように夜空に舞《ま》いあがった。

となりにいたジョーも、ほんとにそうだというようにうなずいた。「ありがとよ。おめえのおかげで、ニンゲンってものに対する考えかたが変わったぜ」

「じゃあ、そいつらを殺さねえのか?」ドスンがきいた。

「やろうぜ」ふたつ頭のトロルの右の頭がいった(いぼがたくさんあるほうだ)。

「ほっといてやろうぜ!」ふたつ頭のトロルの左の頭がいった(ひげもじゃで、ちょっと親切なほうだ)。

そして、ふたつ頭のトロルの頭どうしがけんかをしているあいだに、ウルグラは考え、こういった。「頭がこんがらがっちまったよ。ファーザー・クリスマス、あんたは親切でやさしい男だ。あたしにもだんだんわかってきた。でもさ、そいつはあたしらがきいてた話とはちがう」

「それが真実よ」だれかの声がした。

みんながふりかえると、そこには小さな、羽のないピクシーが腕組《うでぐ》みをして、ウルグラを見あげていた。その目に真実をたたえて。

53
雪の上の足あと

「真実の妖精《ようせい》さんじゃないか！」ファーザー・クリスマスは喜《よろこ》びの声をあげた。

アメリアは月明かりの下に立つこの小さな生きものを見つめた。妖精《ようせい》の両わきには、耳のとんがった少し大きな生きものも立っている。どうやら、エルフの親子だ。ピクシーはエルフの半分ほどの大きさで、黄色いチュニックを着ている。小さな顔は繊細《せんさい》だが、いたずらっぽい感じもする。アメリアは、こんなにかわいらしい生きものは見たことがないと思った。だが、この妖精《ようせい》も自分たちもみんな、トロルに殺されるかもしれないのだ。ふいに、クリーパーの救貧院《きゅうひんいん》も、考えようによっちゃ、そんなに悪いところじゃなかったような気がしてきた。

「その妖精《ようせい》さんのいうとおりよ。ファーザー・クリスマスはこの世でいちばん親切な人だわ」

アメリアはトロルたちにうったえた。

真実の妖精《ようせい》は、ノーシュに横からつつかれて、いわなければならない話をはじめた。「そう。ファーザー・クリスマスはいい人よ。それに、とってもいいことをしてる。人間の世界が少しでもみじめでなくなるようにってね。それがもとであたしたちのだれかが危険《きけん》な目にあうことなんて、ありゃしないわ。人間たちは自分のことで手いっぱいだから、わざわざここまでやってきて、あたしたちにめいわくかけたりしないもの。おはなし妖精《ようせい》はあんたたちにうそをついたのよ。どうしてそんなことをしたかはわからないけど、あたしの知ってるピクシーたちはみんな、そういうふうにいってる。あんたたち、もともとおばかさんだったけど、おはなし妖精《ようせい》のおかげでもっとおばかさんに見えるようになったわ。はっきりいって、めちゃめちゃおばかだってことよ」

「うそつきめ！」ドスンが足をふみならすと、谷はぐらぐらゆれ、あたりの丘《おか》のごつごつした斜《しゃ》面《めん》から、雪がふるいおとされた。

「そいつはうそはいわねえよ」ジョーがおしりをかきながら、わかりきったことだという調子でいった。「なんたって、真実の妖精《ようせい》だからな」

ウルグラは、ソファーくらい大きくていぼだらけの指で、アメリアとメアリーを指した。「だけど、そこにニンゲンがきてるじゃないか」

アメリアは大きく息をすうと、雪の中を進みでた。「あたしたち、たすけてもらったんです。ファーザー・クリスマスがたすけてくれたんです。あたしたちがこまってたから。それでここにいるんです。ファーザー・クリスマスは、あなたたちのこともたすけてくれましたよね。だから、思うんですけど、そんな大きないじめっ子みたいにしてないで、ちょっとは感謝《かんしゃ》したらどうですか？」

これをきいて、ミムは拍手《はくしゅ》した。ミムはもう、アメリアのことを好きになっていたんだ。ウルグラは前かがみになって、アメリアに息をふきかけた。アメリアははきそうになるのをぐっとこらえた。トロルの息のくさときたら、クリーパーよりひどかったからね。キャベツと、ヤギのふんと、むれたくつのにおいをまぜたようなにおいだ。

「度胸《どきょう》があるね、ニンゲンの娘《むすめ》っ子」ウルグラはいった。

「どうもありがとう。じゃ、もういっていい？　ファーザー・クリスマスはプレゼントをたくさん配らなきゃならないから」

ちょうどそのとき、おはなし妖精《ようせい》がひとりとんできて、ウルグラの耳になにかささやいたが、ウルグラは妖精《ようせい》をバシッとはたいて追いはらった。「あっちへいけ、ピクシーども！　二度とあたしらの耳にこそこそささやくんじゃないよ！」

おはなし妖精《ようせい》は大あわてで、くるりと宙返《ちゅうがえ》りすると、森木立《もりこだち》の丘《おか》の上に広がる暗い空のどこかへ消えていった。

そのあいだに、ノーシュが雪の中を前に進みでた。ノーシュはせきばらいして、ウルグラを見あげた。ウルグラは、いまいるトロルの中ではいちばん大きい。灰色《はいいろ》の顔は、ノーシュより四分の一マイルも上にある。ノーシュはノートをとりだした。

「ちょっとすみません、ウルグラさん。デイリー・スノーの記者で、ノーシュと申しますが――

あ、デイリー・スノーというのは新聞です、『エゲツナ・サンデー』みたいな——それで、トロルの最高指導《しどう》者であるウルグラさんにひとつ質問《しつもん》がありまして」

　ウルグラはノーシュを見おろした。くつになにかがぺたっとはりついて、それがなにかたしかめるときみたいにね。ウルグラは新聞なんてどうでもよかった。『エゲツナ・サンデー』っていうトロルの新聞だって、一度しか読んだことがなかったくらいさ。（ウルグラのためにいっておくと、『エゲツナ・サンデー』には毎週同じことしか書いてない。でっかい石の板に「トロルはすげえぞ」の文字がほってあるだけだ）。

「質問《しつもん》ってなんだい？」

「質問《しつもん》というのはですね……ええと、質問《しつもん》は……どうして去年、デイリー・スノー新聞社のビルはおそわなかったんですか？　あなたの手下のトロルたちは、エルフヘルムじゅうを破壊《はかい》したのに、新聞社にだけは手を出しませんでしたよね？」

　ウルグラは考えた。だいぶ長いこと、考えこんでいた。その顔は苦しそうで、たぶん、ほんとに苦しんでいたんだと思う。トロルがものを考えようとすると、ひどい頭痛《ずつう》がするもんだからね。

「あたしらがデイリー・スノーをおそわなかったのは、言葉の師匠《ししょう》がいいやつだからだ」

「言葉の師匠《ししょう》って、だれのことですか?」

ウルグラは首をふった。「デイリー・スノーの言葉の師匠《ししょう》だよ。やつらはそう呼《よ》んでる」

「やつら? やつらってだれなんです?」

ノーシュは、おはなし妖精《ようせい》たちがひらひらとんでトロルからはなれ、ピクシー族のすみかになっている森木立《もりこだち》の丘《おか》のほうへもどっていくのに気がついた。ウルグラもそれに気づいて手をのばし、妖精《ようせい》のひとりをつかまえた。銀色の服を着た男の子だ。その妖精《ようせい》には見おぼえがある。今朝、ヴォドルのオフィスで見かけたやつだ。窓《まど》のところにやってきた子さ。ノーシュはふと、ある光景を思いだした。去年のクリスマス・イブのことだ。雪の上に残ったファーザー・ヴォドルの足あと。あの足あとは、デイリー・スノー新聞社のほうからではなく、森木立《もりこだち》の丘《おか》からつづいていた。そういえば、ファーザー・ヴォドルはむかしからクリスマスをきらっている。エルフ議会の議長の座《ざ》をうばわれてからずっと、ファーザー・クリスマスをねたんでもいた。

「お願い、痛《いた》くしないで」おはなし妖精《ようせい》は、自分より千倍も体の大きいトロルに向かってキーキーさけんだ。トロルにつまれた妖精《ようせい》はものすごくちっちゃな銀のかけらのように見える。

「なんであたしらの耳にこそこそささやいた？　ほんとのことをいわねえと、食っちまうよ」

「言葉のためだよ。言葉の師匠《ししょう》がやれっていったんだ。そのかわりに、いい言葉を教えてくれるって。長い言葉をいろいろさ。おれたちの知らない言葉を」

「あたし、もうつかれちゃった。でも、その話はほんとみたいよ」真実の妖精《ようせい》はそういうと、きた道をもどりはじめた。

ノーシュは子どものころ、おはなし妖精《ようせい》をつかまえてビンにいれたこと、おわびとして、妖精《ようせい》に「じっぱひとからげ」という言葉を教えてやったことを思いだした。

「言葉の師匠《ししょう》……？」ようやく合点《がてん》がいった。「ファーザー・ヴォドルだわ。ヴォドルは言葉が大好きだもの」

ファーザー・クリスマスはノーシュの顔を見た。「きみを今日、ここにこさせたのはやつなのか？」

「そうよ」ノーシュはうなずいた。

月明かりに照らされたウルグラの顔は悲しげだ。とびきり大つぶのトロルのなみだがほおをつたい、石になってアメリアのすぐそばに落ちてきた。ウルグラはおはなし妖精《ようせい》をはなした。「あたしらがまちがってた。悪かったよ。言葉の師匠《ししょう》にゃ、あたしらでばつをあたえてやろう」

ファーザー・クリスマスはぶるぶると首をふった。「いやいや、気にしないでくれたまえ、言葉の師匠《ししょう》……つまり、ファーザー・ヴォドルのことは。やつについてはエルフ議会で話しあう。きみたちにお願いしたいのはただ、わたしたちをそっとしておいてほしいということと、おはなし妖精《ようせい》の話にはこんりんざい耳を貸《か》さないでもらいたいということだけだ。さて、わたしたちは朝までにすることがたくさんある。だから……」

ウルグラはうなずいた。ドスンはがっかりしたようだけどね。そして、ファーザー・クリスマスはアメリアたちとかけだし、岩だらけの谷をはなれ、そりにもどった。最初にそこまでたどりついたのはアメリアで、底なしぶくろにかくれていたスートがもぞもぞはいだして、出むかえた。「あたし、ほんものの生きたトロルに会ったのよ」アメリアはスートにいった。「ピクシーにも。それにほら、見て、エルフもいるのよ。こっちがノーシュで、この子は……」

ノーシュは息子《むすこ》の頭をなで、いっしょにそりのうしろに乗りこんだ。「リトル・ミムよ」

スートはニャオと鳴くと、ミムに頭をすりつけた。スートの頭とこのちっちゃなエルフの頭は同じくらいの高さにある。アメリアは、スートが馬ほども大きく見える気がした。

「へんてこなやつだな」スートが猫《ねこ》の言葉でミムにいった。「でも、気に入ったぜ」

「はじめまして」ミムがアメリアにあいさつした。その顔は、いまは笑っている。「おねえちゃん、いくつ?」

「いくつに見える?」アメリアはききかえした。

ミムはアメリアを上から下までながめた。すごく背《せ》が高い。「四百八歳《さい》?」

アメリアは声をたてて笑った。

メアリーも笑った。「あたしは何歳《さい》に見えるかなんて、この子にきくつもりはありませんからね!」

アメリアはノーシュに、チャールズ・ディケンズみたいな作家になりたいことをうちあけた。するど、ノーシュはちょっと赤くなって、息子《むすこ》のでっかい耳をふさいだ。というのも、「ディケンズ」っていうのは、エルフにとってはものすごくおぎょうぎの悪い言葉だったからさ。

メアリーとファーザー・クリスマスは前の席にならんですわった。そりの時計は、〝夜明けまでのラストチャンス〟きっかりを指している。

ブリッツェンとドナーは、ファーザー・クリスマスのほうに首を回し、合図を待っていた。

「トナカイ諸君《しょくん》、出発だ!」

そして、トナカイたちはとびたった。

54
わが家

ファーザー・クリスマスはテレフォンの受話器をとり、トポを呼《よ》んだ。トポは知らせがくるのを、おもちゃ工房《こうぼう》の本部でじりじりしながら待っていたからね。アメリアはふたりが話す声をきいて、笑顔《えがお》になった。まだ信じられない気分だったけど、アメリアはいま、ファーザー・クリスマスがテレフォンとかいう道具をつかってエルフと話すのをきいている。しかも夜空の雲の中をとぶそりの上で。

「ふたりともぶじだよ、ファーザー・トポ……ああ、そうさ……そう、ほんとだよ！　すぐハンドラムに知らせてやってくれ……じつは、今回のことはファーザー・ヴォドルのしわざでね。だから、明日のエルフ議会ではこの件《けん》をとりあげることになるが、ともかくいまはほかにやるべきことがある」

それで、ファーザー・クリスマスはメアリー、アメリア、ノーシュ、ミムを連れて世界じゅうをとび、プレゼントをすべて配りおえた。希望球は最高にかがやき、オーロラも負けずにかがやいている。世の中にこんなふしぎなものがあったなんて——希望が生んだ神秘的《しんぴてき》な光のショーの中を空とぶそりで走りぬけながら、アメリアはその光景に目をうばわれていた。

「これって……」いいかけて、気がついた。このすばらしさをいいあらわす言葉なんかないってことにね。まさしく、えもいわれぬながめだ。

ファーザー・クリスマスは、ふりかえってにっこりした。「希望ってのは、こういうもんなのさ。これはきみのおかげでもある。きみが力を貸《か》してくれた結果だ。きみが魔法《まほう》をただ信じてくれたおかげだよ」

こうして、みんなで世界をめぐったんだ。北へ、南へ、東へ、西へ。アメリアは、世界がほんとに広いってことを知った。世の中には、子どもがものすごくたくさんいることもね。それに、屋根の上でねてる猫《ねこ》がたくさんいるってことも。スートはそれがうらやましくてならなかったらしい（その晩《ばん》、なによりたいへんだったのは、スートをそりにひきとめておくことだったくらいさ）。

キャプテン・スートがいたずらしないよう、つかまえておかなきゃならないとき以外は、アメリアは底なしぶくろからプレゼント（どれもきれいにラッピングされていた）をつぎつぎにひっぱりだし、ミムと中身のあてっこをした。「ボールね」「これはコマだ」「ぬいぐるみ」「本よ」「コインチョコ」「グローブかな」「ミカンだ」

フランスのパリの上空にさしかかるころには、アメリアとノーシュとミムはうしろの席でねむりに落ちていたけど、起きてたらアメリアはきっと見ただろうね、メアリーがファーザー・クリスマスの手をとり、ぎゅっとにぎるところを。

「ほんとにすばらしいかた。でも、さびしくはないんですか、ほかの人間とはなれて暮《く》らして？」

「ときには、そんなこともあります」ファーザー・クリスマスはいま、ちらちら光るヴェルサイユ宮殿《きゅうでん》の上にそりをとばしていた。

「そばにだれか人間がいるというのは、いいものでしょうね」

「だったら、あたしたちをあなたのお宅《たく》に置いていただけます？　その、なれるまでちょっと時間がかかると思うんです、つまり、あのエルフという生きものに……あのとんがっ

た耳や大きな目に」メアリーはねむっているエルフの親子をふりかえった。ミムは口をぽかんとあけたままねている。「ですからね、少しずつなじんでくためにに、最初は人間と暮《く》らすのがいいんじゃないかと思って。でも、あなたは人間なの？」

うれしさに、ファーザー・クリスマスの顔が赤くなった。「人間ですよ。ドリムウィックのかかった人間。あなたと同じです」

「じゃ、あたしも魔法《まほう》がつかえるようになったんですかね？」

「魔法《まほう》なら、もうつかったじゃありませんか。そのきらめくひとみをはじめて見たとき、魔法《まほう》を感じましたよ」

しかし、メアリーはあまい言葉でめろめろになるようなタイプじゃなかった。かわりにファーザー・クリスマスの腕《うで》に軽くパンチして、「あらま、おじょうずだこと」といったが、その腕《うで》をあわててつかむことになった。ファーザー・クリスマスがあやうくそりから落ちそうになったからね。

「とにかく、うちならぜんぜんかまいませんよ。わが家はエルフヘルムで唯一《ゆいいつ》、あなたがたが体をすぼめなくても玄関《げんかん》を通れる家ですからね」

「すてき！」メアリーがクスクス笑ったとき、ブリッツェンとドナーが少しそりの高度を下げた。これからほかのトナカイたちを先導《せんどう》し、そりをパリじゅうの子どもたちの寝室《しんしつ》にひいていくんだ。

「さて、アメリア」それから二、三千回そりを止めたあとで、ファーザー・クリスマスはいった。「そりの旅は気に入ったかな？　きみはこれで二回もクリスマスを救《すく》ったことになるんだよ？」

「でも、今年はあたしだけの力じゃないわ。ノーシュやメアリーのおかげもあると思う」

ノーシュがこぶしを空につきあげた。「クリスマスを救《すく》った女の子チームね！」

「女の子？　あたしゃ五十八歳《さい》ですよ！」メアリーがいった。

それからアメリアは前の席に移動《いどう》して、ファーザー・クリスマスにダッシュボードの上の機械や装置《そうち》を説明してもらった。時計、希望球、時間を止めるボタンに動かすボタン。時計はいま、〝あとほんのちょっとで朝〟を十分まわったところだ。

「エルフの時間だよ」ファーザー・クリスマスは教えてやった。「いまが何時かいうときに、エルフは数字をつかわないんだ」そして、自分が書いた『すぐわかる、そりのかんたん乗りこなし術《じゅつ》』という本をわたして、いった。「どうだアメリア、本を出してるのはディケンズさんだけじゃないぞ」

アメリアはどうやらそりの運転に生まれつきの才能《さいのう》があるようで、トナカイたちはどんな動きでもアメリアの手《た》づなにぴったりついてきた。もうちょっとでスコットランドのネス湖に突《つ》っこみそうになったりもしたけど、それはでっかい怪獣《かいじゅう》が水から顔を出し、長い首をぐーんとのばしてきたのにおどろいたせいだ。

「どんなことも可能《かのう》だと信じさえすれば、いろんなものが見えるようになる」ファーザー・クリスマスがいった。

フィンランドの小さな町、クリスティーナンカウプンキまでくるころには、アメリアはたいていどんなとこでもそっとそりを着地させることができるようになっていた。ちっちゃなえんとつのついたちっちゃな屋根の上にだって。ファーザー・クリスマスは冷たい空気をすいこみ、あたりを見わたした。

「むこうに森があるだろう?」まだ暗い中でファーザー・クリスマスが指さしたほうを見ると、木々のぎざぎざした黒い影《かげ》が、えんとつそうじのブラシのように空にうつっていた。

「ええ」アメリアはこたえた。

「あそこにニコラスという男の子が住んでいた。ちっちゃな家に、木こりの父ちゃんといっしょにね。ニコラスには、カブでできた古い人形と一匹《ぴき》のネズミ以外に友だちはいなかった。やせっぽちで、いつもぼろを着ててね。あるとき、その子のめんどうを見るのに、おばさんがやってきた。すると、ニコラスは凍《こご》えるような寒さのなか、家の外でねかされることになったんだ。でも、考えようによっちゃ、ニコラスはなんだって持ってたんだよ。魔法《まほう》を信じていたからね。どんなことでも可能《かのう》だと信じてたんだ」

「あたし、その子と友だちになれたと思う」

「あたしもだよ」メアリーはそういって、ファーザー・クリスマスの手をぎゅっとにぎった。

クリスティーナンカウプンキに住む十七人の子どもたちにおもちゃを配りおえると、アメリアはそりを北へ向け、エルフヘルム目指してとびたった。アメリアには、これから自分がどうなるのか、人間の子がエルフの村になじめるのか、まるきり見当もつかなかった。だが、救貧院《きゅうひんいん》にいるよりずっといいはずだ。エルフたちの歓声《かんせい》にむかえられて、トナカイの広野《ひろの》にそりをおろすときには、アメリアの顔にじわじわと笑《え》みがうかび、大きく広がっていった。

「凍《こご》えるくらい寒いとこかと思ってたけど」アメリアはいった。

ファーザー・クリスマスは首を横にふり、こうこたえた。「それがエルフの天気のふしぎなところさ。その人の望む寒さに感じられるんだよ」

ふと見ると、真実の妖精《ようせい》もそこにいた。最近できたボーイフレンドの、いつわりの妖精《ようせい》もいっしょだ。いつわりの妖精《ようせい》は、緑の服を着た、小さな男のピクシーだ。黒い髪《かみ》に黒いひとみ。なかなかのハンサムだよ。いまいるピクシー族のなかではいちばんハンサムかもしれない。そのとき、真実の妖精《ようせい》の黄色いポケットからペットのネズミのマールタがぴょこっと顔を出したけど、しっぽの先だけ白い黒猫《くろねこ》を見ると、あわてて頭をひっこめた。

ミムは、もうすぐお父ちゃんに会えると思うと、じっとしていられなくなって、ぴょんぴょんとびはねた。もちろんすぐに会えたよ。ハンドラムは自分の目でノーシュとミムのぶじなすがたを確認《かくにん》したくて、エルフたちをかきわけ、そりに向かって走ってきた。

ノーシュとミムはほかのだれより大好きなメガネのエルフをみつけると、そりからとびおりて、抱《だ》きついた。

「ごめんなさい」ノーシュがあやまった。

「ぼくもごめんなさい、お父ちゃん」ミムもあやまった。

「ふたりとも生きてたんだ！　それでじゅうぶんだよ！」ハンドラムはうれしさのあまりふたりを抱《だ》きしめ、地面から持ちあげたが、力はそんなにあるほうじゃなかったから、うしろにたおれ、ノーシュとミムをおなかに乗せたまま雪の中にひっくりかえってしまった。

「ホッホッホー！」ファーザー・クリスマスが笑った。「さあ、みんなでクリスマスを祝おう！」

「メリー・クリスマス！」ミムが声をはりあげた。ミムはとにかくこの言葉が大好きだったからね。

ファーザー・クリスマスは、ヴォドルがエルフたちのいちばんうしろにこそこそかくれているのに気がついた。ヴォドルのことは、明日のエルフ議会までそっとしておこう。なんたって今日はクリスマスだし、メアリーとアメリアを新しい住まいに案内してやらなきゃならないからね。

ところが、雪の中を歩きだしたとたんに、ファーザー・クリスマスは低い地鳴りのような音をきいた。エルフたちもおびえたように顔を見かわしている。

「たいへんだ！」ハンドラムがあえぎながらいった。「トロルがきたぞ！」

「いや、そうじゃない」ファーザー・クリスマスは気づいていた。今度こそゴロゴロいったのは自分のおなかだってことにね。「ちょっとばかり腹《はら》がへっちまったんだ」

エルフたちの笑い声があたりいっぱいに広がった。

「ちょうどよかった。クリスマスのごちそうをたっぷり用意してありますよ！」料理人のココがいった。

「ホッホッホー！」ファーザー・クリスマスはほかの者がそりからおりられるよう、わきによった。

「それじゃ、ここがそうなんだね」メアリーはクスクス笑いながら、朝日にピンク色にそまったエルフのちっちゃな家々を見わたした。「あたしたちのわが家になるんだね」

「わが家」アメリアはぽつりとつぶやいた。なんだかみょうな感じだ。ここをわが家とし、エルフやファーザー・クリスマスと暮《く》らすだなんて。アメリアは、いつか母さんのいっていたことを思いだした。人生はえんとつみたいなもの。まっ暗な中をくぐりぬけていかなきゃならないときもある。でも、やがて光が見えるんだ。雪におおわれた小さな家々を見わたすと、ついにえんとつをぬけたんだという思いがした。

これが、母さんのいっていた光だ。

アメリアはやさしくスートを抱《だ》きあげると、そりをおり、魔法《まほう》のような可能性《かのうせい》に満ちた未来に向かって、足をふみだした。

訳者《やくしゃ》あとがき

むかしむかし、フィンランドに住む貧《まず》しい木こりの息子ニコラスは、北へ北へと旅して秘密《ひみつ》の山を越《こ》え、エルフたちの住むエルフヘルムにたどりつきました。ニコラスはファーザー・クリスマスという名前をもらい、そこで幸せに暮《く》らしましたが、何十年たっても頭をはなれない、ある思いがありました。つらく悲しいことの多い人間界に、少しでも幸せや希望をわけてあげたい……。そして思いついたのが、クリスマス・イブに世界じゅうの子どもたちにプレゼントを配ることだったのです。そう、ファーザー・クリスマスの別名は、サンタクロースです。

前作の『クリスマスとよばれた男の子』で、はじめて人間の子どもたちにプレゼントをとどけたファーザー・クリスマス。今回の物語は、その一年後、二度目のプレゼント配りに出かけようとするところからはじまります。おもちゃの準備《じゅんび》もほぼととのい、あとはそりにつみこんで出発するだけ。ところがそのとき、エルフヘルムをおそろしい事件《じけん》がおそいます。同じころ、ファーザー・クリスマスが最初にプレゼントをとどけた女の子、イギリスのロンドンに住むアメリアの身にも、たいへんなことが起こっていました。この世に不可能《ふかのう》なことはないと信じてきたファーザー・クリスマスも、この年はクリスマスの計画をはたせずに終わります。世の中から希望が消えたせいでした。ファーザー・クリスマスのつかう魔法《まほう》――ドリムウィック は、希望がなくては生まれないのです。

翌年《よくねん》、ファーザー・クリスマスは、あらためてプレゼントの旅に挑戦《ちょうせん》しますが、計画はふたたび危機《きき》にみまわれます。またしても、エルフヘルムと人間界で、希望が失われるようなできごとが進行していたからです。ファーザー・クリスマスやアメリア、エルフのノーシュに、つぎつぎとおそいかかるピンチ。どうなることかと、そのたびにはらはらしてしまいますね。もしも、あなたがファーザー・クリスマスの魔法《まほう》を信じ、どうかうまくいきますようにと願ってくれたとしたら、その思いはきっと物語の中にとどき、魔法《まほう》を生む力の一部になったことと思います。オーロラを美しくかがやかせ、トナカイとそりを空にとばし、世界じゅうに小さな幸せや希望をとどけることに、あなたもひと役かったのです。

物語の中でも、ファーザー・クリスマスに力を貸《か》してくれた人たちがいました。ヴィクトリア女王、焼《や》き栗《ぐり》売りのおばあさん、作家のディケンズさん、まかない婦《ふ》のメアリー。このうち、ヴィクトリア女王とディケンズは、実在《じつざい》の人物です。

ヴィクトリア女王は、一八三七年から六十四年の長きにわたってイギリスをおさめました。イギリスが各地に領土《りょうど》を広げ、世界最強の帝国《ていこく》をきずいた時代で、ヴィクトリアはかしこく愛情《あいじょう》深い女王として国民からしたわれました。この物語の舞台となっている一八四一年には、二十二歳《さい》の若《わか》さ。同い年のアルバート公と結婚《けっこん》してもうすぐ二年の新婚《しんこん》さんです。お話の中のヴィクトリア女王は、いろんな表情《ひょうじょう》を見せてくれる、とてもチャーミングな女性《じょせい》ですね。アルバート公のほうは、ここではやさしい反面、ちょっとたよりない夫として登場しますが、じっさいにはハンサムで家族思いで仕事もできる、いうことなしのお婿《むこ》さんだったようです。仲むつまじいふたりの家庭は、イギリス国民の理想でした。

この物語で、ファーザー・クリスマスが宮殿《きゅうでん》の窓《まど》を割《わ》ってとびこんだとき、アルバート公はクリスマス・ツリーのかざりつけの最中でした。クリスマス・ツリーはアルバート公の出身地、ドイツの文化なのだそうです。イギリスにはもともとツリーをかざる習慣《しゅうかん》がなく、このころまでは上流階級の人々が「ドイツ風」のかざりつけとして楽しむくらいのものだったとか。ところが、女王夫妻《ふさい》がクリスマス・ツリーをかざったこと、美しいツリーをかこむ女王一家をえがいた絵が新聞に掲載《けいさい》されたことがきっかけとなって、この習慣《しゅうかん》が国じゅうに広まることになりました。このお話では、ツリーの木はノルウェーに住むアルバート公の友人からおくられたことになっていますが、じっさいにはアルバート公がふるさとのドイツからとりよせたようです。クリスマス・ツリーをかざった場所も、バッキンガム宮殿《きゅうでん》ではなく、ウィンザー城《じょう》でした。

女男爵《だんしゃく》のレーツェンも実在《じつざい》の人です。ただし、ファーザー・クリスマスをぶんなげるほどの力持ちだったかどうかは、わかりません。レーツェンはヴィクトリアが五歳《さい》のときから教育係をつとめ、未来の女王として育てあげました。ヴィクトリアはレーツェンを母親以上に信頼《しんらい》し、即位《そくい》後も相談役、秘書《ひしょ》としてそばに置いたそうです。

チャールズ・ディケンズは、この時代のイギリスを代表する作家で、おもに貧《まず》しい人々の暮《く》らしを題材に物語を書きました。アメリアも読んだという『オリバー・ツイスト』は、救貧《きゅうひん》院《いん》で生まれた男の子を主人公にしています。『クリスマス・キャロル』という小説は、何度か映画《えいが》にもなった有名作なので、知っている人もいるでしょう。一八四三年の出版《しゅっぱん》ですから、ファーザー・クリスマスからヒントをもらって書くことにしたクリスマスの物語というのは、この作品かもしれませんね！

『クリスマス・キャロル』は、女王夫妻《ふさい》のクリスマス・ツリーとともに、イギリス国民のクリスマスのすごしかたを大きく変えました。当時みんなが忘《わす》れかけていた親切や思いやりの心を、クリスマスの精神《せいしん》として根づかせたのです。日本でも、子ども向けに翻訳《ほんやく》されたものが何種類か出ているので、ぜひ読んでみてください。そして、親切や思いやりについて、考えてみてください。その精神《せいしん》が、人の心に希望をともし、この世に魔法《まほう》を起こすのです。

つぎのクリスマス、そのつぎのクリスマス、またつぎのクリスマスにも、みなさんの心に希望と信じる気持ちが、かがやいていますように。オーロラが美しく燃《も》え、トナカイたちは元気に空をかけ、世界じゅうにファーザー・クリスマスのおくりものがとどけられますように。もちろん、あなたのところにも。

二〇一七年　八月二十一日

杉本詠美

文＊マット・ヘイグ（Matt Haig）

イギリスの作家。大人向けの作品に、『今日から地球人』（早川書房）などの小説やビジネス書がある。児童書作品で、ブルー・ピーター・ブック賞、ネスレ子どもの本賞金賞を受賞、3作品がカーネギー賞候補作に挙げられている。息子に「ファーザー・クリスマスはどんな子どもだったの?」とたずねられたことから、『クリスマスとよばれた男の子』シリーズの着想を得た。

絵＊クリス・モルド（Chris Mould）

イギリスの作家、イラストレーター。文と絵の両方を手がけた作品を多数発表するほか、『ガチャガチャゆうれい』（ほるぷ出版）など多くの子どもの本のイラストも担当し、ノッティンガム・チルドレンズ・ブック賞を受賞。ケイト・グリーナウェイ賞などの候補にも選ばれる。子どものころの自分が喜びそうな本を書くのが楽しみ。

訳＊杉本詠美（すぎもと えみ）

広島県出身。広島大学文学部卒。おもな訳書に、『テンプル・グランディン　自閉症と生きる』（汐文社、第63回産経児童出版文化賞翻訳作品賞を受賞）、「ガラスのうし　モリーのおはなし」シリーズ（少年写真新聞社）、『アンドルー・ラング世界童話集』（東京創元社、共訳）、『クリスマスとよばれた男の子』（西村書店）など。東京都在住。

クリスマスを救《すく》った女の子

2017年10月5日　初版第1刷発行
2019年10月19日　初版第2刷発行

文＊マット・ヘイグ

絵＊クリス・モルド

訳＊杉本詠美

発行者＊西村正徳

発行所＊西村書店 東京出版編集部

〒102-0071 東京都千代田区富士見2-4-6
Tel.03-3239-7671　Fax.03-3239-7622
www.nishimurashoten.co.jp

印刷・製本＊中央精版印刷株式会社
ISBN 978-4-89013-984-2　C8097　NDC933